唐宮二十朝演義

從玄武門喋血至唐明皇遇仙

政治 × 權謀 × 愛情 × 忠義
描繪唐宮的風雲變幻

種種歷史事件、名士美人、英雄豪傑的軼事
深入剖析和展現這段盛唐時期的歷史背景——

許嘯天 著

目錄

衛懷王淫凶殺乳母　隱太子貪色劫夫人

在妃嬪的戚黨之中，卻要算張、尹二妃的父親，最是跋扈，他們竟結合了太子手下的大盜俠客，去搶劫京師地面上的富戶。這建成太子，歷來跟著父皇東征西殺，手下原養著一班猛將；又因為自己做了太子，別的弟兄，也各各分立私黨，在背地裡圖謀他的也很多，他又收養著許多飛簷走壁的俠客。每在黃昏夜靜的時候，悄悄地到各處王府裡去探聽訊息，回府來報告太子知道。

這一班俠客，原是大盜出身，他在各處王府富戶中出入，見了珍寶財物，總不免手癢。盜劫出來，那張、尹二妃的父親，便做了窩家，專一收藏盜劫來的寶物。那些被搶劫的官富人家，把盜案報到官裡，永沒有破案日子的；弄得滿城的官家富室，頓時驚惶起來。那張、尹兩家，膽子卻越鬧越大了；他手下的奴僕，見過路的人，手中拿了值錢的東西，他們便用威逼著，喝令留下。

這個情形，傳在秦王府中，秦王只因從前吃過虧來，卻敢怒而不敢言；那杜如晦知道了，他是一個正直君子，如何忍得。

他便瞞著秦王，帶著一班兵士，手中各各捧著寶物，自己騎著馬押著，故意打從尹家門前走過。這尹家，便是尹妃的父親，他門口站著一班如狼虎般的奴僕，見兵士捧著財物經過門口，便一齊擁上前去，喝聲站住，大家伸過手來，把兵士手中的財物，通通劫了過去。

那兵士們預先得了他主人的囑咐，如何肯罷休，一聲喝打，便在大門外一片空場上廝打起來。那班兵士原廝殺慣的，各人身旁都帶著小刀；不一刻，那尹家奴僕被兵士殺死的十多個，屍首七橫八豎地倒在空場上，其餘未死的奴僕，卻抱頭鼠竄逃進大門去。那杜如晦見吐了氣，正要撥轉馬頭走時，忽見又有二十多個奴僕，擁著一個老年人，從大門中出來，喝著道：「你們這班強盜，休想脫身；快站住，聽老夫來捆綁！」

杜如晦聽了，轉覺憤怒起來；便拍馬上前，喝問：「老賊是什麼人？」

那老頭兒拍著自己胸脯，大笑著說道：「老夫當今尹國丈的便是！你這妖魔小丑，見了國丈，如何不下馬？」

杜如晦一聽說是尹妃的父親，卻好似火上澆油，心中越是憤恨；便喝令手下兵士，上前去把這老賊揪住；跳下馬來，拔出佩刀，把這尹國丈的兩箇中指割去。那尹國丈痛徹心骨，只喊一聲阿唷，暈倒在地；杜如晦冷笑一聲，便丟下手，轉身跳上馬，揚長而去。當尹國丈被杜如晦割去手指的時候，尹家的奴僕逃進大門去，連一個影兒也不留。如今見杜如晦去了，大家才走來，把尹國丈扶進內宅去，請醫生的請醫生，報官的報官，忙得一團糟。

尹家被秦王府中的屬官殺死了十多條人命，尹國丈又被割去手指，這個新聞，頓時傳遍了京城；地方官出來驗過屍身，收拾棺埋，知道是秦王府中鬧下的案件，他如何敢受理。後來還是尹妃的母親，坐著車，趕進宮去，在尹妃跟前哭訴；尹妃聽了，便在唐皇跟前撒痴撒嬌地哭著訴著，要萬歲替她伸冤。

說話裡面，又說了秦王許多壞話。這唐皇因世民勞苦功高，原有幾分疑他不服教令；自從那上黨美田的事出後，便也時時留意著，深怕秦王做出不守法度的事體來。如今聽了尹妃一面之辭，便不禁拍案大怒，立刻親臨便殿，一迭連聲地傳世民進宮來。那邊秦王府中早已得了這個訊息，世民埋怨杜如晦，不該闖下這個大禍，那杜如晦說：「赴湯蹈火，臣下願一身當去。」

內監到秦王府中來傳喚，那杜如晦早已自己捆綁整齊，坐在囚籠裡，兩個兵士抬著，跟著秦王進宮去。這邊房玄齡見杜如晦闖了大禍，便悄悄地去通報裴寂、劉文靜、長孫無忌、尉遲敬德這一班大臣，快進宮去解救。只因這幾位大臣，是唐皇的患難之交，平日言聽計從的。

當下這四人得了訊息，急急趕進宮去，只見唐皇正在那裡拍案大罵，說：「你家中的屬官，膽敢欺侮我妃家，你平日慫恿手下人欺凌百姓的情形，也便可想而知了。」

那秦王匍匐在地，痛哭分辯；唐皇也不去聽他，只喝令把秦王廢為庶民，把杜如晦碎屍萬段。裴寂、劉文靜、長孫無忌、尉遲敬德四人，忙也跪在地下，代秦王求情；說秦王在皇家是父子，在國家是功臣，陛下縱不念父子之情，也當為功臣留一分顏面。如今陛下為了一妃父廢了秦王的爵位，從此卻使一班功臣人人寒心。

這一番話，才把唐皇的心腸說軟來；便轉旨赦了秦王的罪，把杜如晦逐出京師，永不任用。又把那行凶的兵士二十人，一齊在尹家大門口斬首抵罪。秦王天大一件禍事，才得解救下來。

但是那班妃嬪的戚黨，經杜如晦一番懲創以後，卻也斂跡了許多。建成太子看看秦王不得唐皇的歡心，他便特別在唐皇跟前獻些殷勤，又在各妃嬪跟前陪些小心，那妃嬪又時時替太子在唐皇跟前說些好話，因此唐皇便十分信任太子。

如今江山一統，天下太平；唐皇閒暇無事，便愛在各處遊行田獵。六年駕幸溫湯，又在驪山田獵；七年出駐慶善宮，又在鄠南田獵；八年巡察太和宮工程，又在甘谷田獵；這一年又幸龍躍宮，幸宜州，幸西原田獵，幸華池北原田獵，幸鳴犢泉田獵，直到十二月，才回洛陽。每次出巡，總是太子建成留守監宮。秦王每因戰爭事體，統兵在外；京師地方，只有建成和元吉二人，耀武揚威，無惡不作。

講到這元吉，自幼便長成醜惡容貌，生下地來，竇皇后便十分厭惡他，吩咐乳母陳氏，悄悄地去丟在野地裡。那陳氏卻生成慈悲心腸，她不忍下這個毒手，便抱去家裡私自乳養。待長大成人，竇皇后去世以後，這陳氏卻把元吉送去見他父皇；唐皇見他面貌雖生得醜陋，但他十八般武藝，件件皆精。唐皇這時東征西殺，正要用人的時候，便把元吉留在營中，遇有廝殺的事，便打發他出去。卻也十分勇猛，屢立戰功。

唐皇看了大喜，封他做衛懷王；自領一支大兵，駐紮在邊疆地方。他離開了父皇耳目，便十分跋扈起來；他行軍出去，沿路見有美貌的女子，便擄去充他的姬妾。玩過三次五次，他便厭棄了，把她丟在後帳。後來他搶劫來的女人，一天多似一天，後帳中十分擁擠，容積不下了，他便想出一種新奇的玩耍法兒來：把那班他厭棄了的姬妾，拉出帳來，脫去她們上下的衣服，赤條條的一隊一隊地站著，給她們每個人一柄劍，一張藤牌；又另選了幾隊凶猛的武士，各各手執刀槍，逼著他們和那班姬妾廝殺。

可憐這班姬妾，原都是良家女子，被這王爺強搶了來姦淫著，心中已是萬分的委屈；如今又拿她剝得赤條條的，逼著她和武士鬥毆。莫說這嬌弱女子，沒有氣力抵敵武士，到了此時，她們羞也羞死了，大家把身子縮作一團，拼著玉雪也似的皮膚，一任槍搠刀砍，一霎時這幾十百條嬌嫩的身體，橫七豎八的，一齊殺死在地下。衛懷王看了這情形，便拍手大笑。

衛懷王帳中有一個最寵愛的妃子陳氏，便是那乳母陳善意的女兒，和衛懷王同年伴歲，卻長得嬌豔動人；乳母陳氏，把衛懷王收養在家裡的時候，她女兒早晚和他做著伴。後來兩人慢慢地年歲大起來，那男女之事，人人都是歡喜的，何況這衛懷王自幼兒色膽如天一般大的，這就口饅頭，他豈肯不吃？待陳氏十六歲那年，衛懷王便瞞住乳母，早已和她偷過情了；直到養下私生子來，那乳母方得知道。但木已成舟，乳母明知道這元吉是金枝玉葉，女兒結識上了他，將來少不了享一份富貴，便也順水推舟地成就了他二人的良緣。

元吉是天生好色的性格，那陳氏卻又十分風騷，因此直到元吉封王，陳氏做了貴妃，別的姬妾，早已被王爺拋棄，獨有陳氏卻寵愛不衰的。從來的女子，仗著寵幸，總不免有幾分嫉妒之意。到這時，她見衛懷王濫行淫殺，她一半也有幾分醋意，一半也動了慈悲之念，這一天衛懷王正看了武士殺死一群姬妾回進內室去，那陳貴妃絮絮滔滔地說了一番勸諫的話。

誰知卻觸動了衛懷王的怒氣，當下他也不念夫妻十餘年的交情，只喝一聲揪出去！便來了十多個和狼虎一般的勇士，鷂鷹抓小雞似地抓到外面空場上；衛懷王吩咐一般的把貴妃斬訖報來免貽後患，十多個兵士，拔出刀來，你也一刀，我也一刀，向陳貴妃雪也似的皮膚上砍去。看她婉轉嬌啼，顛撲躲閃，元吉十分快活，一霎時這陳貴妃早已香魂邈邈，玉軀沉沉，死在地下。

到這時那乳母陳善意方得了訊息，急急趕到空場上看時，她女兒早已胭脂零落，血肉模糊；陳氏一股怨憤之氣，無可發洩，一縱身上去，扭住了衛懷王的衣領，口口聲聲說要賠她女兒的命來。接著又說自幼兒如何撫養他成人，又如何送他去見父皇，她女兒又如何和他恩情深厚；哭哭啼啼，訴說個不了。

衛懷王殺了陳貴妃，原也有幾分悔恨；如今被陳氏說得老羞成怒，他一不做二不休，便一甩手，把這乳母推在地下。喝道：「拉碎了這賤人！」

原來衛懷王府中有一種私刑，用五個大力的勇士，拿繩子縛住手腳和頸子，每人拉住一條繩子，用力向五方扯去，那個人的身軀，生生地扯碎成五塊屍肉。如今勇士得了王爺的號令，也如法炮製，活活地把這乳母的身子拉碎，死在階下。

衛懷王吩咐把她母女二人的屍身一齊去拋棄在深山谷裡。從此以後，元吉無論如何淫凶殘惡，也沒有人敢說一個不字了。直到他回洛陽，在京師建立了王府，回想起從前乳母收養之恩，便又替她建立祠堂，私封慈訓夫人。但他住在京師，仗著建成太子的威勢，父皇和二哥世民，又不常在京師，膽子卻越鬧越大了。

那建成太子，卻終日在皇宮裡，和一班妃嬪鬼混；宮女們略平頭整臉些的，沒有一個能逃過太子的手。後來漸漸地奸汙那班妃嬪，他和張、尹兩妃私通以後，更加是明目張膽，在宮廷中留宿。這元吉看了太子的榜樣，又是生成的淫棍，他王府中收羅下三五百個嬌娃美女，還是不知足，常常不論青天白日，或是夜靜更深，便闖進人家的內宅閨闥中去，見有年輕的女眷，他便隨意奸汙，放膽調笑。他隨身帶著二十個勇士，闖進了人家去，便分幾個把守大門，又分幾個把她家的父兄捆綁起來。

這元吉便大模大樣地直入閨榻，盡情取樂。事過以後，便一鬨而散。那受他汙辱的人家，打聽得是四王爺，又有當朝太子和他通同一氣，如何敢喊一聲冤枉！有幾個不識時務的，受了奸汙，實在氣憤不過，去告到當堂，那地方官不但不敢收受你的狀子，一個轉眼，那告狀人的全家老小，被衛懷王打發刺客來，在半夜時分，殺得你寸草不留。

這衛懷王又最歡喜打獵，他每日帶了鷹犬，和一大隊弓箭手，坐著三四十輛獵車，在大街上揚長過去；嚇得路上百姓，個個躲避得影兒也不見。到了鄉間，把那好好的田稻，踐踏得東倒西歪；好好的民房，拉扯得牆坍壁倒。那手下的兵丁，要討主子的好，也不管家禽家畜，一齊拉來，獻在衛懷王馬前討賞。到臨走的時候，又把鄉下人家儲藏著的魚肉果菜，吃得個乾乾淨淨，弄得十室九空，男啼女號。因此衛懷王每出去打一次獵，便去糟蹋一處地方。

當時有一位大臣，名叫歆驟的，他見元吉如此胡作妄為，便親自到王府去懇懇切切地勸諫了一番。說：「皇上以愛民得天下，殿下亦當罷獵愛民。」

誰知元吉聽了，只冷笑幾聲，說道：「俺不知道什麼叫做愛民。俺只知道打獵尋樂。俺寧可三日不食，不可一日不獵。俺不但要獵獸，還請歆大夫看俺獵人呢！」

歆驟問：「殿下獵人如何？」

元吉當即命弓箭手，駕著車子，自己拉歆驟坐在車上；那車子向熱鬧街上馳去，元吉喝一聲放箭，那箭如飛蝗，竟向人叢中射去。嚇得那百姓們，四散奔逃；有躲閃不及的，便被流矢射死在街心裡。有幾箇中了箭倒在車前，輾轉呼號。

元吉吩咐把車子向前馳去，可憐那班良民，不死在箭鋒之下，也死在車輪之下。歆驟坐在車上，只把袍袖掩住了臉面，不忍看得。那元吉在車上看了，卻拍手大樂；直到他興盡了，才緩轡回府。那車輪子上，已染成一片血肉。從此京師地方的百姓，嚇得不敢在街上走路。

這年唐皇從高陵田獵回來，秦王和歆驟密密地去奏訴建成和元吉如何跋扈情形。唐皇把建成、元吉二人，召進宮去檢視，見他二人十分恭順，不像有凶殘行為的。唐皇最信任的一位老臣，是中書令封德彝，便又把封德彝傳進宮去查問，誰知那封德彝早已受了建成、元吉二人的賄賂，便竭力替他二人分辯。

唐皇便疑心到他弟兄們不和，所以互相攻訐；便想要使他們兄弟和睦，下旨令秦王，搬進西宮承乾殿來居住，元吉卻搬進武德殿去居住，建成太子，卻住在上臺東宮。三處相離甚近，在唐皇的意思，是望他弟兄三人朝夕見面，特別親熱的意思；誰知元吉和建成二人防備秦王的心思愈深，宮中弟兄來往，都帶著弓刀，一言不合，兩處的侍衛，便在宮廷中廝殺起來。

建成又私地裡在外面招募了四方驍勇和長安地方的惡少，共有二千人，帶進宮來，駐紮在左右長林門，稱作長林兵；又令左虞侯可達志，往幽州去招募得突厥兵三百名，悄悄地帶進宮去埋伏著。兩路伏兵，俱約在半夜時分舉事；又被歆驟覺察了，便悄悄地去在唐皇跟前告密。唐皇親自入宮去一搜，果然搜出許多兵士來；追問情由，那建成和元吉兩人，你推我諉。唐皇也不忍窮追，便把可達志刺配到嶲州去了事。

第二天，正是唐皇萬壽之期，唐皇頗欲藉此使他弟兄調和，便在太和宮設下筵宴，把自己寵愛的二十多妃嬪，二十多王子，一齊邀在宮中團坐飲酒，慶祝千秋。大家正在吹呼暢飲的時候，獨有秦王世民坐在一隅，垂頭喪氣，鬱鬱不樂。唐皇招呼他飲酒，他一手擎著酒杯，臉上竟掉下兩行眼淚來。合席的人都看了詫異，唐皇也連連追問。那秦王竟嗚咽得說不出話，急急放下酒杯，轉身逃出宮去了。一場飲宴，竟弄成不歡而散。因此那班妃嬪，都在唐皇跟前說秦王的壞話。

張貴妃說道：「如今海內昇平，陛下春秋已高，正當及時行樂；如今秦王膽敢對陛下哭泣，他心中怨恨陛下的意思很深，他厭惡妾輩的形態，更是顯明。陛下他日萬歲後，秦王得志，妾輩便死無葬身之地！幸得太子慈愛，他日必能保全妾輩。」

說著，眾妃嬪都悲咽起來。唐皇急用好言撫慰，說待我問秦王去。隔了幾天，唐皇真的把秦王喚進宮來，問他為何當筵涕泣？世民奏稱因見骨肉團聚，獨生母不及見父皇有天下，是以悲不自勝。秦王說話雖如此，但唐皇心中，終是不樂。因張貴妃有太子慈愛的話，便特別信任建成太子。從此以後，凡是宮中一切重要事體，統交給了太子；太子和妃嬪們連成一氣，在宮中一切奸惡邪僻的事體，樣樣都做出來。

這時唐皇又出巡到鄠縣甘谷一帶地方去打獵，建成太子便終日迷戀在宮中，那許多妃嬪，伴著太子飲酒作樂，不分晝夜。

正快活的時候，忽然在宮中遇到這位千嬌百媚的彭將軍夫人，把這位風流太子的魂靈，勾出宮外去了。建成也明知道這位彭將軍是不好惹的，但彭夫人這種美色，真是天上人間，國色無雙；在這太子的意思，若能和這位夫人真個銷魂，那便為她送去了性命，也是甘心的。

太子府中，有一位楊大夫，他是足智多謀的，專替太子在背後計劃些陰謀詭祕的事體；當時太子已回府去，便和楊大夫商量。楊大夫眉頭一皺，計上心來，便教給太子如此如此一條計兒。太子聽了大喜，便在府中，另闢一間祕密精室，收拾得綿衾繡幕。在半夜時分，便打發府中一個俠客，悄悄地飛簷走壁，偷進將軍府去；這時彭將軍正隨著秦王出征在外，那彭夫人繡衾獨擁，正矇矇朧朧地睡著。忽覺羅帳外一個人影一閃，夫人驚醒過來，正要聲張，鼻管中只覺一縷香氣，沁人心脾，便也模模糊糊地開不得口。

那俠客見夫人讓蒙汗藥迷倒了，便動手輕輕地把夫人的嬌軀，從被窩中抱起；又怕她在睡夢中著了風寒，便隨手拉一幅綿被裹住，轉身從樓視窗跳出去，不消片刻，便送進密室中來。太子接著，擁進銷金帳去，見彭夫人星眸微啟，雲髻半偏，粉頰紅潤，珠唇含笑，太子便禁不住連連在粉窩兒上接了幾個吻，待到揭開繡衾看時，真是膚如凝脂，腰如弱柳。

建成太子痴痴地撫摸賞鑒著，一時愛也愛不過來，趁夫人半睡的時候，便摟抱著輕薄了一回；依舊交給俠客，悄悄地抱著，送回將軍府去。神不知鬼不覺的，這樣暗去明來，將軍府中上上下下的人，卻一個也沒人知道；便是這位夫人，幾次遭建成太子汙辱了以後，心中也恍恍惚惚，每值陽臺夢醒，雲雨淋漓。但看看枕屏岑寂，卻又疑去疑來。如此羞人答答的事體，叫她如何可對旁人說得？回想夢中的來去蹤跡，疑心是狐鬼作祟；因此她吩咐府中的家院，去請了幾位高僧高道來，在府中大做法事。欲知後事如何，且聽下回分解。

弟殺兄玄武門喋血　父禪子唐太宗即位

建成太子用盡心計，奸汙了彭將軍夫人的身體，總算如了他的心願；但是每次銷魂，總在美人沉睡的時候，默默相對，總覺有些美中不足。在太子的意思，凡與女子通姦，為難的便在第一次；如今和這位彭夫人，肌膚之親，也不只一次了。倘然能夠在她清醒的時候，和她顰笑相對，言語相親；這旖旎風光，不知如何地迷人呢？

建成太子心中打了這個主意，恰巧彭夫人家中，有一班高僧高道在那裡做驅邪避祟的法事；太子便打扮得渾身風流，擺起全副道子，竟到彭將軍府中去參拜佛事。彭將軍不在府中，彭大人在內院，一聽說太子駕到，忙出來走到中堂，隔著簾兒迎接。太子在簾兒外殷勤行禮，彭夫人在簾兒裡深深回禮。太子說：「俺和夫人在宮中那裡，不是一天見幾回面兒的；如今隔著一層簾子，模模糊糊的，豈不要悶死了咱家。快請夫人撤去了簾兒吧！」

彭夫人心想，太子的話卻也不錯，我和太子在宮中，也曾見過幾面；如今想見，也何必遮掩。當下命丫鬟撤去了簾子。太子用神看時，見彭夫人盛裝著，益發出落得儀態萬方，富麗無比。彭夫人見太子兩眼晶晶地射定在自己的粉臉兒上，覺得不好意思，便把脖子低了下去。低低地說道：「千歲請外邊書房中坐。」

當下便有府中的參軍，上來引導太子曲曲折折地從外宅院繞過花園，走進書房中去。

太子看看這情形，不得和彭夫人親近，豈不是白白地跑這一趟。他便心生一計，只說咱家今日到府，一來是拜佛，二來因張貴妃有幾句心腹話兒，託咱家傳說與夫人知道，快請夫人來聽話！那參軍又急急忙忙地跑到內院，對著夫人，把太子的話說了。那彭夫人卻輕易不出中門的，聽了這話，心中便躊躇起來；又想太子如今是奉貴妃之命，傳話來的，況且這位太子的性格橫暴，不是好纏的，沒法躲避，只得硬著頭皮，帶著一個小丫鬟，悄悄地從陪衖中繞到書房裡去。太子又傳話出去，把丫鬟留在外廂，只准彭夫人一人進見；待彭夫人走進屋子去一看，只見太子一個人坐在室中。他見了彭夫人，劈頭一句，便問：「貴妃和夫人很是知心的嗎？」

彭夫人回說：「承蒙貴妃瞧得起，所有心事，都曉諭妾身知道。」

太子接著又問道：「那貴妃和咱家的一段姻緣，夫人也該知道的了？」

彭夫人猛不防太子問出這個話來，便羞得她紅暈雙頰，低著頭說不出話來。

太子這時，搶上一步，挨近夫人身邊去，說道：「你可知道自己也和貴妃走上一條路來了？如今貴妃託咱家傳話與夫人，要夫人好好地看待這個寵愛你的人。」

太子說著話，竟伸手去拉夫人的纖手。夫人急縮著手，把身子向後退去，惱地變了臉色。嘴裡說道：「千歲須放穩重些，俺將軍知道了，不當穩便的。」

太子聽了，便哈哈地笑道：「什麼穩便不穩便的，夫人的肌膚也給咱家親過了；如今捏一捏手兒，料也無妨！」

說著，又要撲上前去輕薄。夫人急縮身在書架背後，隨手在書架角上拔下一柄寶劍來，握在手中，擋住了太子的身體，厲聲說道：「千歲說話，如此汙蠛妾身，請問千歲有什麼憑據，卻如此大膽地說出這種輕薄話來？」

那太子又笑著說道：「夫人要向咱家問憑據麼，那卻很容易，只須在夫人身上找便是了。夫人的左面乳頭下面，不是有一點鮮紅的小痣嗎？這便是憑據了！夫人褲帶兒頭上，一頭繡著鴛，一頭繡著鴦，這也是咱家親手替夫人松過的，這還算不得是憑據嗎？」

接著太子便把第一次與夫人在宮中相遇，一見魂銷，回府以後如何眠思夢想，如何用謀設計，又如何打發俠客，在半夜時分，跳進夫人臥室來，把夫人迷倒了，偷偷地送到了太子府去，一任太子輕薄過後，又偷偷地把夫人送回臥房去，和夫人肌膚之親，也不只一遭了；如今特來和夫人當面說明，求夫人以後繼續了這個良緣，免得彼此再在暗地裡摸索著。太子說完這個話，便也追到了書架背後去，意欲摟抱夫人；不料那夫人只慘聲喚了一聲：「將軍！」

回手把劍鋒在粉脖子上一抹，飛出了一縷鮮血來，倒地死了。把這個大膽的太子，也嚇得酥呆了半邊；半晌，他覺得自己逗留在書房裡，是不妙的，便匆匆打道回府去。

第二天，滿京城傳說彭將軍夫人暴病身死；這個悶葫蘆，也只是建成太子一個人知道。他心中總覺不安，悄悄地把齊王元吉喚進府來，告訴他彭夫人被逼身死的事體；元吉聽了，十分驚慌。說道：「那彭將軍是有功於國家的，況且他大兵在手，生性又十分猛烈；這事一破裂，怕不要鬧得天翻地覆。」

太子聽了，也十分慌張，後來還是元吉心生一計，說慶州總管楊文幹，原是東宮的心腹；如今趁彭將軍不曾回朝，速命楊總管募三千勇士，祕密送進京師埋伏著。彭將軍回朝，沒有舉動便罷；倘有什麼舉動，太子便可以命這三千勇士圍攻將軍府。楊文幹卻在慶州起兵響應，聲討彭將軍，怕不取了彭將軍的性命。建成聽了，連說好計！好計！當下便依計行事去。

待到年終，唐皇從鳴犢泉罷獵回朝。彭將軍帶領上萬兵士，沿途護送著，分八千兵士駐紮在城外，帶著二千兵士進城來。

這時秦王世民，也從蒲州回朝，半夜時分，忽傳彭將軍請見，兩人在密室中相會。世民見彭將軍臉上，氣憤憤的顏色，便問將軍有何心事？彭將軍冷冷地說道：「俺替你李家一生廝殺，幾些送了性命，如今家中一個妻小，你李家還不能容得，活活地被你家太子威逼死了。」

世民聽了，陡地變了顏色，忙問怎麼一回事？彭將軍接著把他夫人被太子威逼慘死的情形，詳詳細細說出來，說到氣憤的地方，便握拳透掌；說到悲慘的地方，也撐不住灑下幾點英雄淚來。秦王聽了，也忍不住怒氣滿腔，便用好言安慰著，說：「將軍且請息怒！小王明天去奏明父皇，務必要請父皇廢去了這淫惡的太子！」

彭將軍拿起佩劍來，刮的一聲，把劍折作兩段，說道：「若不助千歲出死力驅除此淫惡太子者，有如此劍。」

接著他兩人又談了些機密話，彭將軍便告辭回家。

第二天世民獨自一人進宮去，在便殿中參見父皇，正要奏說太子的事。忽然杜鳳送進奏本來，上面說慶州總管楊文幹，起兵謀反，帶領五萬人馬，直撲京師。唐皇急把奏本擲與世民觀看，世民正看時，忽又見黃門急急進來奏說：「不知哪裡來的一支兵馬，圍攻彭將軍府；彭將軍已被亂兵殺死。現在亂兵正圍攻太和宮，聽聲說要捉拿秦王。」

唐皇聽了，也不覺慌張起來！世民卻知道是太子鬧的事，便奏說：「此事唯太子知道，父皇速速傳太子進宮來。」

唐皇到此時，心下有幾分明白，便傳出詔書去召太子進宮。建成太子正和元吉兩人，在府中調兵遣將。忽見宮中傳出聖旨來，知道不免要受罪；心想一不做，二不休，便點齊府中二千勇士，意欲直衝進宮去殺了世民。正出府上馬，那詹事主簿趙弘智，上前去把太子的馬扣住，再三勸諫，不可妄動，務須輕車減從，前往謝罪！又說皇上待千歲並不薄，千萬不可去驚壞了萬歲聖駕。

太子才依著趙弘智的話，帶了幾個隨身衛士進宮來。見唐皇滿面怒容，他弟弟秦王，也憤憤地站在一旁。建成便不由得跪倒在父皇跟前謝罪。那宮門外兵士喊殺的聲音，直吹進宮來。秦王也由不得跪在地下，求父皇殺死了孩兒，平了宮外兵士的怒氣。這唐皇看看他兄弟二人，並肩兒跪在殿下，心中卻有幾分不忍。便命黃門官把他兄弟二人扶起，看看天色近晚，那宮外喊殺的聲音，愈是凶殘。

唐皇沒奈何，只得帶了太子和秦王二人，從後宮溜出，在黑夜裡，腳下七高八低地走了十多里路，逃上南山離宮去。一面傳旨，著魏徵速平京師叛徒。那彭將軍留下的二千兵士，要替他主帥報仇，便幫著魏徵的兵士，在宮門外殺賊，直殺到天明，才把那班叛徒殺退；宮門外殺得屍橫遍野，血流成渠。魏徵一面派人打掃宮廷，一面率領滿朝文武，步行到南山去請唐皇回宮。

那唐皇才回得宮中，忽有緊急文書報說：「楊文幹已陷落寧州。」唐皇聽了大驚失色，說寧州離京師不遠，誰去抵敵。

話未說完，秦王便出班奏稱：「文幹豎子耳，孩兒願率一旅之師擒之。」唐皇見說，便把世民傳上殿去，附耳說道：「這事關連建成，只怕響應的，不只是文幹一人，你此去須好自為之。事成，孤便以爾為太子，封建成為蜀王；蜀地狹小，不足為患，萬一有變，汝滅之亦甚易。」

秦王當即磕頭，領旨前去。帶領十萬人馬，浩浩蕩蕩，殺奔寧州地界去。誰知那文幹手下的兵士，聽說秦王兵到，便在半夜時分，殺死了楊文幹，把首級獻進秦王營中來。秦王便分一半兵士，駐紮在寧州一帶，自己帶了文乾的首級回朝。

在秦王的意思，此番進宮見了父皇，這太子的位置，穩穩是他的了。誰知那唐皇見了世民，只說了幾句安慰的話，卻絕不提廢立太子的事體。出宮來一打聽，才知道他帶兵在外的時候，那班宮中妃嬪，和齊王元吉，都替建成太子說著好話；建成又求封德彝去奏諫唐皇，說國家不可輕易廢立太子，改換儲君便是啟亂之道。那唐皇給他們你一句，我一句，說得沒了主意，後來依舊下詔，赦了建成的罪，留守東京。又怕秦王和太子的意見越鬧越深，便又囑咐封德彝陪著秦王、齊王兩人，到太子府中去會面。

那建成太子，留著二位弟弟在府中飲宴；這時元吉衣袋中帶有毒藥，他乘秦王不留神的時候，用指甲把毒藥彈入秦王的酒杯中；秦王吃下肚去，一霎時捧著肚子嚷痛，立刻吐出一口鮮血來，暈倒在椅子上，不省人事。這時淮安王神通，也在一旁陪飲，忙扶著秦王回府，請大夫下藥解救；幸而中毒尚淺，不曾送得性命。秦王病了三個月，才得起床。

事體傳入宮去，唐皇說是秦王府中的奴僕不小心，反把秦王親近的奴僕，拿去問罪。一面下手詔，說秦王不能飲酒，以後不可夜間聚飲。又隔了幾天，唐皇特意把秦王傳喚進宮去，在密室裡對世民說道：「朕自晉陽起義，平定天下，皆汝之力。

當時朕欲使汝正位東宮，汝乃力辭，因立建成，成爾美志。如今太子已立多年，若重奪之，不但朕心不忍，且使汝兄弟仇恨愈深。然汝兄弟終不能相下，若同在京師，變亂益多。朕欲使汝回洛陽舊都，自陝以東，悉以與汝，准汝建天子旌旗，如梁孝王故事如何？」

秦王聽了，不覺落淚，當即叩頭謝恩！又奏稱遠離膝下，非臣兒所願。唐皇再三開導，秦王總是不肯奉詔，退出宮去。

這訊息傳在東宮耳中，忙和元吉一班人商議。元吉說：「父皇已有疑太子之心，吾等宜先發制人。」接著邊關報來，說突厥兵勢浩大，殺近邊關。建成便進宮去，在父皇跟前，保舉元吉統兵北討。這原是他二人商量下來的計策，使元吉藉著征伐突厥的名兒，帶著大兵，待一出京城，把京師團團圍困起來，指名要捉拿秦王，一天不殺秦王，便一天不解圍。那時太子在城內響應，內外夾攻，怕不取了秦王的性命。

誰知秦王的耳目很長，建成太子這一番計謀，早已給世民左右的人識破。當時秦王府中如長孫無忌、房玄齡、杜如晦、尉遲敬德、侯君集，這一班謀臣勇士，齊集秦王府中告密。房、杜兩人，自從那年得罪了尹淑妃的父親，被唐皇革職，逐出京師以後，秦王又悄悄地去把他喚進府來，暗地裡運謀定計，頗有奇功。如今的事，也是房、杜二人首先覺察。當下眾人勸秦王事機危迫，主公到此時也顧不得弟兄的情義了，快快進宮去求萬歲做主。世民聽了，也不由得慌張起來，立刻悄悄地從後門走進宮去。

這時已是黃昏，宮中燈火齊明，唐皇正在後宮進膳。黃門官報說秦王有要事求見，唐皇急把秦王喚進來，在膳桌前傳見。

那秦王一見了父皇，忙跪倒在地，滿面流著淚，口稱父皇快救臣兒的性命！唐皇見這情形，忙退去左右，把秦王喚到跟前來問話。秦王劈頭一句，便向父皇可曾發下元吉去征討突厥的旨意？唐皇說道：「這事朕已准了太子的奏本，明日一早便須下旨。」

秦王急急說道：「父皇若愛憐臣兒性命，萬萬不可下這道聖旨。」接著又把太子和元吉二人反叛的計策奏明瞭，索性又把太子歷來私通宮闈，強姦民婦，作踐人民，淫逼官妻的種種劣跡，說了出來。又說臣兒倘有半句虛言，便教天誅地滅。

唐皇聽了，氣得他咆哮如雷，依唐皇的意思，連晚要把建成、元吉二人，傳進宮來問罪。世民又奏說：「太子黨羽甚多，倉促之間，怕有禍變，待臣兒出宮去召集兵士，保護宮廷，再傳喚太子來遲。」

當時秦王退出宮來，悄悄地四處召集兵馬，在宮門外四處埋伏著；又令府中參軍，帶一支人馬，在太子府門外伺探著，若有人出入，便須在暗地裡擒住，莫驚動了太子。果然不出秦王所料，這晚秦王在宮中和唐皇說的話，早有小黃門偷聽了去告訴了張貴妃，張貴妃連夜打發黃門官到太子府中去報信。

那黃門官才走到太子府門口，卻被暗地裡埋伏著的兵士上去擒住，連夜送入秦王府去。秦王用嚴刑拷問，那黃門官便把太子如何與妃嬪們通姦，如何謀害秦王；又如何竊聽了訊息，特打發他到太子府中去報信，一一招認出來。當夜便把這黃門官囚在府中。

第二天一清早，秦王騎著馬，帶著三十個勇士，到玄武門去巡察了一週，見人馬在宮牆外駐紮得十分嚴密，便進宮去候著。停了一回，聖旨下來，傳裴寂、蕭瑀、陳叔達、封德彝、宇文士及、竇誕、顏師古，一班文武大臣進宮。最後又下旨傳喚太子建成，和齊王元吉。

唐皇駕臨臨湖殿，那建成和元吉兩人，奉了聖旨，還不知道是什麼事體，便各各乘馬，隨帶十二名勇士，到臨湖殿來朝見父皇。他二人才走到朝門，便有御林軍上前來，把十二個勇士扣住在門外，說萬歲有旨，太子入朝，不得隨帶護衛。元吉看了這情形，心中便有幾分疑惑。兩人騎著馬，進了宮門，在甬道上走著。

元吉留心看時，見兩旁埋伏著兵士，看看走到殿門口，守門兵士，喝一聲下馬。建成正要下馬來，元吉上去向建成丟了一個眼色，建成心中也疑惑起來；只聽得殿上一片聲喚，快宣太子和齊王上殿。元吉心知不妙，忙撥轉馬頭，向門外逃去。太子見元吉逃出宮門去，他也轉身拍馬，在甬道上逃向朝門外去。

正逃時，忽聽身後秦王的聲音，喝著建成站住，父皇有旨；接著耳旁呼呼地飛過三支箭來，最後一支卻射中了太子的後心，建成只喊了一聲「啊喲！」

便身不由主地撞下馬來死了。

那秦王丟下了太子，搶著太子的馬騎著，急急向宮門外去追著元吉。看看追上，那元吉轉過身來，換弓搭箭，颼颼颼的三支箭，徑對秦王面門上射來。秦王一低頭，避過箭鋒，依舊拍馬趕著。忽然前面橫路上衝出一個尉遲敬德來，手起刀落，把元吉砍死在馬下。

二人見已除了大害，便並馬回朝。忽聽玄武門上，鼓聲如雷，即有飛馬報到，說太子手下兵馬二千人，圍攻玄武門甚急。

秦王聽了，急把手中槍一舉，宮內伏兵齊起，大家跟著秦王向玄武門殺賊去。頓時喊聲如雷，箭如飛蝗，有幾支箭落在唐皇御座前，裴寂急保護唐皇退入後殿去。蕭瑀和陳叔達二人，急急到唐皇跟前來跪奏道：「臣聞內外無限，父子不親，失而弗斷，反蒙其亂。建成、元吉，自草昧以來，未始與謀，既立又無功德，疑貳相濟，為蕭牆憂。秦王功蓋天下，內外歸心，宜立為太子，付以軍國大事，陛下可釋重負矣。」

唐皇聽了他二人的話，便說道：「朕欲立秦王為太子之心久矣。」便草詔命尉遲敬德捧著詔書，到玄武門城樓上，高聲宣讀，說建成已死，立世民為太子，付以軍國大事。那班叛兵，聽說建成已死，便無鬥志，各各四散逃竄。

世民回進宮來，哭倒在唐皇腳下。唐皇用好言撫慰，從此世民做了皇太子，移入東宮去居住；一面又替建成、元吉二人發喪。靈柩過宣武門，唐皇親自帶領建成、元吉二人的舊臣，在柩前哭得十分傷心。世民上去把父皇扶進宮去，勸住了悲傷。

從此唐皇便覺精神恍惚，心中鬱鬱不樂，便下詔傳位給太子，稱太宗皇帝，改年號為貞觀。太上皇移居大安宮。

太宗即位，便拜房玄齡為中書令，蕭瑀為尚書左僕射，其餘宇文士及、封德彝、杜如晦，都得了高官。又立妃長孫氏為皇后。到貞觀九年，太上皇崩於垂拱殿，廟號稱高祖。太宗皇帝把從前所有高祖得寵的妃嬪，一齊遷入別宮，又放三千宮女出宮。

從此宮廷間便覺十分靜穆。只有張、尹二妃，和建成、元吉二人，內外行奸，太宗未即太子位以前，暗暗地被張、尹二妃在高祖跟前，日進讒言，害太宗受盡冤屈，這個仇恨，太宗心中刻刻不忘的；只因張妃的兒子元亨，現封酆悼王；尹妃的兒子元方，現封周王；都是年幼，太宗很是愛憐他，也便不忍傷害他母親。欲知後事如何，且聽下回分解。

王將軍巧計殺主　魏丞相私訪遺孤

兀亨、元方兄弟二人，自幼和太宗十分親近，天真爛漫，太宗看幼年弱弟，也很是顧憐他。但自從世民即了皇帝位以後，張、尹二妃，退處別宮，母親愛子心切，只怕受太宗的欺凌，便和郭婕妤商議。郭婕妤自承高祖臨幸以後，早年得子，便是徐康王元禮。這元禮年紀已有四十八歲，在弟兄輩居長，生性持重，太宗很是看重他。張、尹二妃，便託郭婕妤把元亨、元方兄弟二人，寄在徐康王府中，請元禮保護管教著！

誰知元禮有一個不成材的兒子名茂的，受封為淮南王，他是元禮的長子，便另立府第。這淮南王卻常來徐康王府中，和元亨、元方二人盤桓著；有時騎馬射箭，有時鞠球擲梟，凡是奸暴邪僻的事體，都是淮南王引導他們的。這元亨、元方二人，也漸漸跟著學壞了。他兄弟三人在府中，常常瞞著徐康王，和那班年輕的姬妾們通姦。那姬妾們只貪他們年輕貌美，便也把倫常大禮丟在腦後。

日子久了，這淮南王漸漸地和府中的趙姬勾搭上了。這趙姬原也生有傾國傾城的姿色，是徐康王新納進府來的。和淮南王兩人，一見傾心，背著人偷偷摸摸地弄上了手，只瞞了徐康王一個人的耳目。那元亨、元方弟兄們見了，並不避忌，常在一處調笑取樂。這風聲傳播出去，那建成的幾個兒子，安陸王承道，河東王承德，武安王承訓，汝南王承明，鉅鹿王承義，也常常到徐康王的府中來鬼混。徐康王看他們都是無父之兒，便也特別看顧些。

有一天正是盛夏的時候，徐康王午睡醒來，也不喚從人，獨自一人步到花園中去納涼，瞥眼見那大花廳上，這班王爺，每人擁著一個府中的姬妾，在那裡調笑戲弄；最顯眼的，見他兒子淮南王懷中卻擁抱了一個他最寵愛的趙姬。徐康王大喝一聲，這一班男女，各各抱頭竄去，獨有那淮南王站著不動。徐康王擄袖揎拳，要上去揪淮南王打時，那淮南王力氣極大，順手向他父親胸著推去，徐康王一個站腳不住，倒下地去，被椅子絆住了腳，那額角碰在柱子上。徐康王心中又氣又痛，胸中一陣痰湧，便昏迷過去。

待清醒過來，自己身體睡在床蓆上，睜眼看時，屋子裡靜悄悄的一個人也沒有。徐康王覺得口乾舌燥，意欲喝一杯水潤潤喉，直著聲嘶喚著，卻不見有人走進屋來。自己掙扎著起來，一個眼昏，又倒下身暈過去了。停了許久時候，悠悠醒來，已是夜半，滿院子靜悄悄的，屋子裡也不點燈火，正萬籟無聲的時候，忽聽得隔房傳來一陣男女歡笑的聲音，徐康王留神聽時，分明是淮南王和趙姬在那裡做無恥的勾當。

徐康王一股氣湧上喉嚨口來，便也昏昏沉沉地睡去。好不容易，捱到天明，只見一個小奴婢，踅進屋子來。徐康王喚住她，倒一杯水喝下，又命她去把淮南王喚來。眼巴巴地望了半天，才見淮南王走進屋子來，遠遠地站著。徐康王顫著聲說道：「你看俺父子一場份上，如今我病到這步田地，也該替我喚一個醫官來醫治醫治。」

那淮南王聽了，卻冷冷地說道：「為王五十年，也心滿意足了，何必醫治，老而不死，反叫俺看了討厭！」

一句話氣得徐康王哇地吐出一口血來，又暈厥過去了。從此徐康王睡在床上，奄奄一息，饑寒痛苦，也沒有人去照料他。這淮南王依舊和元亨、元方、承德、承道一班荒淫的弟兄，在府中和一群姬妾，尋歡作樂。那徐康王捱到第八日上，竟活活地餓死。

這訊息傳到太宗皇帝耳中，十分震怒！當即派司徒校尉，帶領御林軍，直入徐康王府，把一群王爺捆綁著，捉進宮去。

太宗皇帝親自審問。淮南王無可抵賴，便一一招認。太宗吩咐打入西牢，第二天聖旨下來，把淮南王充軍到振州地方去。元亨、元方，恕他年幼無知，便永遠監禁在西牢中。獨有安陸王承道，河東王承德，武安王承訓，汝南王承明，鉅鹿王承義五人，因他是叛逆之子，如今又做出這荒淫亂倫的事體來，二罪俱發，著司徒校尉，押赴南郊去斬首。宇文士及進宮去奏說：「陛下如今殺建成之子，那元吉之子心中不安，怕旦夕要做出叛逆的事體來，不如斬草除根，趁此把元吉的兒子一併捉來斬首，免卻後患。」

太宗依奏，接著便去把梁郡王承業，漁陽王承鸞，普安王承獎，江夏王承裕，義陽王承度，一齊綁赴校場行刑。那侯君集又開了一張東宮餘黨的名單一百多人，請太宗按名捕捉。還是尉遲敬德當殿竭力勸阻，說罪魁只有二人，今已連後嗣一齊誅滅，不宜再事株連；倘追求不休，恐反激成禍亂。太宗皇帝便依奏下詔大赦，反把那東宮餘黨，挑選幾個有才學的，加他的官，進他的爵。獨有那舊太子洗馬官名魏徵的，不肯受官。

這魏徵是唐朝有名的忠義之臣，他平日見高祖或太子有過失時，便盡言極諫。高祖和太子被他說得老羞成怒，要下詔殺他。他卻毫不畏縮，依舊勸諫不休；因此高祖在日，見了魏徵，也有幾分害怕！後來做了建成太子的洗馬官，他見世民功高勢盛，便有壓倒東宮之勢，卻暗暗地勸建成須早早下手，除去世民，免卻日後之患。如今建成果然死在太宗手裡，他便逃回家鄉，隱居不仕。太宗皇帝卻派人四處尋訪，把這個魏徵尋來。

那魏徵入朝，見了太宗，長揖不拜。太宗喝問：「何得在先太子跟前，斥寡人為奸險之徒，離間我兄弟？」

魏徵聽了，冷笑一聲說：「先太子若肯聽臣言，何至有今日之禍。先太子秉性拙直，不如陛下之善於逢迎取巧，能得人心。然直者為君子，巧者為小人，竊為陛下不取也。」

太宗見魏徵直斥他是小人，不覺勃然大怒！說道：「汝說寡人逢迎取巧，有何憑證，快快說來？若有半點差池，休怨寡人辣手。」

那魏徵不慌不忙地說道：「陛下殺死先太子以後，深恐太上皇加罪於陛下，陛下在延德宮見太上皇之時，正當盛暑，太上皇坐在東軒，開胸納涼。陛下跪在太上皇膝前，太上皇只說得一句：『骨肉相殘，可恨可悲！』陛下無言可對，只以口吮著太上皇乳頭，假作悲泣，這便是逢迎取巧之道，這情形陛下猶記得否？」

魏徵話才說完，宇文士及接著說道：「先太子今已無道伏誅，萬歲神聖聰明，誰不敬服，汝何得當殿無禮？」

魏徵大聲說道：「昔管仲為子糾臣，曾射桓公中鉤，今臣僅為先太子分辯了幾句，何得謂臣無禮？」

太宗見魏徵如此剛直，即轉怒為喜，忙以好言撫慰。即下旨與王珪同領諫議大夫之職，以後如遇有朕不德之事，許汝盡言極諫，當即退朝回宮。

接著便有侯君集進宮來請見，太宗在書房召見，問有何要事？侯君集當即從衣袖中獻上一封密書來，太宗接在手中看時，原來是廬江王瑗，寄與先太子建成的密書；信上面的話，是唆使建成、元吉二人，速速謀害太宗的話。太宗看了大怒說道：「此人不可不除。」

侯君集奏說：「陛下不如著人去悄悄地把廬江王喚進京來，再明正其罪。」

太宗便打發通事舍人崔敦禮，捧著詔書，馳赴幽州，見了廬江王，只說太宗有要事相商，速即入朝。

那廬江王自己做下虧心事，終覺心中不安。他一面安置崔敦禮，一面退入府中，忙去召王將軍進府來商議。這廬江王瑗，原是太祖的孫子，高祖的從弟，太宗的從叔，依例得封王爵。

從前曾奉高祖之命，與趙郡王孝恭，合力征討蕭銑，又調掐州總管。因劉黑闥勢大，不能安守，便棄城西走。高祖改任瑗為幽州都督，又慮瑗才不能勝任，特令右領軍將軍王君廓幫助他看守城池。這王君廓原是一名大盜，勇猛絕倫，投降唐朝以後，頗有戰功。廬江王依他為心腹，把妹子嫁與王將軍，原是聯繫交情的意思。從此廬江王遇有機密事體，便與王將軍商議。如今見太宗召他入朝，便也去把王將軍喚進府來商量著。

在廬江王的意思，從前自己是反對太宗的，曾有信札和先太子來往著，說著謀害太宗的事體。如今太宗忽然來召喚，怕是舊案重翻，當下便把這個意思，和王將軍說了。誰知王將軍聽了廬江王的話，心中忽然變了主意，當下便說道：「當今皇上，居心叵測，事變之來，原不可料；但大王為國家宗親，受命守邊，擁兵十萬，萬不能輕易入朝。大王如決欲入朝，恐不能免禍。」

廬江王原存著滿肚子疑心，如今聽了王將軍的話，便憤然作色道：「事已至此，我不能坐以待斃，我計已決矣。」

當即傳下命去，把崔敦禮拘禁起來，起兵為先太子報仇。一面召北燕州刺史王詵，合兵一處，共主軍事。當有兵曹參軍王利涉在一旁勸諫著說道：「王今未奉詔敕，擅發大兵，明明是造反。諸刺史若不遵王令，王便立蒙其害。臣今有一計，山東豪傑，嘗為竇建德所用，今皆失職為民，不無怨望。大王若傳檄山東，許他悉復舊職，他們必願效馳驅。一面再令王詵，外連突厥，從太原南蒲趨絳，大王自率大兵，直驅關內，兩下合勢，不出旬月，中原可定矣。」

廬江王聽了甚喜！當即與王君廓商議。王將軍道：「利涉之言，未免迂遠。試思大王已拘禁朝使，朝廷旦夕必發兵東來，如今大王尚欲傳檄山東，北連突厥，只恐急迫不及待矣。臣意乘朝廷大兵未至之時，即出兵西攻，乘其不備，或可成功。末將願率一旅之師，為大王前驅。」

廬江王聽了王將軍的話，信以為真，便道：「我今以性命託公，內外各兵，都付公排程便了。」當即將兵符印信，一齊交與王將軍。王將軍接了印信，匆匆出府。

王利涉得知了這個訊息，急急趕進府去，對廬江王說道：「王將軍性情反覆，萬不可靠，大王宜將兵權交與王詵，不可委託王將軍。」

廬江王聽了這一番話，心中正疑惑不決的時候，忽有人報進府來。說王將軍用兵符調動大軍，誘去王詵，已將王詵殺死。」

廬江王頓足嘆息，連說我中了奸計也。正慌張的時候，又連連報進府來，說朝使崔敦禮，已由君廓從獄中放出，滿城貼著告示，說廬江王謀反，欲進府來擒捉大王呢。廬江王聽了，嚇得他魂不附體，回頭看王利涉時，已不在左右了。廬江王轉心想，自己與王將軍是郎舅至親，絕不忍心至此，待我親自責問他去。便喚備馬，廬江王披甲上馬，帶領親兵數百人，疾馳出府，在府門口恰巧遇到王將軍。房江王正要開口，忽見王將軍大聲向眾兵士說道：「李瑗與王詵謀反，拘禁使臣，擅發兵馬。如今王詵已伏誅，爾等何不一併擒了李瑗，立此大功。」

說話未了，那數百親兵一齊散去，只留下廬江王一人一騎，正要轉身逃進府去，王將軍大喝快把這反賊拉下馬來，當有眾兵士上前去，把廬江王團團圍住，有十多個人上去，把廬江王橫拖豎拽地從馬上拉下地來，反綁著擁進王君廓營中去。王君廓高坐在帳上，把廬江王拖至面前，廬江王罵不絕口。王將軍一言不發，吩咐把廬江王在帳前活活地絞死，當即割下首級，交與崔敦禮帶回京師去。

太宗下旨，把廬江王廢為庶人，升君廓為幽州都督。這事傳在諫議大夫魏徵耳中，心中十分不安，便去朝見太宗，說先太子初死，人心未靖，朝廷宜坦示大公，不再株求，方可免卻大禍。太宗依奏，便著魏徵去宣慰山東一帶，許他便宜行事。

魏徵奉了聖旨，向山東出發，在半路上遇到先太子千牛官李志安，先齊王護軍官李思行二人，被地方捉住，打入囚籠，押送京師。恰巧與魏徵遇見。那李志安和李思行二人，是認識魏徵的，當即在囚籠中大聲呼救。魏徵忙吩咐留下二人，對押解官說道：「皇上已有詔書在此，所有前東宮齊府的餘黨，概不按問，如今若再將二李囚解入京，是赦書反成虛文了。」

當即把二李解放，自己修了一道奏本，交押解官送進京師去。太宗說他有識，傳旨獎許！一面再降諭旨，自後凡事連東宮、齊府及廬江王瑗的，概不准告訐，違令者反坐。

誰知這魏徵巡查到山東地界，又查出一樁祕密案件來了：這時魏徵行轅，駐紮在草橋驛地方。這草橋驛，原是荒涼的所在，地面上只住著二、三十家村人農戶。魏徵原要訪問民間疾苦，來到這冷僻的地方，忽見一清早差官從門外揪進一個鄉婦來。那鄉婦手中抱著一個才吃乳的孩兒，差官手中捧著一襲衰衣，到魏徵前跪倒。差官呈上那襲衰衣來，魏徵細細翻看，見衣領後面，有「齊王府督造」幾個字樣。魏徵便問差官，這衰衣從何處得來的？那差官指著那鄉婦說道：「小人清早從這鄉婦家門口走過，見她家屋簷頭，曬著這件衰衣，小人疑心這衰衣，只京師地面王府中有，如何鄉間也有此衣；當即進門去查問，果然衣領上有『齊王府督造』字樣，小人便追問這鄉婦是何等人家，丈夫作何生理，這衰衣是何處得來的？這鄉婦見小人查問，便露出慌張的樣子來。小人再三追問，她總是不肯回答，正在這時候，忽聽得隔房有小兒啼哭的聲音；這婦人聽得小兒啼哭，愈加顯露出驚惶樣子來，當即三腳兩步，搶進隔房去。小人便在外房候著她。半晌不見婦人出來，那小兒的哭聲愈厲害了，小人便隔著門縫望去，見這婦人手中抱著小兒，手忙腳亂的，正在屋子裡四下里找地方藏起來。是小人心中疑惑，便搶進房去，把她小兒奪住；又查問她這孩兒是否親生兒子，你丈夫現在何處？誰知這婦人被小人追問得厲害，便說這孩兒不是她親生的，她是沒有丈夫的，她是一個未出閣的閨女呢。小人見案情離奇，便帶她進府來，求大人親自審問。」

那差官說完了話，便後退幾步站著。

魏徵喚這鄉婦上前來看時，雖說亂頭粗服，但看她皮膚白淨，眉目秀麗，決非久住在鄉間的女子。魏徵心知有異，當即喝退左右，把這女子帶進內書房去，先用好言安慰她，又和言悅色地探問她，這小孩和衮衣的來處。起初這女子抵死不肯說。

魏徵說自己是皇帝派下來的宣慰使，一切事體都可以替皇上做得主，又從前做過太子洗馬，凡有與先太子有關的案件，總是幫著超免的。那婦人聽到這句話，才慢慢地說出來：

「自己原是從前齊王府中，楊妃身邊的一個侍女，名喚採蘋。這孩兒是楊妃生的，也便是齊王的血統。可憐他生下地來，不上三個月，禍便發了！楊妃只生了這一塊肉，知道將來小性命不保的，當晚打發了一個內官，拿了路費，保護著婢子，帶了這小兒，逃到山東地界來，假扮著鄉婦，在這草橋驛荒僻的地方住下。這一件衮衣，原是楊妃當時交給婢子，裹著這小王子的身體拿出來的。那時楊妃還說：『天可見憐，俺母子有重見之日，便拿這件衮衣為憑據。』因此婢子不敢把這衮衣丟去。如今住在這偏僻地方，料想是皇上耳目所不及的，是婢子一時膽大，拿出衮衣來，在陽光中曬著。不想恰巧被大人府中的差官查見了，如今案情已破，婢子原是罪該萬死，只是當初楊妃把這小王子託付婢子的時候，曾向婢子下過跪來，說不論如何千辛萬苦，總要保全這小王子的性命，使齊王不絕後代。如今婢子給大人叩頭，大人拿婢子去千刀萬剮，都是甘心的，只求大人看在楊妃的面上，保全這位小王子的性命吧！」

這侍女說罷，滿面流著淚，趴在地下不住地叩著頭。

魏徵看了，心中不覺感動起來。說一個無知女兒，尚知忠心故主，我枉為朝廷大臣，豈不能庇一王子，當時他便打定主意，要保護這王子的性命。將這侍女和王子收養在內宅裡。又問那保護他出來的內官，如今到何處去了？這侍女說：「已在一個月前得急病亡故了。」

魏徵又吩咐那差官，不許在外面胡說，如有漏洩風聲，便當處以重刑。因此魏徵內衙裡留養著這位王子，外間絕沒有人知道。

魏徵在山東一帶地方宣慰，直到這年冬天，才回京師。太宗依了魏徵的奏章，又召還先太子黨羽王珪、韋珽、杜淹，同為諫議大夫，下詔令馮翊立、薛萬徹等都得歸里。一時人心大定，內外都安。獨有魏徵府中，收養著這位小王子，一時不好與太宗說得。後來暗地裡打聽這小王子的母親楊妃，已被太宗收入後宮去封了貴妃，得太宗萬分地寵幸。

原來這楊妃，是元吉在世時候，新納的妃子，年紀只有二十四歲，生成花玉精神，冰雪聰明。元吉所寵幸的二十多位妃子中，只有這楊妃知書識字，能吟詩作賦，元吉便十分寵愛她。

選進府去，在第三年上，便生下這個小王子，取名承忠。這承忠面貌酷像他母親，看是又美麗，又聰明，王妃兩人十分珍愛。

誰知好事多磨，霹靂一聲，元吉被殺死在玄武門。訊息傳來，楊妃痛不欲生。她在闔府慌張的時候，打發侍女和內官二人，帶著小王子，從後院爬牆逃出。這時看看府中，一霎時鴉飛鵲亂，獨有楊妃卻胸中橫著一死殉節的念頭，便也十分鎮靜，孤淒淒的一個人守在房中，正要乘人不備，尋個自盡。忽然黃門官傳出一道皇后的鑼旨，來接楊妃進宮去。楊妃再三辭謝，那黃門官不許，立逼著楊妃坐著宮中的香車，送進宮去。長孫皇后見了，拉住楊妃的手，再三撫慰著。

原來這楊妃和長孫皇后本是親戚，長孫皇后在秦王府中的時候，楊妃也常常進府中去探望，兩人十分親愛，同起同坐，望去好似姊妹一般，那時見了秦王，也不十分避忌。秦王心中常常想著：這樣一位絕色美女，他日不知落在誰人手中呢？欲知後事如何，且看下回分解。

恩情纏綿楊妃失節　宮闈幽祕裴氏送兒

楊妃的美貌，任你是鐵石心腸的人，見了她也是要動心的。

何況太宗皇帝，是一個蓋世英雄，自來英雄沒有不好色的。長孫皇后在秦王府中的時候，楊妃常常在府中走動，世民每見了楊妃，總是十分殷勤。在世民的意思，原要博美人的歡心，但這楊妃卻總是凜凜不可侵犯的神色。世民心中雖是十分愛慕，無奈這美人兒豔如桃李，冷若冰霜，使你近身不得。好似一樹玫瑰花，滿枝長著刺，使你攀折不得。她和長孫皇后說笑著，卻又是嫵媚纏綿，嬌憨可憐；因此長孫皇后十分歡喜她，常常留她在閨闥中說笑解悶。這楊妃又常對長孫皇后說自己的心事，她說天下最難得的是多情人。一個女孩兒，輕易不可失身在富貴公子手裡，唯天下富貴人中，最是無情。

後來楊氏被齊王元吉娶去做妃子，長孫皇后見了面，常常笑她，說妹妹不願失身在富貴公子手中，卻又如何做了俺四王爺的妃子；況且這四王爺的面貌，又最是醜陋不過的。但這齊王自從得了楊妃以後，便打疊起萬般溫柔，把個楊妃出奇的寵愛起來。

這楊妃在齊王的姬妾中，原是年紀最輕，面貌最美，齊王便寵以專房，從此便一雙兩好的，和楊妃守在一處，寸步不離，在外面荒淫橫暴地舉動，也通通改換，竟成了一位溫柔多情的男子。楊妃見齊王在她身上如此鍾情，也便心滿意足，把自己多年藏在心底里的一片柔情，也禁不住勾引出來，兩相憐愛著。

誰知大禍臨頭，齊王竟遭亂兵殺死，在楊妃那時痛不欲生，已拼尋一短見，追隨齊王於地下。那長孫皇后一聽說齊王已死在玄武門，太宗又要派兵到齊王府中去查抄，知道楊妃和齊王正在恩愛頭上，聽了這個惡訊息，也不知道要悲痛到如何地步；再楊妃是一位嬌柔的美人，眼看著兵士們到府中去查抄，豈不要把這美人驚壞了。因此忙打發黃門官去把楊妃接進宮來，用好言勸慰著，又備了豐美的筵席，邀著宮中的妃嬪陪伴著她，勸酒壓驚。那陰妃、王嬪、燕妃、韋妃、楊美人、楊婕妤，都是太宗寵愛的妃嬪，大家都來輪流把盞，好言相勸。

內中又是一個燕妃，她長著嬌小身材，說話兒甜甜蜜蜜的，叫人聽了消愁解悶。她和楊妃特別地親熱，拉著楊妃到她屋子裡去，同起同臥，又打疊起千言萬語來勸她。楊妃被眾妃嬪，你一言我一語的，解勸得悲傷的心思，也減輕了幾分，看看妃嬪們都和她親熱，她也不好意思冷淡了人，少不了也要敷衍幾句說話，因此漸漸把她覓死的念頭打消了。又想自己還有一個小王子流落在外面，不知生死如何，自己倘然尋了短見，他日小王子長大起來，我母子二人，永無見面之日，豈不害他做了一個無父無母的孤兒。細細一想，只得暫抑悲懷，偷生人世，圖一個母子見面之日。

她打定了主意，便和長孫皇后說明，若要她住在宮中，須依她四件事體：第一件是要另外收拾起一座宮院，撥八名宮娥，八名小黃門服侍著她；第二件是她住在宮中，起居自由，無論喜慶事體，不隨妃嬪朝參皇帝；第三件是須在宮院中設一齊王靈座，許楊妃早晚拈香禮拜；第四件是不論何時，可以出宮。

這四個條件，長孫皇后當即與太宗皇帝商量。太宗聽說楊妃肯住在宮中，便一一答應。當時撥一座迎紫宮給楊妃住下。

這楊妃住在裡面淡妝素服，早晚在齊王靈前焚香祝禱，禱告齊王的神靈，默佑著小王子在外面身體康健，無災無難，母子得早日想見。那太宗雖不得和楊妃見面，但心中卻念念不忘，每日打發宮娥，拿名花異果，送進迎紫宮去，在齊王靈座前供奉。那楊妃卻跪在靈座前，代已死的齊王叩謝聖恩。每遇到春秋佳節，楊妃雖不出宮來朝賀，但太宗每賞賜妃嬪花粉珍寶，也照樣賞賜楊妃一份。賞賜楊妃的一份禮物，卻與賞賜皇后的一般豐厚。那楊妃得了這一份禮物，卻謝也不謝，淡淡地吩咐宮娥收下了。

每次皇帝賞賜她的衣服珍玩，她眼睛一覷也不覷，只冷冷地丟在一旁，永遠不服用它。楊妃穿的用的，依舊是從前在齊王府中穿過的幾件舊衣，用過的幾件舊物，雖穿到破爛，也不肯丟去。非得皇后和妃嬪她的對象，她才肯收用。這情形傳在太宗皇帝耳中，太宗嘆著氣說道：「這才是清潔多情的美人呢！」

楊妃在宮中住下了一年多工夫，太宗在暗地裡用盡心計，拿許多珍奇異寶去賞給楊妃。楊妃得了賞賜，總是淡淡的，從不說一句感激的話。太宗也無可如何，只在背地裡說道：「齊王一生淫暴，如今反得這美人替他守節，這真是各有緣法；無可勉強的。」

看看到了新年元旦，宮中大小妃嬪，都打扮得花枝招展似的，到皇帝皇后跟前去朝賀。獨有這楊妃卻依舊一步不出宮門，守著齊王的靈座，終日淌眼抹淚地傷心不住！她只在第二天悄悄地到皇后宮中去拜年，略坐了一坐，便回宮去。

到元宵的這一天，忽然日本國遣使臣來朝貢，有四百六十件貢品。裡面有鮫綃宮帳兩頂，是南海中鮫魚吐的絲織成的，薄得和蛛網一般，拿在手中不滿一握，抖開來卻是很大；掛在床上，裡外光明，異香撲鼻。太宗皇帝看了歡喜，便吩咐收入後宮，一頂賜與皇后，一頂卻賜與楊妃。從來宮中賞賜，沒有人敢與皇后相同的，如今楊妃得了與皇后一樣的鮫綃帳，滿宮中人都替楊妃歡喜。

那楊妃見皇帝如此深思待她，反覺滿面羞慚。這鮫綃帳送進宮來，那班宮娥一力攛掇她掛起，說萬歲爺屢次賞賜娘娘貴重物品，終不見娘娘收用。如今這鮫綃帳，是希世之寶，除正宮外月賞賜娘娘一人，這真是萬歲的深思，娘娘若再不把這頂鮫綃帳掛起，給萬歲爺知道了，娘娘不領萬歲爺的情，豈不要觸怒聖上。萬歲爺動了怒，娘娘也不當穩便的。

你一句我一句，把個楊妃說得沒了主意。大家見楊妃心思活動了，便七手八腳地替她把這頂鮫綃帳掛起。

看看又到了齊王的死忌日，早幾天，楊妃因記念齊王，悄悄地在齊王靈座前哭過幾次。到了這一天，太宗皇帝下詔，在太極殿用八十一個高僧高道，追薦齊王。又送進一桌豐富的素席來，在齊王靈座前祭奠。這一來楊妃略覺安心，她一清早起來，全身素妝，著宮娥扶著到太極殿去拜過神；又回宮來哭拜著齊王的靈座，孤淒淒一個人守在靈座前。

正傷心的時候，忽見小黃門飛也似搶進宮來，報說萬歲駕到。宮娥扶著楊妃在靈幃裡面跪著接駕。院子裡一陣靴聲橐橐，走到靈座前站住，滿屋子靜悄悄的，只聽得那禮官讚著禮，皇上拈過香，便放聲大哭起來。這一哭引得楊妃也忍不住在孝幃中嚶嚶啜泣。太宗皇帝哭了多時，左右侍從，上前來勸住。

宮娥上去服侍洗臉漱口已畢，太宗便退出外室，傳諭請楊妃出見。

這楊妃當初因齊王死在太宗手裡，把這個太宗恨之切骨，如今住在宮中，見太宗柔情密意的待她，任你如何冷淡，那太宗總是一盆火似地向著她。這一年以來，不由得這楊妃把心腸慢慢地放軟來；如今又見這位萬歲爺，在齊王靈座前哭得如此淒涼，口口聲聲喚著皇弟。

楊妃心想，卻不料這皇上如此重手足之情，又怨齊王在世時候，太無兄弟之情，一味結黨營私，和皇上作對。齊王雖說死得可憐，卻也咎由自取。她想到這裡，把悲傷齊王之念，漸漸化作怨恨齊王之心。如今聽說皇上又宣召她去想見，她又怕違拗了聖旨，使皇上動怒。便略略整理，拭去了粉腮上淚痕，四個宮女簇擁著走到前殿。

只因楊妃宣告在先，見了皇帝不朝參的。當時便對太宗低低襝衽，太宗吩咐賜坐，問了幾句妃子近來身體如何？楊妃答謝過以後，接著太宗又說：「當初齊王在日，俺弟兄在一起，東征西殺，原是十分和睦的。後來只因受了先太子的哄騙，竟做出了這大逆不道的事體來。當時朕奉了父皇之命，捕捉齊王。朕原欲放他一條生路，卻不料被尉遲將軍，在亂兵中殺死了。朕至今想起骨肉之情，令人十分痛心！」

太宗說到這裡，不住地拿龍袖抹著眼淚。楊妃的粉腮上，也止不住掛下淚珠來。左右站著的宮監宮娥，見皇上和楊妃對泣著，便送上手絹來，請皇上和楊妃抹乾了眼淚。

接著太宗又說道：「我這皇弟，他千不該，萬不該，和妃子千恩萬愛，便輕輕地丟開手去做這叛逆的事體，自取殺身之禍。如今丟下妃子一個人，冷清清地守著節，妃子原可以對得起皇弟；俺皇弟丟下了妃子，度著這孤苦歲月，實在是齊王對不起妃子了。」

幾句話打動了楊妃的愁腸，可憐楊妃忍不住嗚嗚咽咽地哭成一個淚人兒模樣。太宗又著意勸慰了幾句，起身出宮去子。

這楊妃回進房去，把太宗的話細細地咀嚼了一回，覺得太宗竟是一位多情天子，他如此供養著我，還句句憐惜著我。說也奇怪，自從楊妃改了心思以後，每到清夜夢醒的時候，那鮫綃帳上，度出一縷一縷的幽香來。楊妃眼中見到這鮫綃帳，便想起太宗的恩情，止不住心頭微微地跳動。一個青春嫠婦，當此良夜懷恩，舊愛新情，一齊湧上心頭。在錦衾中轉側著，教她一寸芳心，如何安排得下。這多情天子，從此便出奇地憐惜起來，香花供養，錦繡點綴。

楊妃一向矜持，到此實再難抵抗皇上頻賜恩義，她只得一件一件地領受著。太宗怕楊妃深宮淒寂，又打發一隊舞女來，早晚歌舞著，為楊妃解悶。有時太宗竟和長孫皇后，親自到迎紫宮中來，和楊妃說笑著，慰她的寂寞。楊妃深感皇帝的厚意，見了太宗也不似從前的嚴冷，一般地有說有笑了。太宗又體貼楊妃的心意，下詔給齊王在太極殿西面造一座祠廟，廟專科供著齊王的靈座。那祠廟建造得富麗堂皇，楊妃看了心下又是萬分感激！

這時三年喪服已滿，迎紫宮中撤去了齊王的靈座，楊妃換上吉服，越顯得嬌豔美麗。太宗皇帝越看越愛，從此一縷痴情卻纏住在迎紫宮裡，覷空便進宮來找楊妃談笑。這楊妃受著太宗如此寵愛，她一寸芳心，從此也被太宗的聲音笑貌占據住了。

她終日寂處深宮，嘴裡雖不說什麼，心中卻念念不忘這位多情的天子。太宗偶然有一天不到迎紫宮來，楊妃心中便好似丟了什麼愛物兒一般，坐也不定，食也無味，魂夢也不安。一待到聽得宮外小黃門喊喊喝道的聲兒，楊妃便不覺柳眉輕舒，桃腮凝笑。她宮中的宮娥和小黃門，看了這情形，沒有一個不抿著嘴在背地裡匿笑的。楊妃是奉旨不朝參皇上的，因此太宗進得宮來，只有宮娥出來迎接著，領著直走進內院去。才見楊妃倚在軟簾下，一手撫著雲鬢，含著笑，在房門口迎候著。太宗搶步上前，兩人低低地說笑著，肩並著肩兒，走進屋子裡去了。

那隨侍的宮娥見此情形，便一齊退出到廊下去守候著。只聽得人語細細，跟著一縷沉煙，從紗窗中輕輕地蕩漾著出來，半晌半晌，聽得屋中，噹的一聲金鐘響，兩個宮娥，揭著繡簾，走進屋子去，獻上茶湯。皇上和楊妃相對飲著，他兩人每天如此靜悄悄地對坐著，直到東窗日落。楊妃再三催促著，太宗才依依不捨地退出宮去。

人非木石，太宗這樣子的幽情密意，用在楊妃身上，豈有不感激之理。因此太宗再三勸慰著，到最末一次，楊妃便忍不住把自己身子，許給了太宗。但她究非尋常女子，不是苟且可以圖得歡娛的。太宗件件依了楊妃的意思。一面給齊王發喪，改葬在高陵，下詔追封齊王為海陵郡王。楊妃在早幾天，遷出宮去，寄住在母家。再由太宗下詔，納楊妃為淑妃，打掃起延慶宮，做楊妃的寢宮。

楊妃進宮的這一天，滿朝文武，齊集太極殿朝賀；在西偏殿賜百官筵宴。楊妃進宮，按著大禮，朝參過皇上皇后，口稱臣妾，又稱願吾皇皇后萬歲千秋。太宗坐在殿上見楊妃裊裊婷婷地拜下丹墀去，止不住心中萬分歡悅！賞賜內外臣工，宮中妃嬪，黃金綵緞。那妃嬪得了賞，都到楊妃跟前來謝恩，當下宮裡宮外，掛著燈彩，照耀得內外通明，宮中七日七夜的歌舞，人人喜歡快樂！

太宗在楊妃身上，足足下了三年的苦心，才得到今日的深憐熱愛，看著這千嬌百媚的楊妃，早已把六宮粉黛，棄如糞土。

太宗每天除坐朝下來，到正宮裡去略坐一回，梗向延慶宮中一鑽，任那三千宮娃，從早望到晚，從晚望到早，休想望得萬歲來臨幸，千恩萬愛，都是楊妃一個人承受著。但楊妃受著太宗如此寵愛，卻不露半點輕狂，依舊是很恭敬地侍奉著皇后，很和氣地待遇著宮嬪。

楊妃最愛的是吹笙，她進宮來，隨帶著一支玉笙，低低地吹著，婉轉悠揚，令人意遠。太宗也最愛聽楊妃吹笙，兩人常常焚香靜坐，月下聽笙。選那善歌的宮女，依著聲調歌去。每到動聽的時候，太宗和楊妃便相視一笑，這情形脫卻宮廷排場，卻宛似民間夫婦。

有一天正是中秋良夜，楊妃坐在太宗肩下，又對著一輪明月，吹起笙來。太宗正聽到出神的時候，忽見楊妃，丟下了笙，低著脖子在那裡拭淚！太宗看了詫異，忙上去摟著楊妃的纖腰，溫存慰問。在太宗的意思，認是楊妃見景懷人，又在那裡想念齊王了。誰知楊妃心中，卻全不是這件事體，原來她心中記唸的是她親生的兒子，便是逃亡在外的小王子承忠。那承忠生下地來，面貌和她母親相似，真是玉雪可念，生性又十分聰明。

楊妃每到煩悶的時候，便把承忠抱在懷裡逗弄著；這才下地的小孩，便知道對著他母親，憨孜孜地笑，終日也沒有哭吵的時候。偶爾有時吵嚷起來，只須他母親拿著玉笙，吹這麼兩三聲，這小王子便住了哭，睜大了眼睛，撐大了嘴，怔怔地聽著。

如今楊妃在太宗皇帝跟前，吹著玉笙，便陡地想起她懷抱中的孩兒來。想當年闔府慌亂的時候，把這二尺長的小孩匆忙中拿齊王的衰衣包裹著，交給那宮女，從後院爬牆逃去。如今飄流在外，一別三載，小小孩兒，使他冒著風霜雨雪，到如今訊息杳無，不知道這條小性命，能不能保得住在人間。

楊妃想到這裡，忍不住掉下淚來。任太宗皇帝百般慰問著，楊妃終不敢把這實情說出來。當時齊王留下來的五個兒子，承業、承鸞、承獎、承裕、承度，均被太宗皇帝殺死，如今只留下這小小承忠，承接著齊王的後，倘然給太宗知道了，下一個斬草除根的辣手，把這承忠去搜尋了來，一併殺死，豈不是斷絕了齊王的後代，也好似挖去了楊妃的心頭肉。因此一任太宗如何慰問，揚妃總不肯說實話，只把別的說話掩飾了過去。

其實楊妃卻不知道她這塊心頭之肉，早已被丞相魏徵，在草橋驛搜尋到了，連那宮女，一塊兒收養在丞相府中，已是兩年了。這小王子雖只有四歲年紀，卻也有大人的志氣，在丞相府中，跟著一般公子學說話，學禮節，很有成人的模樣。

魏徵的夫人裴氏，十分寵愛這個小王子，又可憐他是一個無父的孤兒！便常對魏丞相說：「早早把這王子送還他母親，使他母子得早日見面。」

魏丞相總搖著頭說：「尚非其時。」

直到太宗皇帝明詔納楊妃為淑妃以後，魏丞相才吩咐把這王子送進宮去。夫人裴氏，問他是什麼意思？魏丞相說：「昔日楊妃雖在宮中，但名分未定，猶是齊王之妃，設一旦忤了皇上，變愛成仇。若把這小王子送進宮去，不但楊妃性命不保，便是這小王子，因他是齊王的種子，怕這條小性命更是難保呢。如今皇上既明詔娶了楊妃，莫說新寵恩深，皇上看在新妃子面上，饒了這條小性命，怕因愛屋及烏，皇上更把這小王子多痛憐些呢。」

裴氏聽丈夫的主意不錯，便上了一道奏章：丞相夫人求入宮覲見新貴妃。皇上下手詔，准於三月三日覲見。

當時裴氏得了詔書，便把這小王子打扮舒齊，依舊用那袞衣包裹著，使舊時的宮女抱著他，坐著二輛輕車，推進宮來。

楊淑妃便在延慶宮正屋中延見，裴氏上去行過大禮。楊妃命宮娥引導著內院看座。裴氏坐定，便請楊妃屏退左右，說：「小兒隨來覲見，只因年幼怕羞，請娘娘屏去左右。」

那楊妃聽了，便吩咐屋中宮娥，一齊退出院子去。只見一個丫鬟，抱著一位小公子，走進屋來。楊妃一眼見了這丫鬟，便不覺怔怔的了。

欲知後事如何，且聽下回分解。

天子風流侄配嬸　東宮橫暴奴私主

那裴氏帶著宮女和小王子，進宮去覲見楊妃。楊妃一眼便認出那抱小公子的小鬟，便是當年保護著承忠，從齊王府中逃出去的那個宮娥。又看那裹著孩子身體的一件衣服，卻是當年齊王的衮衣。看衮衣裹的孩兒，長得越是白淨秀美。這幾天楊妃正想得她兒子厲害，現在果得見面。楊妃喜出望外！忙離開座兒，伸手把這孩兒搶在懷裡，低低地說道：「我的心肝，幾乎把你娘想死了！」

接著那宮娥伏在楊妃的膝下，細細地把別後的情形說著；說那內監，如何在半路上得了急病身死，又如何在草橋驛遇到魏丞相的差官，破露真情；如何由魏丞相帶進京來，養在內衙裡兩年工夫。楊妃聽了，便向裴氏襝衽說：「夫人如此好心，便是齊王在天之靈，也感激丞相和夫人二人的。」

慌得裴氏忙忙還禮不迭。楊氏便依舊把這小王子，交給宮女看養。這延慶宮中，一般的有亭臺樓閣，花草樹木，地方甚大，藏著這一個四歲的小孩，真是神不知鬼不覺的。那宮中上上下下的人，都是幫著楊妃的，誰肯去揭破她的祕密。因此楊妃在太宗皇帝跟前，依舊瞞得鐵桶相似。

不料太宗皇帝，和楊妃幾度歡愛，便在楊妃腹內，留下了一個龍種，十月滿足，生得一個白白胖胖的小王子來，取名明。

太宗看了，十分歡喜！又特別把個楊妃寵上天去，因為要得楊妃的歡心，把這乳頭上的孩兒，便封他作曹王。乳母抱著他在宮中來來去去，都用那王的儀仗，前後簇擁著。楊妃看了，果然歡喜！誰知禍不單行，福無雙至，楊妃一邊新生了一個王子，心中正覺歡喜，一邊那藏在宮中的小王子承忠，忽然出了一身痘子死了。

楊妃見斷了齊王的種，心中痛如刀割，在背地裡哭了幾場，瞞著太宗，悄悄地在後園裡埋葬著。楊妃便推說有病，常常躲在帳中哭泣！太宗見楊妃鬱鬱不樂的樣子，便親自侍奉湯藥，在床榻前說笑陪伴著，無奈這楊妃，悲傷在心裡，一時如何解放得開。

誰知那正宮長孫皇后，忽然也得了重病，太醫院天天診脈調治，終是無用，在三十六歲這一年的冬天死了。太宗皇帝這時，雖寵愛楊妃，但和皇后是患難夫妻，一旦分手，心中也萬分悲痛！

這長孫皇后，在史書上原是一位賢德的女子，她母親是河南洛陽人，她祖宗原是魏朝拓拔氏的子孫，後來是宗室的長房，所以改稱長孫。皇后的父親名晟，字季涉，在隋朝時候做左驍衛將軍。這時唐高祖李淵的夫人竇氏，跟著丈夫去征伐突厥，竇氏親把大義去勸化突厥女子。季涉的哥哥長孫熾，便勸季涉把女兒去嫁給世民，說她如此明睿人，必有奇子，不可以不圖婚媾。長孫後嫁到李家去，做新娘才滿月，回孃家來，住在東屋裡。這時有她舅父高士廉的愛妾，住在西屋裡，在半夜時候，只見有一匹大馬，約二丈高，站在東屋的窗外，忙去告訴高士廉知道，闔家驚慌起來。長孫季涉去卜了一個卦，是遇坤之泰。

那卜卦的人說道：「坤順承天，載物無疆。馬，地類也；之泰，是天地交而萬物通也。輔相天地之宜，繇協歸妹，婦人事也。女處尊位，履中而居順，后妃象也。」

這時先太子建成，處處想法要陷害太宗。長孫皇后低聲下氣地極盡孝道，侍奉公婆，在高祖的妃嬪跟前，竭力替太宗分辨，解釋嫌疑。

後來太宗登位，立為皇后，服飾甚是樸素。太宗雖不喜歡，但也不能勉強她。皇后在梳頭洗臉的時候，也手中捧著書本兒不肯放的。太宗有時跟皇后說起天下大事來，皇后便推說牝雞司晨，是國家的大忌。太宗故意問她朝延的事體，皇后終不肯回答。皇后的哥哥長孫無忌，和太宗原是患難的朋友，做了唐朝的開國元勛。太宗欲拜無忌為丞相，和皇后商議著，皇后再三勸說不可。她說道：「妾託體紫宮，尊貴已極，不願私親占據權勢，如漢朝的呂后、霍後，使萬世之下，受人唾罵。」

後生太子承乾，乳母請皇后加多東宮的什器。皇后說道：「太子只患無德與名，器何請為？」

皇后到病危的時候，太子請父皇大赦天下，又請僧道做法事，替皇后拔除災難。皇后說：「死生有命，非人力所支，若修福可延壽，吾不為惡；若行善無效，我尚何求。況且赦令是國家的大事，佛老是異教，高祖所不為，豈宜以吾亂天下法。」

太宗聽皇后說話有理，便也罷了。皇后平時讀書，常採古婦人事，著成《女則》十篇。死後，太宗使宮中妃嬪，人人抄讀。

皇后死後，葬在昭陵。太宗皇帝，日夜想念不休，便在宮中後苑，造一座高臺，稱作層觀，太宗常常獨自登臺，從臺上望見昭陵。有一天，魏徵有要事進宮面奏，太宗皇帝正站著臺上落淚！便召魏徵上臺來，太宗拿手指著昭陵說道：「丞相可看見那座陵寢嗎？」

魏徵睜大了眼睛，伸長了頸子，向宮牆外望去，望了半天，連連搖著頭說道：「臣目力眊昏，實未能見。」

太宗又舉手指著昭陵說道：「那邊高高的不是長孫皇后的陵寢嗎？」

魏徵便說道：「臣認為陛下望先帝的陵寢呢？若說娘娘的陵寢，臣也早已望見了。」

一句話點醒了太宗，便和魏徵拉著手，走下臺來。從此太宗也不上層觀去了，吩咐把這層觀毀去，自己卻天天臨幸延慶宮。

楊妃見太宗想長孫皇后想得厲害，百般勸慰，也不能解他的悲懷。便也假裝作佯嗔薄怒，對太宗總是冷冷的。太宗卻詫異起來，反把自己的傷心丟開，溫存慰問。楊妃流著淚說道：「如今娘娘去世，使萬歲如此想念，這全是娘娘在世時候，賢德貞淑，去世後叫人忘卻不得。如賤妾輩命薄早寡，故主死後，又不能矢志守貞。莫說死後風光，便是活在世上，也多得被人輕賤；臣妾願陛下早賜一死，免得在世使故主蒙羞。」

幾句話說得嬌弱可憐，不由太宗皇帝不動了憐惜之念！忙把楊妃攬在懷裡，百般勸慰，才見楊妃回嗔作喜。太宗心中實在寵愛楊妃，想如今皇后去世，中位已虛，不如把這楊妃升入正宮，也可博得美人的歡心。當時便把這意思對魏徵說了，魏徵再三爭論，說楊妃有辱婦節，陛下須為萬世家法，萬不可使失節婦人，母儀天下，使天下人笑陛下為荒淫之主。且陛下更不可以辰嬴銀杏，幾句話十分嚴正。太宗見丞相反抗，便也只好死了這條心腸。又因楊妃常常提起齊王，尚未立後，便下詔把楊妃的親子曹王明，立作海陵郡王元吉的嗣子，又把海陵郡王追封作巢刺王。

這時天忽大旱，有十個月不曾下雨，京師一帶地方，田稻枯死。太宗也曾幾次駕臨天壇求雨，雨終不至。有司天臺右丞李百藥奏稱因宮中陰氣鬱結，宮女太多，足以致旱；宜多放宮女，宣洩其氣，則甘雨可至。太宗依奏下詔，宮女年在二十五歲以上者，從優資給，放令出宮婚嫁。內宮奚官局常侍，奉旨簡出三千多宮女，放令出宮。太宗又慮有冤獄，致上違天和，便下詔親御太和宮審囚。那刑部尚書奉旨，便把那御監內的男女犯人，一齊提進宮去，聽候太宗皇帝覆審。

這一日武庫中把大鼓移設在宮門外，待天色微明，內侍上鼓樓，撾鼓一千聲，宮門大開，男女囚徒，從兩廓魚貫俯伏進宮，排列在丹墀下。太宗全身朝服，升上寶座，由刑部左右僕射喝名，那犯人一一上去叩見天顏，遇有可疑的形跡，太宗便詳細審問，從辰牌時審起，直審到午牌，男囚已審完，便開審女囚。第一個女囚崔氏，鐵索郎當地由內常侍牽引著上殿來，匍匐在龍座下面。

太宗開啟案捲來看時，見上面一行字寫著「犯婦李庶人瑗姬人崔氏」，太宗不覺心中一動，那李瑗原是廬江王，且是太宗的叔父，只因廬江王謀反，事敗身死，全家抄沒。王妃崔氏，因不得太宗明詔，至今還拘囚在御監中。當下太宗見了案卷，心中才想起，忙傳旨令犯婦抬頭，太宗也舉目向崔氏臉上一看，由不得他心中蕩漾起來。在太宗心中想崔氏是他的叔母，年紀總已半老，且在獄中幽禁多年，必也憔悴不堪的了。待到向崔氏臉上一望時，見左右內侍，把崔氏的臉扶住，看她端莊流麗，豐容盛鬋，眉彎呈秀，唇小含珠，竟是一個少年美婦人。太宗忙下旨說：「崔氏是宗室犯婦，不宜當堂對質。」

吩咐快送進後宮去，由宮娥看守著，自己也便退朝回宮。

捱到黃昏時候，太宗便在宣華宮中傳崔氏進宮去問話。那崔氏是何等聰明的女子，她見太宗把她送入後廷，知道皇上已動了憐惜之念，進得宮來，便沐浴薰香，百般修飾。太宗這時接近容光，微聞香澤，在燈下相看，愈覺明媚動人。崔氏見了太宗，便在膝前跪倒。太宗問她多少年紀，崔氏低聲回奏說：二十六歲。又問她在獄中幾時，對說被囚三年。以下的話，任太宗百般審問，她總是嚶嚶吸泣，一句也不答。問得急時，她只說薄命女子，求皇上開恩，早賜一死！聽她嬌脆的聲音，好似笙簧，如此美人，教太宗如何忍心審問得。當時便斥退侍衛，親自上去把崔氏扶起，說這三年牢獄，委屈美人了！崔氏便奏說：「自己原是士人黃源的妻子，被廬江王在路中強劫了去，又把前夫殺死，奸占著妾身，如今反因廬江王之事，使妾身無辜受這三年牢獄之苦，妾身好苦命也！」

那崔氏說著，又止不住哽咽起來。太宗上去，親自拿袍袖替崔氏拭著淚，用好言勸慰著。崔氏明知皇帝已愛上了她，便也一任太宗撫弄著。太宗笑說道：「朕初認作美人是朕的叔母，心中正恨俺二人緣分淺薄；如今聽美人說，原是黃氏之婦，朕如今封美人德妃，想來也不致關礙朕與廬江王叔侄的名分了。」

崔氏聽了，忙跪下地去謝恩。這一夜，崔氏便伴著太宗，留宿在宣華宮中。第三天太宗下了詔，冊立崔氏為德妃，使在宣華宮中起居。

這崔氏卻不比楊妃，生性十分放蕩，太宗迷戀著她，一連五天不去坐朝。那魏丞相、房玄齡、杜如晦一般大臣，交章諫勸，太宗卻置之不理。後來還是楊妃入宮去勸諫說：「陛下不宜以私廢公。」

太宗才勉強坐朝，不久便退朝回宮，向宣華宮中一鑽，直到夜也不肯離崔氏一步。那朝廷大臣，有要事要面見聖上的，太宗便把那大臣召進宣華宮去。每值君臣談論，那崔氏便也寸步不離地隨侍在皇帝身後。那班大臣見了崔氏，都免不得要行個臣禮，崔氏便很是歡喜，常常拿許多珍玩去賞賜大臣。那一班趨炎附勢的臣子，漸漸地都趕著崔妃孝敬財物去。

那楊妃宮中，反慢慢地冷落下來。

那時有一位諫議大夫王珪，為人甚是忠直，見人有過失，便盡言極諫。太宗也很是敬重他的，如今楊妃見太宗如此迷戀崔妃的聲色，只怕誤了國家大事，便在背地裡和王珪商議，如何可以勸主上醒悟過來。王珪受了楊妃的託付，便直進宣華宮去，朝見皇上，太宗和王珪談論國家大事，那崔妃也隨侍的身旁。君臣二人談罷了正經事體，王珪故意指著崔妃說道：「此是何人？」

太宗便對他說：「是朕新立的德妃崔氏。」

王珪故作詫異的神色說道：「並聽民間傳說主上新冊立的妃子，原是盧江王的故妃，在名義上講起來，和萬歲卻有叔侄之稱呢？」

太宗忙分辯道：「朕新納的妃子，原是士人黃源的妻子，被盧江王殺死了他丈夫，霸占過來的。朕自娶黃家的寡婦，原沒有什麼名分之嫌。」

說著，又嘆了一口氣道：「這盧江王殺人之夫而納其妻，如此荒淫，是自招滅亡了！」

王珪正色說道：「陛下以盧江王的行為是耶非耶？」

太宗詫異著道：「殺人而奸其妻，尚有何是非可言。」

王珪道：「臣讀史有管仲曰：『齊桓公之郭，向其父老曰：郭何故亡？父老曰：以其善善而惡惡也。

桓公曰：若子之言，乃賢君也，何至於亡？父老曰：「不然！郭君善善而不能用，惡惡而不能去，所以亡也。』今廬江王所奸占的婦人，尚留在陛下左右，陛下心中必以廬江王的行為是矣。若陛下以廬江王之行為為非，那如今這婦人必不在陛下左右了。」

太宗聽了這番話，便也默然無語。從此以後，太宗每逢召見臣工，這崔妃便不敢隨侍在左右了。楊妃趁此也常常勸諫說：「陛下宜常常接見大臣，談論國家得失，不宜溺愛聲色，致虧龍體。」

太宗也明知道楊妃說的是好話，但崔妃的美貌，心中實在愛得厲害，雖不好意思夜夜臨幸，但覷空依舊是在宣華宮中起坐的。直到查抄得侯君集家中兩個美人，才把太宗寵愛的心腸，改移過來。

這侯君集是幽州三水人，性極武勇，善於弓馬。太宗在秦王府中的時候，跟著南征北討，頗立奇功。後來玄武門擒殺建成太子，君集也很出力。當時太宗便拜為右衛大將軍，進封潞國公，賜邑千戶。太宗即位以後，侯君集又與李靖、薛萬均、李大亮諸位大將，征伐吐谷渾，轉戰萬里，直到星宿海、積玉山，望黃河源頭，得勝回朝，改封陳國公，進位光祿大夫。

此時回夷懾服，萬國來朝，國家承平無事。太宗便在御苑中建造一座凌煙閣，把當朝文武，有功之人，畫像在閣上。又在閣中大宴群臣，侯君集見自己的像，也畫在閣上，心中便十分驕傲，處處欺凌同僚。滿朝官員，又因他是有功之臣，便不敢和他計較。

誰知侯君集的性情愈覺驕橫，他膽子也愈鬧愈大。後來君集統兵出征西域，得了許多奇珍異寶，他也不奏聞皇上，私自沒收在府中。待班師回朝，被部下將士告發，幸得中書侍郎岑本奏稱功臣大將，不可輕加屈辱。太宗也念君集前功，不加追究，只把他的本官削去。君集閒居府中，心中十分怨恨！便私與太子承乾來往著，結黨行私，胡作妄為。

這承乾太子，原是太宗的長子，長孫皇后所生；因生在承乾殿中，便取名承乾。在八歲時候，便能應對賓客，太宗十分寵愛。待年長成人，更能幫助太宗料理國家大事。那時太宗因高祖新喪，在宮中守孝，遇有國家大政，便由太子裁決，卻頗知大體。從此太宗每有出狩行幸，便留太子臨國。誰知這太子貌為忠厚，心實險惡。他見父皇不在跟前，便任性妄為，常逼著近侍，微服出宮，夜入人家，強姦民婦，見有絕色的女子，便令府中勇士，拿少許銀錢去，把那女子強買回府來，充作姬妾。

太子妃嬪，共有二百餘人，教成歌舞，太子終日在府中，聲色征逐。每在酒醉時候，便逼著眾妃嬪，赤身露體地在大庭中，白晝宣淫，使宮女在旁鼓吹作樂。那民間被太子欺凌，忍無可忍，紛紛到有司衙門去控告太子荒淫無道。那官員收了人民的狀子，也無可如何。

孔穎達、令狐德棻、于志寧、張玄素、趙弘智、王仁表、崔知機這一輩，全是忠義大臣，常常用好話去勸諫太子。承乾卻正襟危坐，議論滔滔，說的儘是微言大義，那班大臣聽了，都十分敬服，都疑心百姓謊告太子，反幫著太子在太宗跟前分辯。太宗也認太子是忠厚君子，絕不疑他在外面有不德的事體。

這太子又生成一種怪僻的根性，他在府中使奴婢數百人，學習胡人的音樂，結髮成錐形，剪綵為舞衣，跳劍打鼓，歌聲嗚嗚，通宵達旦，不休不止。又在階下排列六大鋼爐，烈火飛騰，使勇士在四處盜劫民間牛馬，太子親事宰割，夾雜在奴婢中，喧譁爭食，以為笑樂。在府中又愛學著突厥語言，穿著胡人的衣服，披羊裘，拖辮髮；在後苑中排列著胡人的氈帳，使諸姬妾扮著胡姬，與奴僕夾居在穹廬中。

承乾太子裝作可汗模樣，腰佩短刀，割生肉大嚼。又裝作可汗死的模樣，使姬妾奴婢圍著他跳擲號哭；正哭得熱鬧的時候，太子便厥然躍起，拍手大笑，隨意摟住一個姬妾，進帳嬉樂去了。

東宮中有一個孌童，名喚俳兒，面貌長得嬌媚動人，又能歌舞歡笑，機敏勝人。承乾太子寵愛他勝於諸妃嬪，在宮中行動坐臥，都帶著俳兒在身旁，談笑無忌，行樂不避。有時這俳兒便夾睡在眾妃嬪之間，互相撲擲，資為笑樂。俳兒又長成一身白淨皮肉，太子常令俳兒脫得上下衣服不留，與眾妃嬪比著肌膚。這俳兒也十分狡黠，覷著有美貌的妃嬪，便私地裡和她勾搭上了，把個東宮弄得汙穢不堪。

太子妃穎氏，是一位端莊的女子，面貌雖也長得美麗，舉止卻很凝重。承乾太子卻不愛她，便暗地裡唆使俳兒去調戲穎氏，看穎氏的惶急樣子，太子反在一旁拍手笑著。穎氏羞憤至極，便入宮去奏知太宗。太宗大怒！立刻著內侍到東宮去，把俳兒擒來縊殺在殿柱上。

從此，太子和穎氏結下了很深的仇恨。穎氏也因太子行同瘋狂，不敢留住東宮，常在貴妃宮中躲避。這太子也置之不問，只終日在東宮與一班蠢奴、武士戲弄，把宮中侍衛，盡改作胡兵裝束，樹起紅旗，和漢王元昌，分領兵士，在後苑中學作兩軍戰鬥的樣子，吶喊進攻。太子在後面執著大刀壓陣，有畏縮退後的，便把他剝得赤身露體的，綁在樹根上，用皮鞭痛打至死，輕的也把他的乳頭割去。一場兒戲後，苑中竟殺得屍橫遍地，血染花木。太子常說：「我作天子，便當任性作樂，如改勸諫者，吾便殺之，連殺至五百人，便沒有人敢來勸諫了。」

欲知後事如何，且看下回分解。

雙美人搓脂摘玉　一老妻結義守情

承乾太子胡作妄為，太宗早已聞知。太子自從俳兒被太宗殺死以後，心中鬱鬱不樂，日夜想念著俳兒，特在府中建一座念兒室，面著俳兒的像，在屋子裡供奉著。又私封他太子洗馬官，悄悄地埋葬著。造一座高大的墳墓，墓旁立一座祠堂，太子常常到祠堂裡去哭祭。一連三個月，不去朝見父皇。後來被太宗知道了這情形，喚太子進宮去，痛痛地訓斥了一番，又著人平了俳兒的祠墓。太子失了體面，心中敢怒而不敢言。

這時有太子的叔父漢王元昌，也是一個好色之徒；叔侄二人同氣相投。元昌常常到太子府中來遊玩，悄悄地告訴太子，說：「皇上近來頗寵愛四王子，俺從燕妃那裡得來的訊息，皇帝早晚要立四王子做太子，卻把你的太子名位廢去了，你卻須小心些。」

承乾太子聽了大怒，狠狠地說道：「這老悖！看俺早晚把他從皇帝位子上推翻下來，待俺做了皇帝，再取這四小子的性命！」

元昌聽了，心中甚是歡喜，忙湊在太子耳邊去，說道：「你倘若一朝做了皇帝，休忘了把那彈琵琶的宮娥賞給我呢！」

太子聽了，把頭點點。

原來太宗宮裡，有一個善彈琵琶的宮女，名叫小燕。這一天朝廷大慶，營中排著筵宴，漢王隨著眾親王進宮去朝賀。太宗見都是自己的子弟，便在內宮賜宴。漢王把酒喝得酩酊大醉，溜出席來，獨自到御苑中去玩賞；看看鳥語花香，綠蔭如幕，貪看園中的景色，不覺走到沉香亭畔來。耳中只聽得絃索琤瑽之聲，悠揚悅耳；那一帶海棠花，密密地圍在亭子四周。漢王從花枝椏杈中望去，只見六七個宮女，圍著一個穿綠的，在那裡聽彈琵琶。看那穿綠的宮娥，雲鬢低斂，杏靨含嬌，竟是一個絕色的美女。漢王看了，情不自禁，便大聲喊道：「快彈一曲與小王聽聽！」

說著，便大腳步闖進亭子去。那一群宮女，驀地裡驚得四散奔逃；漢王正要追上前去拉那穿綠衣的，忽見小徑中走出兩個內監來，把漢王扶住，送回席去。從此，漢王心裡念念不忘這個彈琵琶的宮娥，只恨平日無故不能進宮去。

如今聽說承乾太子要謀反，他便從旁一力慫恿著。這時侯君集因貪贓得罪，被囚禁了三十日；中書侍郎岑文字上章，替侯君集求恩，太宗便下詔放免。侯君集自恃平西域有大功，今反見罪，心中常懷怨憤；漢王打聽得君集也有謀反之意，便從中和太子拉攏著。

侯君集也在太子府中，祕密商議過幾次，太子便挑選了一個日期，邀集了李安儼、趙節、杜荷、侯君集、漢王元昌，連自己六個人，在密室中，各人拿佩刀割臂出血，瀝在酒中，飲血酒立誓結盟。約定齊王祐，在齊州起兵，打進京師來；太子親率御林軍，攻入西宮響應。

誰知事機不密，齊王在齊州失敗了，被李勣擒住，送進京師來，招認出太子和侯君集、漢王元昌一班人來。太宗十分震怒，一齊捉住，便派長孫無忌、房玄齡、蕭瑀、李勣、孫伏伽、岑文字、馬周、褚遂良一班忠義大臣，會同審罪。太宗下詔，把承乾太子廢為庶人，發配黔州；太子在路上受不住辛苦，便死了。其餘人犯，一概賜死。獨把侯君集提上殿來，親自審問。

太宗對侯君集說道：「朕不欲使刀筆吏辱公，故自加審問；如今謀反的證據確鑿，卿尚有何說？」

侯君集只是叩頭乞死。太宗回頭問左右大臣道：「回想昔時，國家未安，君集轉戰萬里，實有大功；今雖有罪，朕實不忍置之於法。朕今為君集向諸公乞免其性命，不知卿等許朕否？」

太宗話未說完，那左右大臣，齊聲說道：「君集今日之罪，天地難容，請陛下明正典刑，以維國家之大法。」

太宗聽了，不禁拭著淚，對君集說道：「眾怒難犯，非朕不赦卿也，與卿長訣矣！而今而後，但能在凌煙閣上見卿遺像矣！」

說著，止不住落下淚來。侯君集也哭著叩著頭，求皇帝保護他的家小。太宗下詔，送侯君集往京師大街十字待口斬首示眾；一面下詔，查抄侯君集府第，所有男婦，都押入宮，只留一子，回鄉看守侯君集田墓。把一樁天大的亂事，掃除得煙消雲散。

有一天，太宗在宮中，想起侯君集的家眷來，便悄悄地步行到下宮去。這下宮在御苑西牆外，一帶平屋，甚是狹小，原是容留犯官的妻小所在。這時太宗御著便衣，到下宮中一看；只見小兒婦人，十分嘈亂，那一陣一陣的穢氣，撲人鼻管，不能安身。太宗正要轉身走時，瞥見那小窗裡面伸出兩只白玉似纖結的手來，捲著簾子；太宗看了，不覺怔了一怔。心想這汙穢的地方，何來如此清潔的婦人？再看時，那簾子高高捲起，露出那女子的臉兒來。雖說是亂頭粗服，卻長得十分嫵媚；那段粉頸兒，竟和雪也似白，玉也似潤。太宗不覺動了心，忙喚管宮侍衛問時，是侯君集的姬人，姊妹二人，長得一般的嬌潔的容貌。

太宗查問明白了，便回到清心院，吩咐把她姊妹二人帶進院來。一對璧人，肩並肩兒跪在太宗跟前，太宗笑說道：「你姊妹二人，長得如此清潔，真好似一朵並頭蓮花，出汙泥而不染的呢。」

那一個年長一些的便含笑說道：「便請陛下賜俺名兒喚作蓮花吧！」

太宗聽她說話伶俐，心中特別歡喜！便把她姊妹二人留住在清心院裡，連著臨幸了十多天。她姊妹二人，渾身長著潔白肌膚，在帳中看時，真好似玉雕的美人。太宗十分憐惜！年長的賜名瓊，年幼的賜名玖，都封作美人。在閒談的時候，太宗便問二美人肌膚何得如此潔白？那瓊美人奏稱，自嫁得侯公，得侯公十分憐愛，長年吃著人乳，少吃煙火食，因此得肌膚如此潔白。太宗聽了，便傳諭在清心院中，長年僱用乳母二十人，每日擠乳，供二位美人服食。訊息傳出宮去，那些王府中的妃子和大臣們的姬人，都學著樣，人人家裡僱用起乳母來服食著。頓時所有四鄉的乳母，一齊趕赴京師來享用一份豐厚的俸錢，反丟得那窮家的小孩，個個因失了乳，病的病，死的死，民間頗覺不安。

有一天，魏國公房玄齡入朝，談罷了軍國大事以後，太宗便問玄齡道：「先生亦有姬妾幾人？」

玄齡奏對道：「貧賤夫妻，不敢相負，是以未置妾媵。」

太宗笑道：「先生為國辛勞，朕今贈美人二，早晚為先生夫婦抱衾與裯。」

說著，當即傳內侍在婕妤中選美貌處女二人，坐著香車，隨玄齡入魏國公府中去。到了第二天，那玄齡又進宮來叩謝聖恩。太宗問二美人尚當意否？房玄齡奏對說：「天子之賜，臣福薄，實在不敢當，二美人昨夜與賤內相處一宵，今仍攜入宮中，奉還陛下。」

太宗聽了，十分詫異，忙問敢是小妮子不聽使令麼？玄齡正容說道：「實不敢瞞陛下，賤內不願因此分夫婦之愛，臣亦萬死不敢受。」

太宗也久知魏國夫人是奇妒的，聽了玄齡的話，便命楊妃召夫人入宮，百般勸解，說天子之賜，義不當辭，況媵妾之流，今有常制，魏公身為大臣，為國宣勞，天子欲優恤暮年，不可辜負聖恩。無奈這魏國夫人，執定主意，不容丈夫有妾，便竭意謝絕。楊妃沒奈何，便來太宗跟前復旨。

太宗思得一計，吩咐在延慶宮設席，賜魏國夫人筵宴，飲酒至半，忽近侍報說天於親賜夫人飲酒。那魏國夫人聽了，慌忙下席來迎駕。太宗走至筵前，回頭喚內侍拿酒過來，那內侍手中正捧著一個長頸酒瓶，倒出紅色的酒來，斟著滿滿的一杯。

內侍喝一聲夫人聽旨。魏夫人忙又跪倒，匍匐在地。太宗大聲說道：「妒為婦人大罪，今有毒酒一杯，為天下妒婦而設，夫人速速自決，願不妒而生，抑願妒而死？」

夫人聽了，即奏對道：「臣妾寧妒而死。」

說著，上去接過酒來，一仰脖子，咕嘟咕嘟地把一大杯毒酒，都倒下肚子去，立刻辭出宮來。回到府中，拉著魏國公，把天子賜死的情形說了一遍。夫婦二人，拉著手大哭一場。魏國夫人急急回到房中，香湯沐浴，更換朝衣，直挺挺地睡在床上候死。那魏國公也忙忙地署備衣衾棺槨，看看天晚，便也進房來，守在夫人床前；又把闔府中的親丁男女骨肉，喚進臥室去，候送夫人的終。夫妻二人，相看著哭一回，說一回，十分悽慘，亂哄哄地鬧了一個通宵。夫人只覺醉醺醺的睡了一夜，到天明時候，依舊清醒過來，闔府歡騰。第二天房玄齡進宮去朝見皇帝，太宗笑對玄齡說道：「尊夫人朕亦畏之，何況玄齡。」

便留玄齡在宮中陪膳。

當時陪膳的有長孫無忌、歐陽率更和尉遲敬德四人。那無忌和率更二人最喜嘲笑，雖在天子跟前，也不避忌的。二人酒醉飯飽以後，無忌便援筆寫詩一首道：

聳髆成山字，埋肩不出頭；
誰家麟閣上，畫此一猿猴。

寫罷，又寫「題歐陽公像」五字，擲給歐陽率更。歐陽公看了，不發一言，也援筆寫一首詩道：

索頭連背暖，漫襠畏肚寒；
只緣心混混，所以麵糰圞。

太宗在一旁看著，搖著頭說道：「歐陽詢如此無賴，不怕皇后在地下震怒嗎？」

歐陽公聽了，忙向長孫無忌長揖謝過！

這時太宗乘著酒興，登御床提筆寫飛白屏風，筆飽墨酣，淋漓盡致。每寫成一幅，被大臣們奪去，再叩頭謝恩！這時，有一個散騎常侍劉洎，因身體矮小，屢次不能奪得，他一時性起忘形，便聳身跳上御床，從太宗手中奪得一紙。太宗見大臣爭奪的樣子，揎拳擄掌的煞是好看，把筆一擲，哈哈大笑！那時有許多還得不到御書的，心中嫉妒劉洎。便奏稱劉洎登床劫奪，失卻大臣風度，罪當處死，請陛下交付大法。

太宗笑著說道：「昔聞婕妤辭輦，今見常侍登床，也是千古佳話，諸大臣看朕的面，便恕了劉洎的罪吧。」

太宗接著又說道：「字學小道，初非急務，時或留意，猶勝棄日；凡諸藝業，未有學而不得者，病在心力懈怠，不能專精耳。朕臨古人之書，實不學其形勢，只須學其骨力。及得骨力，形勢自能生動矣。」

說著，又傳諭各賜初拓王右軍《蘭亭序》一本。又說，「這蘭亭真跡，在陳朝天嘉年間，為永大師得去。到太建年間，由永大師獻與陳宣帝。到隋朝，有人獻與晉王，晉王不知寶愛，便流落在民間，先父皇從民間得來。又有果大師向先父皇借去拓印，先父皇登極以後，忘卻索還。果大師死後，落入他弟子辯大師手中，朕在秦王府中的時候，便愛好墨寶，見蘭亭拓本，便詫為奇寶，日後方知原是吾家舊物，便使蕭翊設法，向辯大師手騙得，如今藏在大內。他日朕千秋萬歲後，諸大臣為朕作主，須將蘭亭原碑，同葬陵寢。」

太宗說畢，諸大臣齊呼萬歲！一齊退出宮來。只有尉遲敬德走在最後，太宗忽然想得一事，便把敬德留住。待室中無人，太宗便對敬德說道：「朕聞夫人年老龍鍾，卿起居又不能無人侍奉，朕將嫁女予卿。卿可即回家收拾屋子，預備迎娶。」

尉遲敬德聽了，慌忙叩頭稱謝！口中連稱：「臣萬死不敢當！臣婦雖鄙陋，亦不失夫婦之情。臣聞古人有言，貴不易妻，仁也。萬乞陛下成全臣夫婦之私，停止聖恩！」說著，又連連叩頭。

太宗笑慰著道：「朕與卿戲耳。」

尉遲敬德才敢起身出宮。

第二天，這訊息傳出宮來，長孫無忌便進宮去，替兒子長孫決求婚。太宗便指第五女長樂公主下嫁，只因長孫無忌，原是舅家，皇室懿親。便下詔有司，令資送倍於永嘉長公主。魏徵知道了，便進宮諫勸道：「昔漢明帝欲封皇子曰：『我子豈得與先帝子比，皆令半楚淮陽。』今陛下奈何資送公主，反倍於長公主乎？」

太宗便把這話去轉告長樂公主，長樂公主肅然起敬，說道：「女久聞父皇稱重魏徵，女愚昧，不知其故，今觀魏丞相，引禮義以抑人主之私情，真社稷之臣也！」

便奏請太宗，賜魏徵錢四十萬，絹四百匹，進爵郡公。太宗又把六公主下嫁與魏徵第四子，依例公主下嫁，舅姑須向媳婦行朝見禮。

獨魏徵卻令公主行媳婦禮，拜見翁姑，說家庭之禮，不宜上下倒置。太宗知道了，便下詔，以後公主下嫁，一律須執媳婦禮。

太宗諸駙馬中，只有尚丹陽公主的薛駙馬，是行伍出身，舉動甚是粗蠢。太宗每對人說：「薛駙馬甚是村氣。」

丹陽公主也很厭惡駙馬，常常幾月不和駙馬同席。這一年，太宗因諸公主大半下嫁，便在清心院設下筵席，召所有公主在內院賜宴，所有駙馬在外院賜宴。這許多公主，雖說是同父姊妹，但自幼兒便有保母管教著，分院居住，不常見面。今日在一堂聚首，姊妹們說說笑笑，甚是快樂！獨有丹陽公主一人鬱鬱不樂！姊妹們都追著她玩笑，公主只是嘆著氣說道：「諸姊都嫁得如意郎君，獨俺命薄，適此村氣駙馬，一世也吐不得氣！」

正嗟嘆的時候，忽宮女報進內院來，說外院諸位駙馬，只薛駙馬得萬歲爺歡賞。萬歲親解佩刀，賜與薛駙馬。諸位駙馬正搶著送酒，賀薛駙馬的喜信。原來這薛萬徹，因平日受丹陽公主的冷淡，便發奮讀書，在府中聘著飽學之士，教授他經史，不上數月，居然也能涉筆成文。這一天在清心院領宴，太宗明知薛駙馬不解文字，便傳命用隋煬宮人吳絳仙的故事，各作樂府一首。別個駙馬，都暗暗地替薛萬徹捏一把汗。誰知薛駙馬得了題目，竟不假思索，一揮而就。太宗把諸駙馬作的拿來一一看過，最後再看薛駙馬的，竟是最佳。太宗大喜！喚薛萬徹到跟前來，親自把佩刀解下來，給薛駙馬掛上。笑拍著薛駙馬的肩頭說道：「駙馬居然秀氣獨鍾！」

眾駙馬見薛駙馬得了皇上的褒獎，便爭著讀薛駙馬做的樂府道：

「持短棹，持短棹，三千殿腳羞花貌；描長黛，描長黛，三千殿腳摹嬌態。玉工有婦真玉人！秀可療饑色可餐。誰將十斛波斯螺，勾出廣陵新月痕，千載尚銷魂；無怪當年看煞隋家風流之至尊。」

太宗又令把這篇樂府，送進內院去，傳觀眾公主。那丹陽公主看了，尤其得意！一時宴罷。眾公主和駙馬都辭謝出宮，那薛駙馬正也要跨上馬去。忽見一個侍女，走到跟前說：「公主請駙馬同車回府。」

薛萬徹看時，見果然道旁停著一輛七寶香車，那丹陽公主含笑，揭著車簾候著。薛駙馬這得意，有如登天一般，急急下馬，趕到車前去。侍衛上來，開著車門，薛駙馬向車中一鑽，同坐著車兒回府去。

從此他夫婦兩人，十分恩愛，常常一對兒在宮中出入，太宗也另眼看待著。

這時太宗也有五十歲年紀了，漸漸地懈於聽政，愛在後宮和妃嬪們取樂。唐宮中自從高祖即位，放出無用宮女一千多人。

太宗皇帝初登大位，放出宮女三千餘人。貞觀二年，因天久不雨，又放出宮女三千餘人。最後因大赦，也放出宮女三千餘人。

四次共放出宮女一萬多人，宮中便處處覺得冷落起來了。如今太宗坐朝的時候少，在宮中遊幸的時候多，所到之處，頓覺樓臺冷落，池館蕭條，便下詔令地方有司選送宮女一千名，分值各處宮院。又令民間有淑德美貌女子，准有司訪報五十名，分任九嬪、婕妤、美人、才人之職。

太宗久聞得士人鄭仁基有女，美而多才，命掖庭局下聘書，聘鄭女為充容。原來唐朝太監的制度，立內侍省官員，分內侍四人，內常侍六人，內謁者監六人，內給事八人，謁者十二人，典引十八人，寺伯二人，寺人六人。另立五局：掖庭局，專管宮人名冊；宮闈局，專管宮內門禁，又分掌扇給使等員；奚官局，專管宮人疾病死喪；內僕局，專管宮中供張燈燭；內府局，專管財物出入。宮中內外大小，共有太監二千六百多人。這時掖庭局奉了旨意，便派典引內侍八人，捧著冊書冠帶，到鄭家去。

這一行人，正要走出宮門，頂頭遇到魏丞相進宮來，問起情由，內侍把聘鄭家女為充容的話說了。魏丞相忙說不可，便把這一班內侍留住，匆匆進宮去，朝見太宗。奏道：「臣聞鄭仁基女已許嫁士人陸爽，奈何陛下強奪有夫之婦？」

太宗也不覺大驚，一面即傳諭停止冊命，一面令房玄齡到鄭家去，切實察訪；又喚陸爽進宮來，太宗親自問話。那鄭仁基對房玄齡再三說，小女並未嫁人；陸爽也奏對說，民人並未聘有妻室。太宗心中疑惑起來，又請魏丞相進宮商議。朕已親自問明陸爽並未聘有妻室，那鄭仁基也說並未將女兒許配給人，丞相何以又說那鄭女是有夫之婦呢？魏丞扣奏道：「這全是下臣迎合上意，故意將陸家這段婚姻瞞起，臣已訪查確實，那鄭家女兒，卻自幼兒許配給陸爽為妻的，萬歲萬不可強娶有夫之婦，破人婚姻，使百世之下，為盛德之累。」

太宗道：「群臣容或有迎合之心，但那陸爽何以也肯捨去他的未婚妻子呢？」

魏丞相奏道：「陛下聖明，當能洞察民隱，彼陸爽不敢自從，只疑陛下外雖舍之，而陰加罪譴，故爾。」

太宗聽了，悖然動容道：「朕之不能見信於民有如此耶？」

魏丞相又奏說：「天下多美人，何必鄭家女。」

太宗當即下詔，立刻停止選女。欲知後事如何，且聽下回分解。

興佛法玄奘出使　伏禍胎武氏承恩

魏丞想見太宗毅然罷免選女的事，便乘機勸諫太宗，當少近女色，保愛身體，又拿古來聖賢豪傑的故事，講解與太宗聽。

君臣二人，終日在御書房談論著，閒著吟一首詩，下一盤棋，卻是十分契合。太宗忽問：「朕推闡佛法，使天下人民，咸知向善，豈非佳事？」

魏丞相原不甚信佛的，只因太宗迷戀色慾，怕因色慾糟壞了身體。今見皇上信佛，便也一力勸助，也是望太宗藉此可以休養身心的意思。太宗當下便打定主意，要召集天下高僧，修建　場水陸大會，超度枉死孤魂。傳旨命中書官出榜招僧，又行文各處地方州縣，推薦有道的高僧，上長安做會。

不滿一月之期，已送到了八百名高僧。太宗傳旨，著太史丞傅弈，選舉高僧，修建佛事。恰恰那傅弈又是不信佛的，當即上疏諫止。那表上說道：「西域之法，無君臣父子，以三塗六道，蒙誘愚蠢，追既往之罪，窺將來之福，口誦梵言，以圖偷免。且生死夭壽，本諸自然；刑德威福，系人之主。今俗徒矯託，皆云由佛，自五帝三王，未有佛法，君明臣忠，年祚長久。至漢明帝，始立胡神，然推西域桑門，自傳其教，不作為信。」

太宗將此表章，擲付群臣會議。時有宰相蕭瑀，出班俯伏奏道：「佛法興自漢朝，引善遏惡，冥助國家，理無廢棄。佛，聖人也。非聖無法，請實嚴刑。」

傅弈與蕭瑀便在當殿論辯道：「禮本於事親事君，而佛背親出家，以匹夫抗天子，以繼體悖所親，蕭瑀不生於空桑，乃遵無父之教，正所謂非孝者非親。」

蕭瑀聽了，也不分辯，只合掌道：「地獄之設，正為此輩。」

太宗見二人爭論不休，便召太僕卿張道源，中書令張士衡，問道：「佛事營福，其應如何？」

二臣同聲奏道：「佛在清靜仁恕，周武帝以三教分次，大慧禪師有贊幽遠，歷眾供養，而無不顯；五祖投胎，達摩現象，自古以來，將雲三教至尊，而不可毀，不可廢。」

太宗聽了大喜！便傳諭再有敢勸阻者，便以非聖無法論罪。便令魏丞相會同蕭瑀、張道源考察諸僧，選舉一名有德行的僧人作壇主，設立道場。這三位大臣，便於次日，聚集眾僧，在山川壇，逐一查選。內中選得一名有德行的高僧，法名玄奘。

這玄奘自出孃胎，便持齋受戒，外祖父便是當朝一路殷開山，父親便是狀元陳光蕊，官拜文華殿大學士，一心不愛榮華，只喜修持寂滅，德行高超，千經萬典，無不通曉。當時三位大臣，把這玄奘領上殿來，朝見太宗，玄奘拜伏在丹墀下。蕭瑀在一旁奏道：「臣瑀等奉旨選得高僧一名陳玄奘見駕。」

太宗聽了陳玄奘三字，沉思良久，便問道：「可是學士陳光蕊的兒子嗎？」

玄奘叩頭奏對道：「臣正是臣陳光蕊之子。」

太宗大喜！便傳諭封玄奘為天下大都僧綱之職。玄奘叩頭謝恩！又賜五彩織金袈裟一件，毗盧帽一頂，教他前赴化主寺，擇定吉日良時，開演經法。玄奘再拜領旨而出。回到化生寺裡，聚集各僧，共計一千二百名，分派上中下三堂，一切佛寺齊備，選定日期，開壇做四十九日水陸大會，演說諸品妙經，玄奘具表申奏，請太宗至期赴會拈香。

到了吉日，太宗早朝已畢，帶領文武百官，乘坐鳳輦龍車，離了金鑾寶殿，徑到化生寺前，吩咐住了音樂響器，下了御輦，領著百官禮佛拈香，三匝已畢。又見那大闡都僧綱陳玄奘法師，引著一群高僧，前來參拜太宗。禮畢，分班各安禪位，當頭揭著濟孤榜文。太宗看那榜文道：「至德渺茫，禪宗寂滅，周流三界，統攝陰陽，觀彼孤魂，深宜哀愍！茲奉至尊聖命，選集諸僧，參禪講法，大開方便門庭；廣運悲慈世楫，普濟苦海眾生，脫免沉痾六道，引歸真路，普接鴻濛，動止無為，混成絕素，仗此良因，邀賞清都絳闕；乘吾勝會，脫離地獄樊籠，早登極樂任逍遙，求往西方隨自在。」

太宗看畢，滿心喜悅！對眾僧傳諭道：「汝等切勿怠慢，待功成緣滿，朕當重賞，絕不空勞。」眾僧一齊頓首稱謝！當日太宗便在寺中用齋，齋畢，擺駕回宮。

一轉眼又當七日正會，玄奘又具表請太宗降壇拈香。此時善聽普遍遠近，太宗即排駕，率文武多官，后妃國戚，無論大小尊卑，俱詣寺聽講。到得壇前，只見玄奘法師，高坐在臺上，授一回受生度亡經，談一回安邦定寶籙，又宣一回勸修功卷。

聽講的人頭擠擠，約有三五萬人，滿場肅靜，一心歸依。

眾人正聽講時，忽見兩個滿頭長著癩瘡的遊僧，擠進人群中來，直搶到壇前，舉手拍著寶臺，厲聽高叫道：「那和尚，你只會談小乘教法，可會談大乘教法麼？」

玄奘聞言，心中大喜！翻身下臺來，對那兩個遊僧稽首道：「老師父，弟子失瞻多罪，現前的大眾僧人，都講的是小乘教法，卻不知大乘教法如何？」

那遊僧道：「你這小乘教法，度不得亡者超升，只可渾俗和光而已。我有大乘佛法三藏，能超亡者昇天，能度難人脫苦，能修無量壽身，能做無來無去。」

正喧嚷的時候，有司香巡堂官，急去奏知太宗道：「大師正講談妙法，忽被兩個滿身長疥癩的遊僧，扯下臺去，滿口說著混話。」

太宗聽了大怒，喝命擒來。只見許多人推推攘攘地擁著兩個遊僧，進後法堂來，見了太宗，首也不稽，掌也不合，仰面道：「陛下問我何事？」

太宗看了他踞傲的樣子，心下卻疑惑，便說道：「你這兩個和尚，既來此處聽講，只該吃些齋便了，為何與朕法師亂講，擾亂經堂。」

遊僧答道：「你那法師講的是小乘教法，度不得亡者昇天，我自有大乘佛法三藏，可以度亡脫苦，壽身不壞。」

太宗問：「你那大乘佛法，卻在何處？」

遊僧道：「大西天天竺國大雷音寺，我佛如來處，能解百冤之結，能消無妄之災。」

太宗道：「你可記得麼？」

遊僧道：「我記得。」

太宗聽了大喜！便命司香巡堂官引去，請上講臺開講大乘教法。那兩個遊僧奉了旨意，手拉手兒，轉身大腳步出去，躍上高臺，一霎時祥雲四起，把這座講壇密密圍住，中間現出一座觀世音菩薩來，手中託了淨瓶楊柳，左邊木吒童兒，右邊韋陀菩薩，喜得個玄奘大師，忙倒身下拜！那太宗皇帝得報，也率領文武百官，朝天禮拜，滿寺僧尼道俗，無一個不拜倒在地，口中唸著南無觀世音菩薩的佛號。太宗即把吳道子傳來，對菩薩畫下真形來，漸漸地彩雲散去，金光消滅，菩薩真身倏已不見，只見那半空中飄下一張簡帖兒來，上面寫著幾句偈語道：「禮上大唐君，西方有妙文。程途十萬八千里，大乘進殷勤，此經回上國，能召鬼出群。若有肯去者，求正果金身。」

太宗讀了偈語，便傳諭且把水陸道場收起，待朕差人去取得大乘經來，再秉丹城，重證善果。一面在京師城裡城外，遍貼黃榜，尋求肯上西天去拜佛求經的僧人。

第二天那玄奘法師，便袖中藏了黃榜，進宮去朝見太宗皇帝，跪奏道：「貧僧不才，願孝犬馬之勞，與陛下求取真經，便可保得陛下江山永固。」

太宗大喜！便親自下殿來，伸手將玄奘扶起說道：「法師果能盡此忠勤，朕願與法師結為方外弟兄。」

便與玄奘同坐玉輦，擺駕到水陸道場，在佛座前，拉著玄奘，拜了四拜，口稱御弟聖僧；慌得玄奘忙還禮不迭，說道：「貧僧何德何能，敢蒙天恩如此眷顧。我此一去，定要捐軀努力，直達西天，如不到西天，不取真經，即死也不敢回國，永遠沉淪在地獄之中。」

說著，便在佛前拈香為誓。太宗大喜，暫送玄奘回洪福寺去，寺中許多僧徒，聽得玄奘要赴西天去取經，都來想見道：「嘗聞人言，西天路遠，更多虎豹妖魔，法師這一去，只怕難保性命。」

玄奘道：「我已發下誓願，此去若取不得真經，便願永沉地獄。但長途跋涉，渺渺茫茫，吉凶正是難定。」

次日，太宗設朝，聚集文武，寫了取經文牒，用了通行寶印；隨即把玄奘宣上殿來，口稱御弟道：「今日是出行吉期，御弟可就此起行。朕又有一個紫金缽盂，送與御弟，途中化齋需用。再選兩個長行從者，白馬一匹，送御弟為遠行腳力，便請御弟起程。」

玄奘接了缽盂，謝了聖恩！太宗排駕率同眾文武官員，送至關外。那洪福寺僧徒，又將玄奘的冬夏衣服，俱送在關外侍候。太宗先叫長行從者，收拾行李馬匹，然後命宮人執壺看酒。太宗舉杯問道：「御弟可有雅號？」

玄奘奏稱：「貧僧出家人，未敢稱號。」

太宗道：「當時菩薩說：『西天有經三藏』，御弟便號稱『三藏』如何？再者御弟此一去，遠適異國，可改姓唐，用『唐三藏』三字是表明不忘本國，不忘此去取經的意思。」

玄奘又謝了恩！接了御酒，正要飲時。只見太宗低著頭，向地面上抓一些塵土，彈入酒杯中。三藏不解是何用意。太宗笑道：「御弟此去，到西天何時可回？」

三藏道：「只在三年，徑回上國。」

太宗又勸著酒道：「日久年深，山遙路遠，御弟可飲此酒，寧戀本鄉一捻土，莫愛他鄉萬兩金。」

三藏方悟太宗撮土入酒之意，便舉酒杯一飲而盡，告別出關。

此一去，三藏到處為人講經說法，遠近異國人，一齊尊敬他。在西域地方，共留住十七年工夫，經過一百餘國，都能通得他國裡的語言。三藏便採取各國的山川謠俗土地，著成《西域記》十九卷，回國之日，太宗差工部官在西安關外，建起了一座望經樓接經，共得有梵字經典六百五十七部。太宗下詔，便在洪福寺翻譯，仍令右僕射房玄齡，太子左庶子許敬宗，廣召碩學沙門五十餘人，相助整理。

那經卷的名目，有《涅槃經》四百卷，《虛空藏經》二十卷，《恩意經大集》四十卷，《寶藏經》二十卷，《禮真如經》三十一卷，《大光明經》五十卷，《維摩經》三十卷，《金剛經》一卷，《菩薩經》三百六十卷，《楞嚴經》三十卷，《決定經》四十卷，《華嚴經》八十一卷，《大般若經》六百卷，《未曾有經》五百三十卷，《三論別經》四十二卷，《正法論經》二十卷，《佛本的經》一百六十卷，《菩薩戒經》六十卷，《摩喝經》一百四十卷，《瑜伽經》三十卷，《西天論經》三十卷，《佛國雜經》一千六百三十八卷，《大智度經》九十卷，《本閣經》五十六卷，《大孔雀經》十四卷《貝舍論經》十卷，《五龍經》二十卷，《大果經》三十卷，《法華經》十卷，《寶藏經》一百七十卷，《僧祇經》一百十卷，《起信論經》五十卷，《寶威經》一百四十卷，《正律文經》十卷，《維識論經》十卷，共有五千零四十八卷。

玄奘一身，共遭了八十一難：第一難是金禪遭貶；第二難是出胎幾殺；第三難是滿月拋江；第四難是尋親報冤；第五難是出城逢虎；第六難是落坑折從；第七難是雙義嶺上；第八難是兩界山頭；第九難是陡澗換馬；第十難是夜被火燒；第十一難是失卻袈裟；第十二難是收伏八戒；第十三難是黃風怪阻；第十四難是請求靈吉；第十五難是流沙難渡；第十六難是收得沙僧；第十七難是四聖顯化；第十八難是五莊觀中；第十九難是難活人蔘；第二十難是貶退心猿；第二十一難是黑松林失散；第二十二難是寶象國捎書；第二十三難是金鑾殿變虎；第二十四難是平頂山逢魔；第二十五難是蓮花洞高懸；第二十六難是烏雞國救主；第二十七難是被魔化身；第二十八難是號山逢怪；第二十九難是風攝聖僧；第三十難是大心猿遭害；第三十一難是請聖降妖；第三十二難是黑河沉沒；第三十三難是搬運車遲；第三十四難是大賭輸贏；第三十五難是法道興僧；第三十六難是路遇大水；第三十七難是身落天河；第三十八難是魚籃現身；第三十九難是金歎山遇難；第四十難是普天神難伏；第四十一難是問佛根源；第四十二難是飲水遭毒；第四十三難是西梁國留婚；第四十四難是琵琶洞受苦；第四十五難是再貶心猿；第四十六難是難辨獼猴；第四十七難是路遇火焰山；第四十八難是求取芭蕉扇；第四十九難是收縛魔王；第五十難是賽城掃塔；第五十一難是取寶救僧；第五十二難是棘林吟詠，第五十三難是小雷音遇難；第五十四難是諸大神遭困；第五十五難是柿林穢阻；第五十六難是拯救駝羅；第五十七難是朱紫國行醫；第五十八難是降妖取金聖；第五十九難是七情迷沒；第六十難是多目遭傷；第六十一難是路阻獅駝；第六十二難是怪分三色；第六十三難是城裡遇災；第六十四難是請佛收魔；第六十五難是比丘救子；第六十六難是辨認真邪；第六十七難是松林救怪；第六十八難是僧房臥病；第六十九難是無底洞遭困；第七十難是滅發國難行；第七十一難是隱霧山遇魔；第七十二難是鳳仙郡求雨；第七十三難是失落兵器；第七十四難是宴慶釘鈀；第七十五難是竹節山遭難；第七十六難是玄英洞受苦；第七十七難是趕捉犀牛；第七十八難是天竺招婚；第七十九難是銅臺府監禁；第八十難是凌雲渡脫胎；第八十一難是通天河落水。

後人便把唐三藏這八十一難，演成功了一部《西遊記》小說。

此外與唐宮不相干的事體，在下也不多說了。如今還需補說一件唐宮中緊要的事體，只因那年太宗下詔挑選宮女，又傳諭地方有司，進獻美人，雖說因鄭女的事，下詔罷免選女，但內中有一個並州刺史，因訪得並州文水地方都督武士彠的女兒，長得絕色，便選作美人，送進宮來。

太宗一見，嘆為國色，便封作才人。這才人雖生成嫵媚，年紀卻只有十四歲，還羞答答地不甚解得風情。太宗常常喚她媚娘，抱在懷裡，撫摸玩弄一陣罷了。武才人的小名喚作媚娘，太宗喚著她的小名，原是寵愛她的意思。無奈這武媚娘一味嬌憨，不解風趣，太宗常用恩情挑逗她，她總是避著，不肯承恩。

恰巧有一天午後，太宗坐在月華池邊，看鴛鴦戲水，媚娘捧著拂塵，站在一旁。這時左右無人，靜悄悄地只見一個文彩華美的鴛兒，追趕著另一個鴦兒，在水面上成其好事。媚娘看了，不覺掩著唇兒嗤地一笑。太宗看她粉頰紅暈，嬌羞可愛，便也摟抱了媚娘，成其好事。媚娘年紀幼稚，身軀嬌嫩，在承恩之際，婉轉嬌啼。太宗輕憐熱愛，一連臨幸了三夜，把個媚娘弄得病倒了。一病二十多天，太宗也到別處臨幸去了。

誰知這時民間，忽起了一種謠言，說圖讖上載明唐朝三世以後，當屬女主武王，代有天下。傳在太宗耳中，心中十分疑慮，便下密詔給地方有司，祕密偵查，遇名姓有武字，或與武字同音的，便從重辦理。恰巧有華州刺史李君羨，小名五娘，官封武衛將軍，又是武安縣人氏，封武連縣公。太宗便授旨借別故殺死他。司天臺又報告太白晝見；大史官占卦，說是女主昌盛。太宗便召李淳風進宮，問他禳解之法。淳風奏稱女主不死，徒多殺無疑，臣仰觀天象，俯察曆數，此人當已在宮中，自今以後，不過三十年，便當王天下，殺唐家子孫殆盡。太宗聽了，更覺驚惶！便說道：「朕欲將宮中，跡涉疑似者盡殺之如何？」

淳風奏道：「天命已定，非人力所能挽回；自今以往三十年，幸其人已老，也許能發生慈心，為禍或淺。今若得而殺之，天或更生年少者，肆其怨毒，恐陛下子孫無遺類矣。」

太宗聽了，只得罷休，但心卻日夜不安，時時留心這個姓武的女人。這冥冥之中，也是天意，那武才人日日在太宗身旁侍奉著，太親卻毫不疑心，反百般地寵愛她。直到武才人病倒，太宗才覺得才人年幼嬌弱，不勝雨露，便許她在後宮中靜養，還時時拿許多珍寶緞匹去賞她。

這武媚娘雖說年紀幼小，卻是一個工於心計的女子，她自己知道長著荳蔻年華，洛神風韻，仗著她的娟骨花容，正可以顛倒少年，操縱英主。因此太宗雖百般寵愛，她總是淡淡的，只因太宗已有五十歲以外的年紀，享國不久，又多內寵，自己是新進的，位卑職小，諒來也得不到幾日的風光。因此這武才人並不把太宗的寵愛放在心頭，只暗暗地在諸位王子中物色人才，用心籠絡。那時承乾太子，因謀反廢為庶人，死在黔州地方，依照定例，挨著次兒弟四皇子魏王泰當立為太子。

這魏王卻長得一副美麗的容貌，活潑的性情，太宗皇帝原也十分寵愛他的。泰又愛結交賓客，酷好文學，太宗下詔便在魏王府中，立文學館。魏王在館中著書講學，延請著作郎蕭德言，祕書郎顧胤，記室參軍蔣亞卿，功曹參軍謝偃等學士入府，撰成《括地誌》一書。太宗命衛尉供帳，光祿給士，天下文學之士，都投到在魏王門下。那富貴子弟，又互相標榜，魏王府中，門庭若市。便是太宗皇帝，也親自臨幸魏王延康坊私第。魏王私第中，服用豪華，侍衛如雲，太宗又顧憐魏王，身軀肥胖，行動不便，便特許魏王，乘坐小輿，出入宮禁。太宗在宮中時時思見魏王，便敕魏王移居宮中武德殿。因此魏王得時時與宮中妃嬪親近。

魏王面貌又長得俊美，仗著皇帝的寵愛，宮中妃嬪，便爭奪著去討魏王的好。魏王便漸漸地放肆起來，挑選幾個美貌的妃嬪，暗暗地和她結識下私情了。這時承乾太子害了足病，走路成了蹺子，照定例皇子肢體有殘疾的，便當退出東宮。那承乾太子，平時又無惡不作，太宗也很不滿意於太子了。那妃嬪們打探得了這個訊息，便一力慫恿魏王，去謀奪太子的位置。魏王便結識下了駙馬都尉柴令武、房遺愛、韋挺、杜楚客這一班人，常常在太宗跟前，說著太子的壞話。

後來侯君集謀反事敗，連累太子也去了位。欲知後事如何，且聽下回分解。

簫聲起處初施雨露　素箍張時再證恩情

武媚娘究竟是有見識的女子，當時魏王泰得太宗的寵愛，宮中的妃嬪，都和魏王私通聲氣，有幾個放蕩的妃嬪，竟暗暗地和魏王結下了私情。她們一來貪戀魏王長得年輕貌美，二來也是攀援魏王的勢力，他日魏王做了太子，多少也得到一點好處。獨有這武媚，只對著魏王冷冷的，別的妃嬪見魏王進宮來，便一盆火似的向著。

媚娘見了魏王，卻避得遠遠的。魏王原是一個好色之徒，他見了媚娘這般美色，豈有不貪慕之理，便也用盡手段，百般地去趨奉她，勾引她。在魏王的意思，媚娘是新承恩寵的，皇上正溺愛她的時候，若能勾引得她上了手，替魏王在父皇跟前說幾句好話，比到別的妃嬪，便特別有力。

誰知媚孃的心思，卻完全和魏王相反，在媚娘原也存心要結識上一個少年美貌的皇子，圖她日後的風流。但她是要挑選那忠厚少年，一旦得寵之後，可以顛倒操縱的；偷眼看著那魏王，是一個浮滑陰險的少年，將來絕不能成大器。便是成了大器，也是一個無情無義的薄倖郎君，因此立意不願和魏王交結，任那魏王溫存體貼，殷勤饋送，總給他個不理不睬。媚娘在暗地裡，卻看中了一位第九皇子晉王治。

講到這位晉王，生性是一個忠厚老誠的青年，他雖是文德皇后親生的兒子，但因他生性懦弱，在宮中常常受弟兄們的欺侮。娶妃王氏，卻是從祖母同安長公主的孫女。生性也是十分貞靜。夫婦兩人，住在宮中，常常受妃嬪們的奚落，但晉王卻毫無怨言。

獨有這武媚娘，每值宮中閒靜之時，便到晉王府中，找王妃閒談去。那內僕局，也明欺晉王夫婦是忠厚老實的人，一切供應，都十分減薄。出進晉王府中去，只見婢僕零落，簾幕蕭條。王妃自己已補綴著衣服，晉王也親自拂拭著窗戶。媚娘便在不周不備之處，私自拿些銀錢綢緞去貼補晉王妃子，又把自己院中使喚的宮女內侍，撥十六名去聽候晉王呼喚。這一來把個晉王夫婦，感激得深銘肺腑。

恰巧晉王又在此時，患起病來了，病得昏昏沉沉，也經太醫診脈服藥，但晉王這一病，竟病了三個月。王妃朝晚在一旁看護著，常常守到夜深，不得安睡。後來晉王病勢漸漸減輕了，武媚娘也不時進府來探望。在白天的時候，媚娘也替王妃看護晉王的病。

王妃也覷著空兒回房去安息片刻，媚娘便乘這個機會下手，看看晉王面貌清秀，性情忠厚，將來也容易操縱。本來人在患病的時候，倘然有人憐惜他，便容易觸動感情，何況一個是美女子，一個是美男子，各在少年，晝長人靜，枕蓆相對，豈有個不動邪念的。再如媚娘放出她輕佻淺逗的手段來，在色授魂與的時候，他倆人便成就了好事。晉王是一個忠厚男子，便在枕上立著誓，說願世世生生不忘今日之情。從此以後，他二人便瞞著王妃，做著無限若干的風流的事體。

恰巧承乾太子得罪廢死，太宗意欲立魏王泰為天子。但武媚娘幾度侍奉過太宗以後，深知太宗的性格，便暗暗地指教晉王，須如此如此，必可得父皇的歡心。恰巧有一天，太宗命諸皇子學習騎射，喚晉王也一塊兒到郊外去。晉王便推辭說：「非臣兒所好，但願得奉至尊，居膝下，則兒心所好也。」

太宗聽了，心中十分喜悅！便傳諭工部，在太宗寢殿左側，造一座別院，使晉王搬入居住。從此太宗心中，暗暗有立晉王為太子的心意。承乾太子謀反的計策敗露以後，不久那魏王泰結黨營私，傾軋太子的計謀，也敗露了。太宗下詔，自今太子不道，藩王窺望者兩棄之。便改魏王為順陽王，出居均州之鄖鄉。長孫無忌又一力保舉晉王治，堪為太子。太宗道：「公勸我立雉奴，雉奴仁懦，得無為宗社憂。」

雉奴便是晉王的小名。長孫無忌力言其無妨。太宗便下詔立第九子晉王治為太子，入居東宮。

那東宮接近後宮，從此媚娘與太子的蹤跡，卻愈親密了。

王妃平日暗地留意，殘雲零雨，也有幾次落在眼裡。只因他夫婦二人，得有今日，全是媚孃的妙計勝人。如今雖說行徑不端，也只得一隻眼開，一隻眼閉地忍耐下去。正在這時，太宗皇帝突然崩了，遺詔傳位太子治。太子便在太宗柩前接位，便稱高宗。太宗另有遺詔，令先朝諸嬪媵，承恩過的，一律出宮為尼，那武媚娘雖說一心迷戀著高宗，但自己是先帝的才人，被遺詔逼迫著，也只得隨著眾妃嬪出宮，削髮為尼。

媚娘住的尼庵，名喚水仙庵。高宗便暗暗地囑咐內侍，凡是水仙庵中的器用服食，特別供應豐美。又時時著心腹內侍，拿奇珍異寶去賜與媚娘。他倆人一在宮裡，一在宮外，無時無刻，不是掛唸著。高宗因想媚娘，想得十分厲害，每日朝罷無事，坐在宮中，長吁短嘆，雖一般有六宮粉黛，三千嬪娥侍奉著，但都是庸脂俗粉，在高宗眼裡看著，好似糞土一般。

高宗既即了皇帝位，照禮便冊立王妃為皇后，又立著貴妃、淑妃、德妃、賢妃、昭儀、昭容、昭嬡、修儀、修容、修媛、充儀、充容、充媛、婕妤、美人、才人。共二十七世婦，又立寶林、御女、采女，各二十七人，合八十一御妻。內中雖有幾個，也得高宗寵信的，但比到媚娘那種旖旎姿態，豔冶風光，真是有天凡之隔。

有一日，高宗因天氣昏悶，帶著一個小黃門，無意地走到御苑中長廊下納涼。這時兩廊下古樹參天，濃蔭密布，一陣陣涼風吹來，沁入心脾。高宗連稱好風，便倚著雕欄，坐了下來。

正靜悄悄的，只聽一縷簫聲，從濃蔭中度來，吹得抑揚宛轉，悠靜動人。高宗便留小黃門在長廊下守候著，自己便分花拂柳地尋著簫聲走去。那小黃門在長廊下守候了半晌，不見萬歲出來，那簫聲卻早已停住了，看看那天的西北角上，忽然起了一朵烏雲，一霎時風起雲湧，滿天罩住了黑雲，大有雨意。

這小黃門便忍不住了，依著萬歲爺走去的路，向花木深處找去。曲徑通幽，看看走到葡萄架下，前面有一帶芙蓉，花光燦燦，從花間葉底望去，只見兩個人影兒，肩並著肩，臉貼著臉，一個是雲髻高擁，玉肩斜嚲，一望便知是宮中的嬪娥；一個卻是萬歲爺。這時那宮娥把粉臉軟貼在萬歲爺的肩頭，手中弄著那支玉簫，低低地度著鶯聲，唧唧噥噥的不知在那裡說些什麼。

那小黃門遠遠地站在花架外面，卻不敢做聲兒。忽然如豆子一般大的雨點，夾臉撲來。那雨勢又密又急，一霎時把個小黃門渾身淋得溼透，兀自不敢作聲，直挺挺地站在雨中。那高宗皇帝，和這宮娥，並肩兒坐在葡萄架下，上面濃蔭密布，雨點稀少，一時他兩人正在色授魂與的時候，倒也不覺得，後來那雨勢卻愈來愈大了，高宗只覺得肩頭一片冰冷透溼，才喚著一聲啊喲，一手拉著那宮娥，飛也似地向前面挹翠軒中奔去。

那小黃門也渾身水淋淋地跟著向挹翠軒中走來。那宮娥一眼見那小黃門，好似落湯雞一般的，忍不住把一手掩住櫻唇，躲在萬歲懷裡，吱吱地笑著。高宗皇帝一面伸手撫摸著宮娥的脖子，一面對這小黃門說道：「快回房換衣服去！傳御膳局備筵宴來，朕在此挹翠軒中飲酒賞雨。」

小黃門口稱領旨，匆匆退去。不一刻果然御膳局送上美酒佳餚，龍肝鳳髓。高宗皇帝慢慢地飲著酒，賞著雨，又看著這宮娥。這宮娥居然長得冰肌玉骨，身材苗條，語言伶俐，眉目俊俏。看她眉心兒一層，朱唇兒一裂，嫣然的笑容，真要引得人心醉。高宗問她名姓，現居何職？這宮娥奏稱姓蕭，小名喚作雲兒，進宮來不及三載，內侍省分派婢子在御苑來喜軒中承值，現充良娣之職。高宗聽了笑說道：「來喜，來喜，今夜果然喜來矣；雲兒，雲兒，今宵朕便與汝會雲雨去也。」

蕭良娣聽了，不覺嬌羞靦腆，忙跪下地去謝恩！高宗伸手把她扶起來，坐在膝下，命良娣吹一曲鳳求凰。這時雨過天晴，花木明淨，悠悠的簫聲，從萬綠叢中，一聲一聲地度出來，望去好似仙境。

看看夕陽在樹，高宗皇帝也有了幾分醉意，蕭良娣扶著臨幸來喜軒去。這一夕蕭雲兒，曲意承迎，婉轉薦寢，雖說是破瓜處女，但在嬉樂間的一種擒縱手段，教這高宗皇帝，竟有應接不暇之勢。高宗十分寵愛，第二天便下詔冊封雲兒為蕭淑妃，騰出一座彩霞宮來，給蕭淑妃居住。從此高宗每日朝罷回宮，便向彩霞宮中一鑽，飲酒歌舞，快樂逍遙，早把六宮粉黛，一齊丟在腦後。

別人卻不打緊，獨有那王皇后，從前在王府中的時候，是患難夫妻，如今一朝富貴，便沉迷女色，把這正宮娘娘，一連冷落了五六個月。王皇后心中十分怨憤，只因自己是六宮之主，不能輕易去和妃嬪爭寵的，只打發宮婢在外面打聽，打聽得高宗每夜總在彩霞宮中，尋歡作樂。

那蕭淑妃把一個萬歲霸占住在自己宮裡，便想出種種歌舞飲食的法子來引誘著皇帝。蕭淑妃在母家的時候，原製得一手好湯餅，這時她在宮中，也設著內廚房，淑妃親自到廚房裡去，烹調各種美味的湯餅來獻與萬歲爺吃著；又學著民間夫婦的模樣，蕭淑妃做著主母，高宗做一家的主人，選那面貌俊秀的宮女和內侍，充著兒媳，假裝著一家骨肉，團圓笑樂。

有時高宗也親自到廚房裡去，替蕭淑妃執著炊。又把日用飲食器具，在宮中排列成街市，做各項買賣，皇帝和淑妃，挽著竹筐，扮作平民模樣，入市去買物。那街市中各內侍，扮作店肆中掌櫃的，故意和皇帝爭論價值，學著市井中罵人的口吻；又有那耍拳棒的，賣草藥的，耍戲法的，賣熟食的，喧嚷紛呶。皇帝和淑妃插身其間，恣為笑樂。有時蕭淑妃扮著嫦娥舞，輕紗四垂。

淑妃穿著一身白色舞衣，在紗帳中，婉轉俯仰地舞著。紗帳後面，拿燈兒做成一輪明月，那明月愈近愈大，光照一室。嫦娥便在明月光中翩躚舞著。高宗在帳外設著筵席，一邊飲著酒，一邊看著：只見那嫦娥長袖輕裾，舞衣如雪，態若遊龍。正看得出神的時候，那嫦娥直奔出帳來，向高宗懷中一倒，高宗也不顧左右內侍們，便擁著嫦娥進帳去，內侍們急退出屋去。

那蕭淑妃在帳中的吃吃笑聲，直送到戶外來。這樣的盡情旖旎，瀲贍風流，高宗樂也樂不過來，卻如何能唸到皇后的孤寂，和妃嬪們的嫉妒呢。到這時皇后卻忍無可忍，便授意給侍郎上官儀，上一本奏章，說皇上當愛惜精神，勤理朝政，不當親匿群小，玩物喪志。高宗看了奏章，一笑置之，依舊尋他的快樂去。

王皇后看看無計可勸住皇帝行樂，又實是嫉妒蕭淑妃寵擅專房，便私地裡召集了幾個妃嬪，大家商量著，要設法離間蕭淑妃的寵愛。內中有一位劉貴妃，她和王皇后最是投機，在後宮中，年紀也最長，跟隨著王皇后在王府中的時候，親眼見皇后躬操井臼，深夜縫衽，十分辛苦著。如今見皇帝冷淡著正宮娘娘，她心中也代抱不平；再者這劉貴妃和王皇后特別密切，內中也存著一段私意。只因王皇后無子，劉貴妃在王府中卻生下了一個兒子。名忠，字正本，在皇子中年紀是最長，當正本滿月的時候，王府設著盛大的筵席，太宗皇帝也臨幸府第，對群臣道：「朕初得長孫，今日欲與諸卿共樂。」

酒吃到半醉的時候，太宗命庭前作樂，自己便在席間舞著。高宗皇帝也和群臣跟著起舞。舞罷，太宗賞賜的珍寶很多。高宗看父皇如此寵愛長孫，又因正本的母親劉氏充儀，出身太低，便和王皇后商妥，把這長子正本，認作自己的兒子。

這時王皇后的舅父柳奭，也勸皇后把正本養為已子，太宗便封正本為燕王。後來高宗即位，柳奭和褚遂良、韓瑗、長孫無忌、于志寧一班大臣，奏請立正本為太子。從來說母以子貴，王皇后也奏請立太子生母為貴妃，從此這劉貴妃感恩知己，處處幫助王皇后的。如今王皇后召集妃嬪，商量離間蕭淑妃之計，當時在座的還有鄭德妃、楊賢妃，大家商議了半天，也想不出一個好法子來。

正躊躇的時候，那劉貴妃忽然思得一計，說道：「先皇妃嬪中，不是有一位武才人嗎？萬歲做太子的時候，俺們和她一塊兒住在宮中，她也和俺們很說得投機；便是萬歲的能夠做太子，大半也還是這武才人的計謀。那時俺萬歲也很迷戀著武才人，娘娘不是也親自撞見過幾次的嗎？如今俺們不妨悄悄地依舊把這武才人喚進宮來。從來說的新婚不如久別，那時萬歲爺見了武才人，包在俺身上便把這淫賤的蕭丫頭，丟在半邊了。」

劉貴妃說了這一番話，一班妃嬪們都說是好計！獨有王皇后卻搖著頭說道：「前門拒虎，後門進狼，俺這萬歲爺，又是沒主意的，見一個愛一個，只怕那武才人，也不是好惹的呢。」

一句話點破了，眾人也無法可想，便各各散去。

那邊高宗皇帝和蕭淑妃的恩情，一天深似一天，看看蕭淑妃已有孕在身。劉貴妃深怕將來蕭淑妃生出一個男孩兒來，仗著萬歲爺一時的寵愛，便奪了她兒子太子的位置；因此悄悄地去見王皇后，催她速行把武才人喚進宮來的計策。

事有湊巧，這時正值太宗死後四週年之期。京師地方，大小寺院，齊做著佛事，追薦先皇。高宗也親到各寺院去拈香祭典。看看來到水仙庵中，女尼們料理出一桌素席，請高宗用齋。高宗正端起一隻白玉酒盅兒飲時，一眼見那盅兒上雕著一個篆體雙鉤的媚字來，高宗頓時記起來，這水仙庵原是武才人落髮修行的所在。

當下便傳諭左右侍衛，一齊退去，傳庵中女尼出來侍奉，果然走出來了四個年輕俊美的女尼，站在兩旁，伺候高宗飲酒。高宗看看這四個女尼中，卻沒有一個是武媚娘，心中不樂！便停著杯兒不飲，低低地問媚娘何在，內中有一個乖覺的女尼，奏對說：「媚娘因今日是先帝忌日，心中悲傷，無心修飾，怕褻瀆了萬歲爺，便不敢接駕。」

高宗聽了，笑說道：「朕能替媚娘解憂，今日雖是先皇忌日，俺們見個面兒，卻也何妨，快傳諭去請媚娘想見。」

一個女尼，奉了聖旨，進內院去傳喚媚娘。

媚娘說未亡人已截髮毀容，不可褻瀆聖目，不敢見駕。高宗如何肯依，便接二連三地傳諭進去，說倘再不來見駕，萬歲便要親自移駕進內院來了。媚娘違拗不過，只得略整衣襟出來，走到筵前，低著頭，捧著酒壺，替高宗斟了一杯酒，放下酒壺，轉身便要走去。高宗上去，伸手拉住衣袖，說道：「媚娘，媚娘，緣盡於此了嗎？」說著，止不住眼淚紛紛落下來。

那媚娘也不禁低頭宛轉，拿衫袖拭著眼淚，高宗伸手去緊緊地握住媚孃的手，兩人黯然相對了半晌，媚娘嘆著氣說道：「昔日恩情，而今都成幻夢，陛下去休，莫再以薄命人為念。」說著，便要奪手進去。

高宗如何肯舍，便道：「吾二人豈不能重圓舊夢乎？」

媚娘搖著頭說道：「妾已毀容，勢難再全。況子納父妃，名分攸關，願陛下捨此殘花敗柳，海樣深思，妾三生銜感不盡也！」

媚娘愈說得可憐，高宗愈不肯舍。看她柳眉鎖恨，杏靨含愁，高宗恨不得立刻帶她進宮去重圓好夢；又看她清鬢已經剃盡，實是無可挽回了，便只得忍心揮淚別去。

誰知高宗在水仙庵中私會武媚娘這件事，被護駕的侍衛，偷偷地去告訴了王皇后。王皇后便與劉貴妃商量。劉貴妃道：「萬歲還未忘情媚娘，遲早總要把媚娘弄進宮來的，那時媚娘一得了寵，俺和皇后越發要吃她們的欺侮了。依俺的意見，不如請皇后悄悄地把媚娘接進宮來，在宮中養著，慢慢地給她留起頭髮來，那蕭家婢子，倘再迷住皇上不放，俺們便把這媚娘獻出去，那時媚娘若得了寵，那蕭家婢子，便失了寵。再者這媚娘是娘娘弄她進來的，自然和俺們連通一氣，凡事也肯幫助俺們了。」

她后妃兩人，正計議著，忽見宮女報來，說蕭淑妃產下皇子來了。劉貴妃聽了，一拍手說道：「更不得了，萬歲爺從此更把那蕭家婢子寵上天去了，三五年以後，怕不要把這小東西立做太子，把那蕭家丫頭，封作皇后呢。」

王皇后聽到這一句話，便不由得怒氣直衝，說著：「好！好！俺便把媚娘接進宮來，看這賤婢能保得幾時寵幸。」

那邊高宗見蕭淑妃產下一個皇子，心中萬分的歡喜！取名素節，到滿月的那一天，彩霞宮中，十分熱鬧，許多妃嬪進宮來賀喜，歡笑暢飲；又在弘德殿上，賜百官筵宴。欲知後事如何，且聽下回分解。

排異己蕭妃遭謫　結歡心王后屈尊

彩霞宮中正在歡笑暢飲的時候，只見一輛輕車，悄悄地推進了後宮門，直送到正宮裡停下。宮女上去，從車子裡扶出一位嬌貌輕盈的女尼來。那女尼見了王皇后，便拜倒在地，口稱娘娘千歲。皇后親自去把女尼扶起，拉起手兒，走進寢宮去，兩人密密切切地談著心，從此王皇后便把這女尼留養在宮中，暗暗地給她留起頭髮來。這個女尼不是別人，便是被太宗臨幸過，又和高宗偷著情的武媚娘。

這媚娘此時還只有十八歲年紀，王皇后著意調理著，益發出落得豔冶風流，她性格又乖巧，心地也聰明，每日伺候著皇后的飲食起居；閒暇的時候，又說笑著替皇后解著悶兒。皇后也不時賞她金銀衣飾，媚娘便拿了悄悄地賞了宮女，因此合一個正宮上上下下的人，沒有一個不說武媚娘是大賢大德的。便是那劉貴妃，越發和媚娘說得投機，兩人在宮中拜了姊妹。劉貴妃把媚娘拉到自己宮中去，同起同臥，十分親密。

看看過了兩年，媚娘鬢髮如雲，翠鬟高擁，越發出落得容光煥光，嫵媚動人。那時打聽得高宗寵愛蕭妃的心思也差了些，有暇御駕也常臨幸正宮。那蕭淑妃打聽得萬歲在正宮留住，便在背地裡罵皇后是騷狐，又假說素節哭喚阿父，接二連三地把個萬歲逼回宮去，也便有人把蕭淑妃辱罵皇后的話，悄悄地去告訴了皇后。皇后大怒！說這賤婢，俺須不能饒她。隔了幾天，高宗又臨幸正宮，帝后對坐著用膳。在飲酒中間，皇后故意說：「當年若無武才人為陛下設謀，如何能得有今日？可憐那武才人自先皇去世以後，便守著暮鼓晨鐘，向空門中度著寂寞光陰，陛下也曾憐念及否？」

高宗自從那日和武媚娘在水仙庵中相遇以後，回得宮來，也便時時掛念，如今聽皇后提起，便不由得嘆了一口氣道：「空門一別，有如隔世，每值花前月下，如何不念？只因關係著先王的名分，且美人業已削髮出宮，無可挽回的了。」

王皇后笑說道：「妾身亦知陛下未能忘情武氏，已為陛下物色得一個女子在此，容貌舉止，完全從媚娘脫胎得來，今敢獻與陛下，以解相思之渴。」

高宗聽說，忙問女子何在？王皇后回頭去吩咐宮女，把那新入宮的女子喚出來。

停了一會兒，果然兩個宮女，扶著武媚娘出來，走在高宗跟前，深深拜倒。待高宗扶起她頭來看時，豐容盛鬋，這不是媚娘，卻是何人？當下王皇后便把如何探聽得陛下私訪尼庵，知道陛下還想念武氏，便悄悄地去把她接進宮來，留著頭髮，藏在宮中，待陛下臨幸。一席話說得高宗心花怒放，連聲讚歎！

說皇后真是好人！當夜便在西宮臨幸武氏。他二人久別重逢，自有一番繾綣。武氏如今年已長成，床蓆之間，自解得一番擒縱手段，不復如從前一味地嬌憨羞縮了。高宗十分歡喜！便拜為昭儀。那武氏因不忘皇后引進之思，便每日到正宮去朝見，伺候著皇后的起居，依舊陪著皇后說笑解悶直到萬歲在西宮守候著，幾次打發內侍來傳喚，她才回西宮去。隔了幾天，又親自把皇帝送進正宮去，勸皇帝不可失了夫婦患難之情。又說那蕭淑妃，出身淫賤，只知一味沾寵，不顧后妃大禮，勸皇帝少親近為是。高宗聽了武氏的話，果然把蕭淑妃冷淡下來，王皇后和劉貴妃二人，都是十分感激武氏的。

這武昭儀在床笫之間，果然是妖冶浮蕩，把個風流天子，調弄得顛倒昏迷，但每值她斂容勸諫的時候，眉頭眼角，隱隱露著一股嚴正之氣，不由這位懦弱的皇帝，見了不畏懼起來！

你若依從了她，一轉眼便橫眸淺笑，叫人看了煞是可愛；你若不依從她，見她那副輕顰薄嗔的神韻，叫人看了又煞是可憐！

日子久了，這皇帝便被武氏調弄得千依百順。有時高宗朝罷回宮，心中遇到大臣爭執，難解難理的事體，武氏只須一句話，便處置下來了。從此高宗越發把這武氏另眼看待，每天把朝廷大事和武氏商量著，又把各路的奏章給武氏閱看。

武氏做女孩兒的時候，原讀得很多的詩書，當下便替皇帝批著奏章，起初原和皇帝商量妥當了，再動筆批寫，後來因高宗怕煩，一切奏章，都由武氏做主批閱。這高宗皇帝原是好逸惡勞的人，如今見武氏能批閱奏本，便也樂得躲懶去。這武氏原也生得聰明，又因她隨侍先皇帝的時候，先皇帝批閱奏章，她看在眼裡；如今她批去的奏本，果然語言得體，處置得宜，外間臣工，毫無異言，高宗也很是放心，把武氏加封為德妃。

這武氏地位一高，她卻漸漸地放出手段來。第一個便拿劉貴妃開刀，她在高宗跟前，說王皇后和蕭淑妃兩人，在暗地裡鬧著意見，全是劉貴妃從中挑撥成功的。這劉氏原是後宮出身，她仗著太子是她的親兒子，便敢任意播弄，宮廷之內，不能容此小人；況當今太子，即經皇后認為親子，如何又留劉氏在宮。

他日太子覺悟，使皇后一番苦心，付諸東流，便硬逼著把劉貴妃廢為庶人，打入冷宮。高宗又把武氏升為貴妃，與皇后只差一級。那蕭淑妃的位置，卻在武氏之下。這武氏卻日夜在高宗跟前，訴說蕭淑妃居心陰險，只因她生有皇子，卻在外面結黨營私，謀害太子，卻要把自己兒子立做太子。

這句話蕭淑妃原也對高宗說過，高宗如今聽了武氏的話，卻也半信半疑。武氏又暗暗地把這話去對皇后說了，皇后久已懷恨蕭淑妃了，便也在高宗跟前，說蕭淑妃如何如何包藏禍心。劉貴妃既已廢黜，皇后跟前沒有親信的人，便把武氏認為心腹，朝晚商量如何謀陷蕭淑妃。

便有正宮裡的內侍，悄悄地把這訊息傳給蕭淑妃知道。蕭淑妃十分驚惶，打聽得武氏不在皇后的跟前的時候，便悄悄地趕到正宮去，在王皇后跟前跪著求著，不住地叩頭哭著說道：「婢子原自己知道福薄，受不起萬歲的寵幸，無奈萬歲恩重如山，把婢子升做淑妃；婢子也曾幾次勸萬歲不可冷落了娘娘，婢子也知道娘娘當時十分憤怒。婢子不該把萬歲的寵愛一個人霸占著，但婢子終是一個愚昧女子，只知道承受著萬歲一人，時時刻刻怕失了萬歲的寵，天日可鑒，那時婢子實不敢在萬歲跟前，進娘娘的讒言。如今這武貴妃一進宮來，第一步便驅逐了劉貴妃；第二步便要驅逐婢子，婢子雖萬死不足惜，但婢子被逐以後，那武貴妃便要不利於娘娘，那時娘娘左右沒有一個心腹，一任武貴妃欺弄著，再欲思及婢子今日之言，悔之已晚。婢子今日把一片真誠，奉勸娘娘，不如留著婢子，為娘娘做一個耳目，婢子願繳還皇帝的冊封，從此不回彩霞宮去，留在娘娘身旁，充一個忠心的奴僕，只求娘娘救我！」

幾句淒淒切切的話，果然把王皇后勸醒，從此著著防著武貴妃的舉動。果然打聽出武貴妃的詭計來。那武貴妃一面在高宗跟前進讒，又聯繫一班外官劉仁軌、岑長倩、魏玄同、劉齊賢、裴炎等，替武貴妃在外面招權納賄。皇后這才懊悔起來，常常召蕭淑妃進宮來商議抵制武貴妃的計策。

有一天高宗在正宮中用膳，王皇后和蕭淑妃兩人，一齊勸著皇帝，須防武貴妃弄權，須從早制裁，她日勢力盛大，便難圖了。誰知高宗聽了，便勃然大怒，拿手指在蕭淑妃的臉上罵道：「全是你這賤婢，在中間搬弄是非；前幾天皇后尚與朕說起你這賤婢，如何陰險，謀害太子的話，如何今日又一變說起武貴妃的壞話來了，這顯系是你這賤婢，從中教唆。武貴妃原屢次對朕說：『須速把你這賤婢，趕出宮去。』還是朕顧念昔日恩義，不忍下此毒手。今日賤婢膽敢進武貴妃的讒言，這真是自作孽不可活了。」

說著，便喝左右，把這賤婢立刻趕出宮。

蕭淑妃慌了，忙跪倒在皇帝膝前，連連叩頭求萬歲爺開恩！那王皇后也滿面流淚，跪下來替蕭淑妃求著，外面走進四個內侍來，揪著蕭淑妃的衣領便往外走。那蕭淑妃兩手緊緊地抱住皇帝的袍角不放，口頭只嚷著：「萬歲爺顧念昔日恩情，饒婢子一條蟻命吧！」

王皇后也上去勸，說蕭氏已生有皇子，為萬歲體面計，也不宜受辱。高宗聽了這一句話，才喝令內侍們住手。

蕭淑妃退回宮去候旨，第二天聖旨下來，貶蕭淑妃為庶人，打入後宮牢中。凡是蕭淑妃的親族，都捉去棄軍到嶺南。

不多幾天，武貴妃便產下一子，十分肥碩，高宗常常抱持在懷，取名弘字。這武貴妃生了皇子以後，愈覺驕貴，但唐宮定製，貴妃的地位，最是高貴的了。高宗要討武氏的歡心，便在貴妃上又定了一個宸妃的名兒，封武氏為宸妃。一切起居服用，車馬儀仗，和皇后僅僅差了一級。武氏高貴到這個地位，她又漸漸兒地不把皇后放在眼裡了。

高宗又拜武宸妃的父親武士彠為司徒，宸妃的哥哥元慶為宗正少卿。元爽為少府少監，宸妃的侄兒唯良為衛尉少卿，懷遠為太常卿。武士彠原有妻妾二人，妻是相裡，生子元慶、元爽二人，妾是楊氏，只生女子三人，長女嫁與越王府功曹賀蘭越石，次女便是宸妃，三女嫁與郭姓，又有武承嗣原是武宸妃的族侄，只因宸妃寵愛他，高宗便拜承嗣為荊州都督，一門富貴，內外煊赫。

王皇后看看自己勢力愈孤，宸妃權威愈盛，只因皇帝的寵愛全在武氏一人身上，不得不凡事忍讓些。武氏自從升宸妃以後，也不守做妃子的規矩：六宮妃嬪遇有喜慶大節，都要到正宮裡去行著朝賀的禮，獨有這武宸妃，卻自恃寵愛，從不向皇后行過禮兒。有時皇后反到宸妃宮中去閒談，這宸妃和皇后說話之間，竟稱姊道妹起來。每值皇帝朝罷回宮，便駕幸宸妃宮中。

這宸妃便把朝廷大事，問個備細，有時還說皇帝某事處置失當，某事調理失宜，皇帝聽了，非但不惱，且稱讚宸妃是女中丈夫。

宸妃聽皇帝稱讚她，便又撒嬌撒痴的，要跟著皇帝一塊上殿聽政去，皇帝也歡喜，便傳諭內侍省，在太和殿上掛起簾子來，在簾內照樣地設著寶座，第二天早朝，武宸妃也按禮穿著大服，用一半皇后的儀仗，坐著寶輦，率著內侍和宮娥，前呼後擁地和皇帝一齊上了太和殿，在簾內坐著，受百官的朝拜。又見那班大臣，一個一個地上殿來奏事，皇帝又當殿傳旨，該准的准，該駁的駁，約摸一個半時辰，便鳴鼓退朝，從此卻成了例規，宸妃每天跟著皇帝垂簾聽政去，皇帝坐在簾外，宸妃坐在簾內，每遇有疑難的事，宸妃便在簾內低低地說著話，替皇帝解決下來，皇帝便也依著宸妃的話，傳諭下去，日子久了，便慢慢地成了習慣。高宗原是一個善於偷懶的人，每日坐朝，和大臣們奏對，原也厭煩。如今見百事有宸妃替他打主意，而且宸妃打的主意，說的話，也很冠冕得體，有時宸妃打的主意還勝過自己的。從此高宗皇帝，每天坐朝，也非武宸妃陪著他不可了。

王皇后在暗地裡留心著，實在有些看不過去了，有一天高宗和武宸妃正朝罷回宮，王皇后便手捧奏本，在宮門口候著。

見高宗駕到，便跪倒在地，雙手把奏本高高擎著，口稱臣妾有奏本在此，願吾皇過目，依臣妾所奏，從此免宸妃臨朝，實國家之大幸。高宗拿奏章看時，那奏章上引著太宗文德順聖皇后長孫氏的話道：「牝雞司晨，家之窮也。」

高宗看了，不覺動容，便把宸妃臨朝的事體罷免了。

從此這武宸妃便把王皇后恨入心肺。在武氏做才人的時候，便蓄意將來要做一個獨攬朝綱的女主，她明知這位高宗皇帝，是個懦弱無能的人，若能收服了他，將來便可以為所欲為，因此高宗在做藩王的時候，便百般勾引他上了手，又竭力幫助他設謀定計，急得了皇位。

第二次進宮來，她設法排去了劉貴妃和蕭淑妃二人，自己也掙扎到了宸妃的地位，慢慢地在朝中植黨，把持政權，好不容易自己能夠天天陪著皇帝垂簾聽政，正想把朝廷的大權，攬在一個人手中，不料平空裡吃這王皇后上了一本，把她滿心的想望，打得煙消霧散，叫她心中如何不恨！這一恨她便起了一個狠心，從此蓄意便要推倒這個皇后，才出她胸頭之氣。

這時王皇后的父親王仁祐去世，皇后是很有孝心的，一聞得父親去世的訊息，便在宮中日夜哭泣。高宗偶到正宮去，見皇后有淚容，知道是想念亡父，便下諭准皇后的母親柳氏進宮來互相慰勸。那柳氏便是國舅柳奭的妹妹，雖是女流，卻頗有才智，當下奉了諭旨，便對她哥哥柳奭說道：「宮中后妃，互相傾軋，我不當進宮去召人嫌疑，落在是非圈中。」

柳奭再三勸駕，說皇帝旨意不可違，宮中甥女，念母甚切，及此圖母女想見，亦足慰懷。柳氏聽了他哥哥的勸，便進宮去見皇后，母女想見，自有一番悲切。

這訊息傳在武宸妃耳中，心中便得了主意，當即用財帛去買通了正宮門監，那柳氏自從得了皇帝諭旨，許自由出入宮廷，常常進宮來探望皇后。有一天柳氏出宮以後，恰巧是皇帝到正宮去。正走進宮門，那宮監呈上一張黃色的紙條兒來，上面寫著時辰八字，又有一枝繡花針兒，刺在那紙條兒上。

皇帝一看那八字，卻是他自己的生年月日，當下心中便覺納悶，查問那門監時，說是方才柳氏出宮，經過宮門上車的時候，這紙條兒便從柳氏的衣襟裡落下來的。高宗聽了，心中大怒！便不進宮，轉身向武宸妃宮中走來，便把這紙條兒擲給武宸妃看。

武氏看了，故作驚惶的樣子說道：「啊喲！這是邪教壓勝，迷人魂魄的法兒，如何把陛下的生辰寫在上面，這人竟要取陛下的性命，豈不是大逆不道的事嗎？」

說著把那紙條兒扯得粉碎，高宗也氣得連聲說：「快傳諭給宮門監，自此以後，不許柳氏進宮，凡有出入正宮的，須在身上細細地搜查。」

從此高宗也不到正宮去，只在武宸妃宮中，和武氏兩人打得火一般熱，把這皇后丟在腦後。可憐這王皇后，看著高宗漸漸地轉過心意來，常常臨幸正宮，又許她母女時時在宮中想見，心中把個皇帝卻感激到萬分，忽然她母親許久不進宮來了，那皇帝也許久不臨幸正宮了。皇帝禁止柳氏進宮，皇帝心中十分憤恨皇后，皇后卻好似睡在鼓中一般，一點也不曾知道。

那武宸妃看看皇帝第一步便中了她的計，便在背地裡再行她更毒更深的計策。這時武宸妃又新產了一個女兒，高宗因寵愛宸妃，一般地也在宮中筵宴慶祝。那六宮的妃嬪，要得宸妃的歡心，便也各各把賀禮送給這小孩兒，算是見面的儀物。正宮裡有一位趙婕妤，她是很忠心於皇后的，看著皇后失勢，便勸著皇后，須特別自己忍性耐氣去籠絡著宸妃，得了宸妃的歡心，那皇帝的恩情，便依舊可以恢復過來，把這些話再三勸著。

皇后聽了她的話，便趁這武宸妃產生女兒的時候，特令宮女，繡著衣裙，另備黃金百兩，拿去賞給那新生的小孩，滿心想買回宸妃的交情來。誰知這宸妃的心腸狠毒，她打定主意，要陷害皇后。

隔了幾天，那王皇后看看依舊不見皇帝迴心，絕跡不臨幸正宮，那武宸妃受了皇后的賞，也依舊不見她來謝賞。心中萬分愁悶，那趙婕妤又再三勸皇后須親自到武宸妃宮中去慰問，乘機也可以探聽探聽皇帝的訊息。王皇后看看事已如此，不得不低頭，便忍著怒氣，親自到武宸妃宮中去，見了武氏，便百般撫慰，有說有笑的。

那武氏卻大模大樣地不很理睬。皇后又把宸妃新生的女兒，抱在懷裡，撫弄了一回，便搭訕著回正宮去。王皇后這一去，受著一肚子的冷氣，回得宮來，想起自己的冤苦，便倒在床上，痛痛地哭了一場。趙婕妤在一旁勸著，正在這時候，忽然見一個宮女，匆匆忙忙地跑進來報說：「那武宸妃新生的一個女孩兒，忽然氣絕死了。」

王皇后聽了，也十分詫異！說道：「方才睡在我懷中好好的，怎麼得一時三刻便死了呢？」

欲知後事如何，且聽下回分解。

王皇后失寵遭廢　韓夫人當筵承幸

武宸妃費盡心計，買通了看守正宮的門監，把那用邪術壓勝謀害皇帝的罪名，加在皇后母親柳氏身上；原是要陷害皇后，只望高宗一怒，把皇后廢去，從此拔去了眼中釘，自己穩穩地升作皇后，大權獨攬，可以威福自擅了。誰知這糊塗的皇帝，他一怒之下，僅僅把個柳氏禁止入宮；王皇后的名位，依舊不傷分毫。她一不做，二不休，便發了一個狠心，再用第二條毒計去陷害皇后。

那天恰巧王皇后親自屈駕到宸妃宮中去探望武氏，又抱著武氏新產的女孩，撫弄一會；見武氏待她總是淡淡的，便忍著一肚子骯髒氣，回正宮去。誰知這裡武氏見皇后前腳出宮去，她便立刻親自下毒手，把這個初生下地玉雪也似潔白的女孩兒，狠狠地扼住她喉嚨，登時氣絕身死。武氏又悄悄地把屍身去放在床上，用錦被蓋住，轉身走出外房去，若無事人兒一般，找宮娥們說笑著。武氏下這毒手，原沒有別人在她身旁的。

停了一會兒，那高宗皇帝退朝回宮來，武宸妃上去接住；高宗一坐下，便說：「快把我的孩兒抱來！」

這是宮女們每日做慣的事，當下便有宮女急急進裡屋去，抱那孩子。接著忽聽得那宮女在屋子裡一聲怪叫，連跑帶跌地走出房來，噗地跪倒在武宸妃跟前，看她渾身發抖，嘴裡斷斷續續地說道：「奴婢該死！奴婢該死！」

高宗看了十分詫異。忙問：「什麼事？」

那宮女一邊淌著眼淚，一邊磕著頭說道：「奴婢該死！奴婢不小心，這位小公主，不知在什麼時候歸天去了！」

高宗和武氏聽了這句話，一齊嚇了一大跳。當下皇帝也無暇問話，拉住宸妃的手，飛也似地搶進裡屋去一看，這孩兒果然是死了。這宸妃便捧住孩兒的屍身，一聲兒一聲肉的大哭起來。高宗跑出房去，咆哮大怒；嚇得合宮的內侍和宮女們，齊齊地跪在皇帝跟前，不住地叩著頭。高宗喝叫把這看管孩子的宮女八人和乳母四人，一齊綁出宮去絞死。又細細地查問：「有什麼人進宮來著？」

內中有一個宮門監，奏說：「今天只有娘娘進宮，探望小公主來著。」

高宗聽了，忙問武氏：「皇后可曾抱弄過孩兒？」

那武氏聽了，卻故意裝作悲痛的樣子，嗚嗚咽咽地說道：「臣妾不敢妄議皇后。」

高宗聽了，把手一拍，腳一頓，大聲兒說道：「什麼皇后不皇后！她作惡也作夠了，看朕早晚把這賤人廢去！」

說著又追問宮女，宮女才說曾親眼見娘娘進宮來抱弄著小公主的。高宗聽了，說道：「好了，好了，不用說了，準是這賤人下的毒手，待朕問她去。」

說著便站起身要出去；武宸妃急急上前，把皇帝抱住。

到了夜裡，武宸妃在床蓐之間，用盡迷惑的功夫，把個皇帝調弄得服服帖貼，他兩人商量了一夜。高宗口口聲聲答應把王皇后廢去，冊立武氏為皇后；這武氏才歡歡笑笑，親熱了一陣。但這廢皇后是國家的大事，非得皇后犯了大故，由文武大臣奏請，輕易不能廢皇后的。高宗也為這事，頗費躊躇。

武氏說：「當今大臣中，最可畏的莫如長孫無忌。他是國舅，凡事國舅不答應，那文武百官便都不敢答應。如今俺們只須在長孫國舅前把話說通，這事體便好辦了。」

過幾天，正是長孫無忌的生辰。在前幾天，高宗便拿黃金八百兩，繡袍一襲，賜與無忌。到了這一天，長孫無忌家中大開筵宴，賓主正在歡呼暢飲的時候，忽見皇帝和宸妃一齊駕臨，慌得長孫無忌和眾賓客，一齊跪接聖駕；在大堂上面高高地擺起一桌酒筵來，請皇帝入席。長孫無忌家中，原養著一班舞女的，當時便把舞女喚出來，當筵歌舞著。高宗看了大樂，便多飲了幾杯酒。裡面無忌的姬妾們，伺候著武宸妃飲酒，那班姬妾竭力地趨奉著宸妃，宸妃心中歡喜。無忌有寵妾三人，一是黃氏，一是楊氏，一是張氏，三位姬人，每人都生有一子。

當時宸妃把三位公子傳喚出來想見，果然個個長得眉清目秀，齒白唇紅。宸妃把三個公子拉近身去，撫弄一番。酒罷，無忌把皇帝邀進書房去坐，那宸妃也在一邊陪坐，說起無忌三位公子如何可愛，高宗便傳諭，拜三位公子為朝散大夫，又賜三位如夫人金銀緞匹十車。無忌奉了旨，忙帶著他姬人公子出來跪謝皇帝。皇帝便和無忌在書房中閒談起來。說話中間，高宗常常說起皇后不產皇子，接著又嘆息了一陣；但長孫無忌，每到皇帝說起這個話來，便低著頭不作聲了。

宸妃拿眼睛看著皇帝，皇帝也無法可想，便怏怏的擺駕回宮。長孫無忌見皇帝回宮去了，便邀集了在座李勣、于志寧、褚遂良、韓瑗、來濟、許敬宗一班大臣，在密室中會議。無忌說：「今天萬歲爺對老夫常常說起皇后無子，原是要探聽老夫的口氣；老夫受先帝的重託，不願中宮有仳離之變，因此當時老夫不曾開得口。老夫久已知道萬歲爺因寵愛宸妃，有廢立皇后之意，俺們做大臣的，都該匡扶皇上的過失，不可使皇上有失德之事，不知列位意下如何？」

當時眾大臣聽了，齊聲說道：「俺們都該出死力保護皇后，不使君主有失德。」獨有那許敬宗說：「君子明哲保身，萬歲爺主意已定，俺們保護也枉然，倒不如順了萬歲爺的意思，免得傷了俺君臣的感情。」

這句話一說出，把個褚遂良氣得直跳起來，伸著一個指兒，直指到許敬宗的臉上去罵道：「我把你這阿順小人……」

一句話不曾說完，兩人便扭作一團。褚遂良把許敬宗的紗帽也打下來了，長孫無忌和許多大臣上去，把兩人勸開，弄得一場掃興，各自散去。

第二天果然聖旨下來，傳長孫無忌、李劼、于志寧、褚遂良一班大臣，進內殿去商議大事。他們接到詔書，便一齊趕到長孫無忌家中來商議。褚遂良說道：「今日之事，必是商議廢立中宮，主上主意已決，逆著必死。長孫太尉是國家的元舅，李司空是國家的功臣，不可使皇上有殺元舅功臣的惡名，望兩位大臣不可進宮去。我褚遂良出身草茅，無汗馬功勞，得此高位，已是慚愧，況俺也受先帝顧託，今日不以死爭，何以見先帝於地下。」

李勣便稱疾不朝，獨長孫無忌和褚遂良兩人進內宮去。高宗一見他二人，劈頭問道：「武宸妃現已生子，朕意欲立為皇后如何？」

褚遂良當即跪下說道：「皇后名家子，先帝為陛下娶之，臨崩，執陛下手謂臣曰：『朕佳兒佳婦，今以付卿，非有大故，不可廢也。』還乞陛下三思。」

說著便直挺挺地跪著不肯起來。高宗聽了卻也無話可說，便令褚遂良退去。

第二天早朝時候，高宗又在當殿傳諭，皇后無子，武宸妃生子，意欲廢王皇后，立武氏為皇后。褚遂良又忍不住了，便氣憤憤地出班跪在當殿奏道：「陛下如必欲易後，盡可另選大族，何必定欲立武氏。武氏原是先帝才人，眾所共知，今立為陛下後，使千秋萬代後，謂陛下為何如主乎？」

高宗不防他當著眾臣說出這個話來，他老羞成怒，把龍案一拍，正要說話，那褚遂良接著又說道：「臣明知忤陛下意，罪當萬死，然骨鯁在喉，不得不吐。」

說著便把手中的朝笏，擱在丹墀上，連連地碰頭，血流滿面說道：「臣今還陛下笏，乞陛下放臣歸田裡。」

這時武宸妃正坐在簾內聽政，聽褚遂良說話，句句辱沒著自己，便忍不住在簾內厲聲喝道：「陛下何不撲殺此獠！」

一縷尖脆的喉聲，直飛到殿下來，兩旁百官聽了，都不覺毛骨悚然！

韓瑗聽了，不覺大怒！也出班去跪倒奏說：「如今武宸妃內惑聖明，外弄朝政，長此不除，與桀之褒姒，紂之妲己無異，陛下宜乾綱獨斷，立廢宸妃為庶人，免致他日之禍，今若不聽臣言，恐宗廟不血食矣。」

說著也不住地在丹墀上碰頭，把紗帽除下來說：「臣出言無狀，願陛下賜死。」

高宗到了此進，也怒不可止，便傳諭把褚遂良、韓瑗兩人，一齊交刑部處死，那左右武士一聲領旨，便如狼似虎地，直撲上殿來，要揪褚、韓兩人。幸得長孫無忌上前去攔住，跪奏道：「褚遂良、韓瑗二人，俱是先朝功臣，又受先皇顧託之重，有罪不可加刑，願陛下念先帝之意，赦此二人。」說著也止不住滿面流淚，把個白髮蒼蒼的頭兒，向丹墀下碰著。高宗見舅父代為乞恩，也便不好意思，傳諭把褚遂良、韓瑗二人，推出朝門，非奉呼喚，不得入朝。退朝下來，高宗和宸妃二人，心中都鬱鬱不樂。

有一天李勣和許敬宗兩人在內宮中陪著高宗閒談，高帝又問起廢后立後的事體。李勣說道：「此乃陛下的家事，何必更問外人。」

許敬宗也說：「田舍翁多割十斛麥，尚思易妻，況陛下身為天子，立一後何干別人之事，卻勞大臣們嘵嘵置辯不休耶？」

高宗聽了他二人的話，便決定了主意，下詔廢王皇后為庶人，與蕭庶人同打入冷宮；又立武氏為皇后。那詔書上說道：「武氏門著勳庸，地華纓黻，往以才行，選入後宮。朕昔在儲貳，常得侍從嬪嬙之間，未曾迕目，聖情鑒悉，每垂賞嘆，遂以賜朕，事同政君，可立為皇后。」

他詔書上說的事同政君，便是說仿漢元後故事。

這武后冊立的一天，朝廷內外命婦，在肅儀門內朝賀，文武百官和四方外國的酋長，齊在肅儀門外朝賀。武后又隨著高宗去參見宗廟，外面太和殿上，裡面坤德宮中，卻排下盛筵，武氏合族，都召進宮去賜宴。詔書下來，贈武后的父親武士彠為司徒，封周國公，謚稱忠孝，配享高祖廟，武后的母親楊氏，封為代國夫人。許敬宗又上奏說：「前後王氏，父仁祐，無他大功，只因中宮懿親，便超列三等，今王庶人謀亂宗社，罪應滅族。」

高宗下詔破仁祐棺，戮其屍身，追奪生前官爵，盡捉王氏同族的子孫，放逐嶺南。又降封太子正本為梁王，梁州都督，後因武氏不樂，又降為房州刺史。這太子見武后處處和他作對，心中十分害怕，成了瘋病，終日穿著婦人衣服，大驚小怪，口口聲聲說皇后派刺客來謀害他的性命。

高宗又下詔把正本太子廢為庶人，囚禁在黔州，便是從前承乾太子囚禁的地方。武后又因長孫無忌、褚遂良、來濟、韓瑗這一班大臣，不是自己的同黨，便故意上表說：「陛下昔欲以妾正位中宮，韓瑗、來濟、長孫無忌、褚遂良輩，面折廷爭，忠義可嘉，乞陛下加以褒賞。」

高宗便把皇后的表章，擲給無忌一班人看，褚遂良輩看了大懼，忙叩頭乞休。皇帝下詔，放逐長孫無忌、褚遂良一班人，任用武氏子侄，從此朝廷中儘是武后私黨，合夥兒聽皇后的意旨，愚弄皇帝。

武后刻刻用心，要奪皇帝的政權，但自己終究是一個皇后，凡事不能越過皇帝的位份，所以每天皇帝坐朝，武后便隔著簾子，坐在皇帝的身後，百官奏事，先由武后傳話給高宗，再依著武后的意思，宣下旨意去，這國家大事，實在已經是操在武后手中了。

武后終覺不十分舒服，便想用美人計把皇帝弄昏迷了，那時精神衰弱下來，便也無心問國家大事，自己便可以乘機把大權握在手中了。武后的母親，這時已改為封為榮國夫人，常常進宮來和武后想見。武后便把這意思對榮國夫人說了，榮國夫人也說是好主意，只是怕高宗迷戀上了別的女子，武后反失寵幸，豈不是弄巧成拙嗎？當下她母女二人商議了半天，卻商議出一個主意來，便吩咐榮國夫人按計行去。

過了幾天，便是武后的生辰，這是武氏入主中宮以後第一個生辰，高宗要討皇后的好兒，故意給她熱鬧熱鬧，下詔大赦天下，許百官妻母進宮朝賀。宮中結起燈彩，歌管細細，舞袖翩躚，到處張著壽筵。一班命婦，打扮得珠圍翠繞，嬌紅嫩綠，各來赴宴。

武后一席酒設在百花洲中，擺著三大席：一席是皇后中坐，一旁榮國夫人陪席；左面一席，坐著武氏同族的女眷；右面一席，坐著武氏親戚的女眷。一屋子婦女，鶯歌燕語，粉膩脂香。正飲到快樂的時候，忽報說萬歲爺到，那許多婦女聽了，頓時驚慌起來，正要起身躲避去。武后傳諭說：「內家眷屬，不用迴避。」

眾女眷聽了皇后的懿旨，只得靜悄悄地候著，窗外一陣靴聲橐橐，皇帝步進屋子裡來了。眾命婦見了，一齊把脖子低下去，只聽得皇帝哈哈大笑著說道：「待朕來親自替娘娘把盞，勸娘娘開懷暢飲一杯。」

說著，便有小黃門捧著金盤，盤中放著玉杯，宮女捧著金壺，滿滿地酌上一杯酒，小黃門把盤頂在頭上，在武后跟前跪倒，有貼身宮娥，把酒杯接去，送到武后唇邊。武后就酒杯內飲了一口，便向皇帝檢衽著，口稱謝萬歲洪恩，接著，便又親自酌了一杯酒，回送在高宗手內，口稱願吾皇滿飲此杯，萬歲萬歲萬萬歲！高宗手執著酒杯，回顧眾婦人說道：「朕與眾婦人同飲一杯，為娘娘上壽！」

只聽滿屋子尖脆的喉嚨說：「領旨，願吾皇萬歲！娘娘千歲！」

高宗在一陣鶯聲嚦嚦之中，忽覺有一縷嬌脆喉音，送在耳管中，分外動人，忙舉日看時，只見一個二八嬌娃，倚立在一個美婦人肩帝，看她眉彎含翠，杏靨凝羞，嬌嫩得可憐！再看那婦人時，雅淡梳妝，婷婷出世。高宗看在眼中，不覺心頭微跳，忙問著武后道：「此夫人是何家眷屬？」

武后見問，忙奏對說：「此是臣妾長姊，越王府功曹賀蘭越石之妻，不幸新寡，才於三日前回京，無怪陛下不認識了。」

高宗又問那嬌小女兒，卻又是何人？榮國夫人便代奏道：「此是妾身的外孫女兒也，便是長女武氏之女賀蘭氏。」

問話的時候，武后便招呼她母女走上前去，參見皇帝。她母女口稱見駕，正盈盈下拜，慌得高宗忙喚左右宮女扶住，向她母女二人臉上端相了一回，羞得她母女二人，忙把頭低下。高宗嘆了一口氣說道：「真是美玉明珠，絕世佳人，只是太可憐些！」

說著，又回頭對武后說道：「大姨兒不是外人，既進宮來了，俺們留著她多住幾天，在御苑中陪著娘娘玩玩，解了娘娘的寂寞，又給大姨兒散散心。」

武后聽了，連稱領旨。那武氏和賀蘭氏母女二人，也口稱謝吾皇洪恩！高宗退出內宮，便有內侍捧著詔冊進來宣讀，封皇后長姨武氏為韓國夫人。夫人謝過恩，眾命婦齊來圍著韓國夫人道賀。從此武后便把韓國夫人母女安頓在宮裡。

隔了幾天，武后在內宮擺宴，為韓國夫人賀喜，六宮妃嬪，都來陪著勸酒。韓國夫人原是愛飲酒的，看看屋子裡全是妃嬪們，也毫無顧忌，放量飲起酒來。這韓國夫人最討人喜歡的是一喝醉了酒，便有說有笑，能歌能舞。看她一張櫻桃似的小嘴裡，一開一合，一搦楊柳似的軟腰兒，一擺一折，便同是婦人看了，也止不住動起心來了。武后看她醉得太厲害了，怕她這軟弱的身軀當不住，便命宮娥扶著她進自己的寢宮去，在龍床上暫睡一會兒，養養神兒。

誰知這韓國夫人一倒下身去，便懵騰騰地睡熟去了。正在酣睡的時候，忽覺有人把住她的小腿兒，輕輕地替她解去了一雙繡鞋。韓國夫人猛然從夢中驚醒過來，從龍床上坐起身來看時，只見那位皇帝，不知什麼時候偷進屋子來的，這時站在龍床前，只是笑嘻嘻的，手中擎著韓國夫人的一雙繡鞋兒。見韓國夫人醒來，便低低地說道：「好一位風流放蕩的夫人，怎地放著自己屋子裡的床兒不睡，卻睡到朕的床上來了。夫人做的什麼好夢，被人偷去了繡鞋兒，也還不知道呢？」

幾句話說得韓國夫人嬌羞靦腆。她轉過脖子去，止不住那紅潮一陣一陣罩上粉腮兒來，又把那一雙尖瘦白淨的羅襪露出在裙下。高宗看了又忍不住伸手握去。韓國夫人急把兩只小腳兒，向裙幅兒裡躲著，口中低低地說道：「萬歲爺快莫這樣！放穩重些。給俺妹妹進來撞見，算什麼樣兒呢？」

這韓國夫人逕自退讓，那高宗皇帝，卻徑涎著臉向胸中撲來。韓國夫人不由得嗤地一笑說道：「陛下空放著六宮粉黛，不去臨幸，為何只和未亡人來纏繞不清？」

那高宗聽了，嘆一口氣說道：「六宮粉黛儘是庸脂俗粉，有誰能趕得上夫人的一分一毫。再者夫人長著這般天姿國色，若沒有一個多情知趣的男子來陪伴你，未免也辜負老天的美意。朕原是一個最是多情的人，夫人若是一位觀音，朕願做一個韋陀；夫人若是一位嫦娥，朕願做一頭白兔；一輩子追隨著夫人，侍奉著夫人，替夫人解愁銷悶。」

高宗說著，真地親自去拿了一隻玉杯，倒了一杯醒酒湯兒來，捧著送到韓國夫人唇邊去。這韓國夫人，原是一位聰明多情多愁善感的婦人。如今青春新寡，對著這良辰美景，正百無聊賴的時候，驀地裡遇到了這五百年前的風流冤孽，聽著這風流天子，把柔情蜜意的話，向耳邊送著，任你鐵石人也不由得把心腸軟了下來。當下韓國夫人便就皇帝手中，飲了一口解酒湯兒，兩人便在龍床上就成了佳話。欲知後事如何，且聽下回分解。

迎喜宮母女承寵　榮國第帝王祝壽

武后酒飲到半酣，便起身更衣去；四個貼身的宮娥跟在後面。看看走到寢宮的長廊下，院子裡靜悄悄的，只有兩只白鶴，拳著一條腿縮著脖子，在那裡打盹。武后吩咐宮女們，站住在廊下候著。小宮女見皇后進屋子來，便上去打起軟簾；武后一腳跨進房去，只見繡幕沉沉，爐香裊裊。低低的笑聲，從繡幕裡面度出來。武后忙站住腳。不覺一縷紅雲，飛上粉頰來，那心頭小鹿兒，也不住地跳動。接著又聽得男子的聲音，輕輕地喚著：「美人兒！美人兒！」

這分明是萬歲爺的口音。武后忍不住一腔怒氣，搶步上前，舉手把那繡幔揭起：瞥見韓國夫人，正伸出一條腿兒，擱在萬歲爺的膝上，那萬歲爺捧著韓國夫人的小腳，正在那裡替她結鞋帶兒呢。他二人見破了好事，嚇得和木雞一般。

韓國夫人坐在床沿上，把雙頰羞得通紅；萬歲爺站在床前，只是裝著傻笑。武后一眼見那白玉幾兒上，還擱著一隻繡鞋兒，再看那韓國夫人，露出一隻尖瘦白羅襪的小腳兒，擱在床沿上。武后一縷酸氣，直衝頭頂，飛也似地上去，把那隻繡鞋搶在手中，把韓國夫人按倒在床上，擎著那隻繡鞋兒，向韓國夫人夾頭夾臉地打去。嘴裡口口聲聲地罵著：「你這浪人的小寡婦！你這浪人的小淫婦！」

打得韓國夫人婉轉嬌啼。

高宗站在一旁看了，心中萬分疼痛。她姊妹兩人，爬在龍床上扭成一團；雲髻散亂，衣裙顛倒。高宗忍不得了，便上前把她姊妹二人用力解開。那武后餘怒未息，一陣子把自己身上的冠帶脫卸下來，抛擲滿地；直挺挺地跪在萬歲跟前，一邊哭著，一邊說道：「姊氏汙亂宮闈，臣妾無顏再居中宮，願陛下另選賢德，收回成命，廢臣妾為庶人，臣妾便感恩不淺！」

說完了話，叩了幾個頭，站起身來，便要往外走。慌得高宗忙上去拉住，嘴裡連連說道：「朕不但不廢去你這皇后，還要讓你做皇帝呢。」

說著，真地把自己頭上戴的一頂皇冠除下來，給武后戴在頭上，又涎著臉，口稱臣李治見駕，願吾皇萬歲萬歲萬萬歲！說著真地要拜下地去。武后看萬歲這種形景，忍不住嗤地一笑，忙上去扶住。

榮國夫人正在外邊和眾夫人飲酒飲得熱鬧，忽宮女飛也似地出來報說：「萬歲和韓國夫人偷情，娘娘進來撞破了，和萬歲爺鬧得不得開交呢。」

榮國夫人這時已喝得醉醺醺了，聽了宮女的話，笑對眾夫人說道：「我那孩兒，又在那裡打破醋罐子了。」

急急地扶著一個宮女，走進寢宮去看時，只見那皇后頭上戴一頂皇冠，那萬歲卻禿著頭，向皇后參拜著。榮國夫人看了，莫名其妙。那韓國夫人倒在床上，嗚嗚地哭泣著，正下不得臺。忽見母親走進屋子來，忙下床來，倒在榮國夫人懷裡，口口聲聲說萬歲欺我，妹妹又打我，好好的名節，給萬歲爺糟蹋了，我也沒臉去見人，便在萬歲爺跟前圖個自盡吧。說著，真地一納頭向牆上撞過去。慌得榮國夫人，忙去抱住。那韓國夫人兀自嗚嗚咽咽地哭個不休！高宗看了，心中萬分不忍，他也顧不得當著武后的面，便向韓國夫人左一個揖，右一個揖地拜著；又把皇后的鳳冠，親自去給韓國夫人戴上，口中說：「朕如今便拜你做皇后吧。」

武后看了，不禁噗哧一笑，說道：「萬歲讓俺做了皇帝，又封俺姊姊做了皇后，不知萬歲自己卻做什麼？」

高宗說道：「朕便替你姊妹兩人，做著奴才吧。」

說著，引得她母女三人，吃吃笑起來！榮國夫人便出了一個主意，說：「俺這長女，既承萬歲臨幸過了，她也決沒有這顏面再回到賀蘭家去了，只求萬歲好好地把她養在宮中，不可辜負我女兒今日順從萬歲爺的美意！」

這句話真是高宗求之不得的。當下便連連答應，說：「夫人請放心！朕若辜負了大姊姊今日的好意，便天地也不容。」

榮國夫人又回頭勸著武后道：「娘娘請把胸懷放寬些，看在同胞姊妹分上，你大姊若得萬歲爺的寵愛，她也忘不了娘娘的大德。」

說道，又喚韓國夫人過來給娘娘叩頭。那韓國夫人，滿面嬌羞，上去給武后叩過頭，武后拉住韓國夫人的手，對拭著眼淚。榮國夫人又親自把皇后的冠戴，給武后穿戴上去。這時一頂皇冠，還戴在武後頭上。

榮國夫人要去給她除下，武后卻不肯，正色說道：「天子無戲言，俺如今已代萬歲為天子，這頂皇冠是萬不能除去的了。」

後來還是榮國夫人再三勸說，高宗又答應她以後在殿上，並坐臨朝，不用垂簾。武后才肯把這皇冠除下來，交給她母親去替高宗戴上。

從此每日臨朝，便是皇帝和皇后並坐在寶位上，文武百官，都得仰睹皇后的顏色，遇有軍國大事，傳下諭旨來，全是皇后的主意。皇帝雖說坐在當殿，卻不敢多說一句話。內外臣工奏章上，都稱皇上皇后為二聖。但這時高宗一心在韓國夫人身上，原也無心管理朝政，見武后凡事搶在前面，他也樂得偷懶，把國家大事，丟在腦後。每日退朝回宮，便急急找韓國夫人遊玩去。

這時韓國夫人，十分得高宗的寵幸。韓國夫人住在正宮的東偏延暉宮中，卻嫌她院子狹小，高宗便傳諭工部，立刻在御苑西偏空地上，建立起一座美麗高大的宮院來，一切裝飾制度，都照正宮格局，稱它作迎喜宮。宮後面又蓋造成一座花園，花園內樓臺曲折，廊閣宛延。內中有一座採雲樓，真是雕瓊刻玉，富麗幽深。高宗便把這一座樓給韓國夫人的女兒賀蘭氏做了妝閣。一般的十二個宮女，十二個小黃門，在樓中伺候著。這賀蘭氏天生秀美，雖說是小小年紀，她一言一笑，卻嫵媚動人。

她終日伴著母親韓國夫人，住在迎喜宮中。高宗和韓國夫人，每在花前月下戲弄著，卻也不避忌賀蘭氏的耳目。女孩兒在二八年華，漸漸地懂得男女的情趣，她又和高宗十分親熱，在宮中終日追隨在皇帝左右，趕著皇帝，喚他阿爹。那高宗也常常撫弄著賀蘭氏的粉脖兒，喚她小美人兒。又拿許多珍寶玩物，賞給賀蘭氏。

賀蘭氏清晨睡在床上，還未起身的時候，高宗便悄悄地進房去，坐在一旁，直看她梳洗裝飾完畢，抱在懷裡，玩笑一陣，才拉著她手兒，送進迎喜宮去，和韓國夫人一塊兒用著早膳。高宗終日迷戀著韓國夫人母女二人，也無心去問朝廷大事，一切大權，漸漸地都操在皇后手中。

有幾天，高宗因夜間貪和韓國夫人遊戲，睡時過於夜深了，第二天不能起早，那早朝的時候，只有武后一人坐在正殿上，受百官的朝參。那韓國夫人受了高宗的寵愛，便放出百般本領來，迷住了這位風流天子。他二人玩到十分動情時候，也不問花前月下，筵前燈畔，隨處幹著風流事體。便有那宮女內侍們，在一旁守候著，他們也不避忌。有一晚，高宗摟定了韓國夫人，交頸兒睡著，香夢沉酣的時候，忽然高宗被夜半的鐘聲驚醒過來。睜眼看時，那一抹月光，正照在紗窗上，映著窗外的花枝，好似繡成的一般。高宗看了，十分動情，忙把睡在懷中的韓國夫人，悄悄地推醒來。

這時正是盛夏天氣，韓國夫人袒著雪也似酥胸，只用一幅輕紗，圍著身體。高宗　骨碌坐起來，擁著韓國夫人的嬌軀，悄悄地扶她走出院子來。那草地上原有幾榻陳設著，預備納涼時候用的。便扶著韓國夫人，在榻上躺下，月光照著玉軀，那光兒直透進輕紗去，映出韓國夫人，如搓脂摘酥一般白淨的皮膚來；高宗看了，忍不住低低地喚了一聲天仙，一親嘴上去，他二人在涼月風露之下，直玩到明月西沉，才覺睡眼矇朧，雙雙進羅帳睡去。

誰知第二天醒來，高宗皇帝和韓國夫人，一齊害起病來，初覺頭眩發燒，慢慢地昏沉囈語起來。武后知道了，急急來把高宗扶回正宮去，分頭傳太醫診脈服藥。那御醫許胤宗，年已八十餘歲，在隋唐時候，是一位名醫，生平醫治奇症怪病的人，已有數千人了。當時診了高宗的脈，又去診了韓國夫人的脈，說：「萬歲與夫人，同患一病，因風寒入骨。但萬歲體力素強，尚可救藥。夫人嬌弱之軀，已無法可救矣。」

武后聽說韓國夫人的性命已不可救，究竟骨肉，有關天性，便再三傳諭，命御醫竭力救治。那許胤宗看著病人，口眼緊閉，氣息促迫，已無法下藥；便用黃蓍、防風各二十斤，煎成熱湯，悶在屋子裡，使病人呼吸著藥味，滿屋子熱氣奔騰，勢如煙霧。每天這樣燻蒸著，病人淌下一身大汗。一連十多天，那高宗病勢果然漸漸減輕，清醒過來。只有那韓國夫人的病勢，卻一天重似一天，到第二十日上，竟是香魂渺渺，離開她玉軀死去了。

高宗病在床上，雖也常常唸著韓國夫人。武后只怕高宗得了韓國夫人逝世的凶信，反而增添病勢，便傳諭內外宮人，把這惡訊息瞞得鐵桶相似。看看過了五六十天，高宗病勢全去了，便由內侍們扶著，要到迎喜宮探望韓國夫人去。武后這才上去攔住御駕，奏說：「韓國夫人早已歸天去了。」

高宗聽了，只說了一聲：「是朕害死了夫人也！」

便忍不住淚珠從臉上直滾下來！武后也陪在一旁拭著淚！高宗究竟放心不下，親自到迎喜宮中去。一走進宮中，只見屋子正中，供著一座靈臺，素幡白幃，煞是淒涼！高宗想起往日的歡樂，便忍不住扶住靈座，大哭了一場！內侍上來勸住了哭，接著又聽得靈幃裡面，有隱隱的女子啜泣聲。

高宗認得是韓國夫人的女兒賀蘭氏，當時便把賀蘭氏傳喚出來。那賀蘭氏見了高宗，只喚得一聲阿爹，直撲在高宗懷中，哭得十分淒涼！高宗看她穿著一身縞素衣裳，雅淡梳妝，竟是和她母親初入宮時一般動人憐惜！當下便把賀蘭氏摟定在懷中，百般撫慰，半晌才勸住了她哭。那賀蘭氏又摟著高宗的脖子，嬌聲說道：「阿爹！今夜莫丟著我一人在宮中，冷清清地，害怕煞了呢！」

從此高宗竟依著賀蘭氏的說話，伴著她住在迎喜宮中，兩人終日起坐一處，寸步也不離。在武后起初認作是高宗和韓國夫人情重，伴守著韓國夫人的靈座；後來在暗地裡一打聽，那位多情的皇帝，連個姨甥女兒，也偷偷地臨幸上了。不多幾天，果然傳出諭旨來，封賀蘭越石氏的女兒，晉封為魏國夫人。

這魏國夫人見過了明路，便也不用避忌，竟把一個天子，羈占在宮中，暮暮朝朝，尋著歡樂！魏國夫人年紀又輕，面貌又美麗，這個高宗皇帝，越發被她調弄得神魂顛倒，竟把朝廷大事，丟在腦後，一任武后臨朝聽政，擅作威福。原來當初榮國夫人和武后商量定的美人計，是有意拿韓國夫人和魏國夫人母女二人的美色來迷弄高宗，使高宗貪婪行樂，無暇顧問政事，武后便可以乘此獨攬朝綱，任性妄為。

講到武家的女人，卻個個是生成嫵媚淫蕩的。便是這位榮國夫人，已是五十左右年紀了，卻長得豐肌膩理，媚視煙行，望去好似二十許的少婦，這時她丈夫武士彠，早已去世。

榮國夫人耐不得空房寂寞，便暗暗地挑選幾個年輕力壯的奴僕，在夜半人靜的時候，喚進房去受用著。後來她長女韓國夫人，因丈夫賀蘭越石死了，便帶著兒女二人，回京師來，投奔母親。越石的兒子，名喚敏之，便是魏國夫人的哥哥；長成風流體態，白淨肌膚。榮國夫人見了這俊美的外孫兒，早不覺動了邪心，只因礙著韓國、魏國二夫人的耳目，不好意思動得手。

後來武后和她商量用美人計，榮國夫人趁此機會，把韓國夫人母女二人，送進宮去，自己在府中和她外孫兒，兩人偷摸上了，放浪形骸，晝夜狎蝶。榮國夫人把個賀蘭敏之，直愛到心窩裡，便推說自己無所出，把敏之承繼在士彠名下，做一個過房孫子，把敏之改姓做武，從此敏之便長住武氏家中，陪伴著這外祖母，朝朝行樂著。

原來武士彠娶有兩房妻子，長妻相裡氏，生有兩個兒子，長子名元慶，次子名元爽。次妻楊氏，便是榮國夫人，生有三女，長女嫁賀蘭氏，次女冊立為皇后，三女嫁與郭氏。

士彠自武氏入宮後，不多幾年，便已去世。那元慶的兒子，唯良、懷運二人，和叔叔元爽，都因楊氏是父親的次室，很是瞧她不起，事事在暗地裡欺侮她。楊氏也常常進宮去，把這情形，訴說與武氏知道。後來武氏立為皇后，元慶拜為宗正少卿，元爽拜為少府少監，唯良拜為衛尉少卿，武后心中怨恨她兩個哥哥和侄兒，便以外戚退讓為名，降元慶為龍州刺史，元爽為濠州刺史，唯良為始州刺史，元慶心中懊恨，便死在龍州地方；元爽又被流到振州去，死在振州地方，只留下唯良、懷運二人。

這時魏國夫人在宮中得了皇帝的寵幸，年少任性，仗著自己的威勢，便欺壓六宮。又見武后起居奢侈，服用豪華，自己也便事事摹仿著，也居然用起皇后的儀仗器服來。她每與皇后見了面，便做出十分驕傲的神氣來，有時竟出言頂撞。武后在皇帝跟前訴說幾句，皇帝反幫魏國夫人，說皇后有嫉妒之意，因此皇后把個魏國夫人，恨入骨齒，早已蓄心要謀害她的性命了。

恰巧這一年是榮國夫人六十大慶，家中懸燈結綵，十分熱鬧。事前魏國夫人和武后商量，想要出宮拜外祖母的壽去。武后聽了，卻一力慫恿她，說自己也很記念母親，只因忝位中宮，不能輕舉妄動，能得甥兒回家去，替我探望探望母親，使我心中也可放心；又答應拿皇后的儀仗，借給她用。魏國夫人心中原要借回外祖母家去，在親戚前誇耀誇耀自己的威福。誰知這位糊塗皇帝，他聽說魏國夫人要出宮去祝外祖母的壽，自己也高興起來，說待朕和夫人一塊兒前去，也使夫人在母家特別增些光榮。

到了那日，竟用帝后的全副的龍鳳旌旗，到武家來祝壽。武家的親族，遠遠地望見龍鳳彩車，認作是武皇后也來了。忙各按著品級，到大門外跪接去。女眷跪在門裡，男子跪在門外。

這時榮國夫人，已把她兩個侄兒，唯良、懷運二人召回家中，招待賓客。待彩輿到門，宮女上去，從車中扶出一位魏國夫人，看她穿著皇后的服裝，闔府的女眷們看了，誰不豔羨。第一個她外祖母榮國夫人，搶過去把魏國夫人摟在懷裡，一聲兒，一聲肉地喚著。在內宅裡，自有許多女眷，陪著魏國夫人，飲酒談笑，大家問她些宮中的故事，和皇帝皇后的情形。外屋子裡，又有一班官員，和唯良、懷運兄弟二人，侍候著高宗，說笑飲酒。榮國夫人也在家中養著一部聲樂，一群小女兒，小男兒，歌著舞著，十分熱鬧。

高宗看了，也很是歡喜！傳諭各賞綵緞二端，黃金十兩。這一席壽酒，直飲到夜色西斜，高宗才帶著魏國夫人，擺駕回宮。今天魏國夫人回家去，在親戚女眷們跟前誇耀了一番，心中異常快樂！回得宮來，對著萬歲爺有說有笑，高宗看了，也覺可愛！把魏國夫人摟在懷裡；誰知正親呢的時候，忽見魏國夫人大叫一聲，兩眼翻白，口吐鮮血，頓時氣絕過去。

高宗抱住魏國夫人嬌軀，大聲哭喚！兩手把她身體，不住地搖擺著，停了一會兒，才悠悠醒來，星眼微微地睜著，又聽她聲音在喉嚨底下，低低地喚著，阿爹救我！高宗看了，心如刀割一般疼痛，忙傳御醫進宮來診脈。御醫奏說：「夫人是食物中毒，已是不可救藥的了。」

延到半夜時分死了。

高宗握住屍體的手，嚎啕大哭！那武后知道了，也趕進宮來，抱著魏國夫人的屍身，一聲兒，一聲肉的捶床大哭！宮女妃嬪們上來勸住了哭。武后便說魏國夫人是在武唯良家中中的毒，陛下須替魏國夫人雪冤。高宗拭著淚說道：「是卿家中人，朕不便顧問。」

武后便憤憤地說道：「待臣妾與陛下作主如何？」

說著也不候皇帝說話，便起身出宮去，立刻傳內侍官，捧著聖旨，帶領羽林軍士，連夜趕到榮國夫人府中，把唯良、懷運二人捉住，送在刑部監獄裡，立刻殺死；又唆使百官，第二天連名上表，聲討武唯良、懷運二人謀死魏國夫人之罪；請皇上下詔，把唯良、懷運二人的姓，改為蝮氏，是說他二人的心，和蛇蝮一般的毒。

實在這毒死魏國夫人的計謀，還是武后一個人指使出來的。原來魏國夫人，平日仗著皇帝的寵愛，漸漸跋扈起來，凡事都要和武后爭勝。武后便趁魏國夫人回外祖母家祝壽的機會，暗暗地買通魏國夫人的貼身的宮女，帶著毒藥，覷人不見的時候，把毒藥放在魏國夫人的酒杯裡。可憐這魏國夫人，正在歡喜的時候，卻不知道暗暗地已中了毒，捱不到半夜，便毒發身死。

武后又深恨從前唯良、懷運兄弟二人，瞧她母女不起，常常在家中期負她母親。如今便將計就計，把這毒殺魏國夫人的罪名，移在唯良、懷運二人身上，說他是因妒生恨，謀死魏國夫人。殺死唯良兄弟二人，武后還嫌不足，又把二人的闔家親族，一齊捉住，充軍到嶺外地方去。欲知後事如何，且聽下回分解。

逼姦宮眷敏之得罪　慘殺后妃武氏行權

武敏之自從唯良、懷運二人，處死以後，在家中益發肆無忌憚，他和榮國夫人二人，雙宿雙飛，名是祖孫，實是夫妻。

但榮國夫人，是六十歲的老婦人了，如何敵得住武敏之年富力強的人。日夜淫樂的，便不覺精力衰弱，在六十一歲上，一病不起。訊息傳到宮裡，武后因榮國夫人是親生母親，心中十分悲傷！便發十萬兩銀子，替榮國夫人治喪，又令禁中白馬寺僧人二百名，到榮國夫人府中禮經拜懺，超度亡魂。武后又賜大內的大瑞錦十端，交給敏之，命他造著佛像，替榮國夫人追福。

這大瑞錦，是西域番僧進獻的希世之定，製成衣衫，穿在身上，便可以益壽延年，造福無量。這武敏之雖說與榮國夫人結下私情，但他仗著自己多財美貌，暗暗地在京師地方，勾搭上的粉頭，卻也不少，競有幾個官家閨女，和他暗去明來，成就恩愛的。如今見宮裡賜下大瑞錦來，敏之知是希世之寶，他也不造佛像，只拿著自己制了幾身衣衫；又給那平日來往的粉頭閨女們，每人也制了一身衣衫。這大瑞錦是大紅大綠的絲縷織成的，武敏之卻在孝幃裡面，穿著這大紅大綠的衣衫，左抱粉頭，右擁閨女，飲酒作樂。這榮國夫人死後，府中已沒有一個正主兒，任敏之在家中胡行妄為，也沒有人敢去干涉他。

到了榮國夫人靈柩出殯的日子，滿朝文武官員，都來送喪。武后是六宮之主，輕易不能出宮的，便打發她親生女兒太平公主，出宮去替著武后，送榮國夫人的喪。這太平公主，長得美麗聰明，年紀也有十六歲了。武后和高宗二人，十分寵愛她，終年養在宮中，真是嬌生慣養，平常用十六個美貌宮女，陪伴著吃喝玩笑。如今代母后出宮去送外祖母的喪，武后便把全副皇后的輿仗旌旗，假給女兒使用，沿路招搖威武，到了武家門口，文武百官，都來跪接。可笑這武府上，偌大一件喪事，裡面卻沒有一個女眷招待賓客的。只因榮國夫人在日，把個武敏之霸占住了，不許他娶妻，亦不許他納妾，所以到今日偌大一座府第中，卻找不出一個正經的女眷來。如今府中開弔，那官府的內眷，卻來得不少。武敏之側身在脂粉隊裡，見有年輕貌美的命婦，他便任意調笑著。那班婦女，都知道武敏之威勢，卻也不敢十分違拗他，好容易挨過一天，那女客陸續退去。敏之便把太平公主，留在府中玩耍。

這太平公主，因為是榮國夫人嫡親的外孫女兒，平日也常常在武府中走動，自幼兒也和敏之見慣了。太平公主見敏之，喚他大哥，敏之也喚太平公主做小妹妹。誰知這一晚，太平公主住在敏之家中，敏之看了頓然起了邪心，到半夜時分，敏之穿著短衣，手拿利劍，悄悄地挖開了太平公主的房，他原意是要強姦太平公主的，但太平公主，此時睡在裡房，外房全是那陪伴的宮女睡著。敏之一腳跨進了外房，只見那床上，羅帳高高掛起，一個年長的宮女，橫身睡著。

敏之不看便罷，看時，早不覺把魂靈兒飛去，一抹燈光，照在那宮女的身上，只見她把繡衾兒推在一旁，小紅抹胸兒脫去了帶兒，開著懷，露出那高聳聳、白淨淨的兩只處女的乳峰，下面圍著蔥綠色的裳兒，露出一彎尖瘦潔白的小腳兒來。再看她頭上，雲髻半偏，星眸微啟，粉臉凝脂，櫻唇含笑，那兩條好似粉搓成的臂兒，一條擎起，擱在枕上；一條恰恰按在乳峰下面，那玲瓏纖指，輕輕地撫著自己的乳頭。看了這樣的美人睡態，不由得這好色的武敏之，不動起心來。當下他也把想念太平公主的心思丟起，這樣一來，先把這個宮女糟蹋了。

這一夜，武敏之竟在外房，一連糟蹋了六個美貌的宮女。那宮女害怕他的勢力，又害怕他的利劍，只得忍辱含羞地一任他糟蹋了去。最可憐的裡面有一個十三歲的小宮女，被敏之用強姦汙了，第二天回到宮裡去，下體發炎，活活地腐爛死了。

從此武敏之的色膽，愈鬧愈大。

這時司衛少卿楊思儉，有一個女兒，長得十分的美麗，京師地面上，人人知道她的美名。這名氣慢慢地傳進宮去，給高宗、武后知道了；這時武后親生的長子，名弘，已立為太子，年紀十六歲，還不曾冊立太子妃，便和高宗商量，要選楊思儉的女兒進宮來做太子妃。

誰知那武敏之，早已也想娶楊思儉的女兒做自己的妻房，只因楊家女兒太小，那時自己的身體，又有榮國夫人霸占住了，不許他別娶妻房。如今榮國夫人也死了，那楊家女兒年紀也長成了，忽然聽說皇后要選進宮去做太子的妃子。武敏之心中不由得焦急起來，他想凡事先下手為強，當時他帶了府中二十個豪奴，捧著金銀緞匹，自己跨一頭高頭大馬，徑向司衛少卿楊府中來。

那楊家守門人，見是周忠孝王府中來的，便不敢怠慢，領著武敏之直到客廳上。楊思儉被皇帝召進宮去，商議太子的婚事，不在家中，由楊家西賓，出來招呼武敏之坐下。問起來意，武敏之便把久慕女公子的美名，特來親自求婚的意思說出來。那西賓把敏之的話，吩咐管家傳與內宅僕婦，再由僕婦轉稟主母。

停了一會兒，那管家傳出主母的話來道：「萬歲已有意旨下來，擬選寒家女兒為太子妃；今日傳家主進宮去，原為商議女兒的婚事。寒家如今須靜候諭旨，不能另配高門。」

敏之聽了，不覺勃然大怒。罵一聲：「糊塗蟲！待咱家親自找你家主母說話去。」說著，把手一招，帶著二十個豪奴，向內宅闖去；這裡府中西賓，和家院們見了，急欲上前去阻住，卻被武家豪奴，一拳一腳，一齊打倒在地。

這武敏之衝進了內宅門，那楊夫人和幾位親戚家的女眷，正在內堂談論；忽見如狼虎般的豪奴，擁著一個少年公子，直向內堂上撲來。那公子口內嚷道：「哪裡一位是楊家岳母，快出來見你家的新女婿！」

喊得霹靂也似的響，慌得那班女眷，四散奔逃。一個丫鬟，嚷了一聲不好了！那強盜來搶俺們的小姐了，一轉身向西院裡小姐房中逃去。那楊夫人也一時慌得沒了主意了，跟著那丫鬟也向西院中逃去。這一逃，好似替武敏之領著路，他帶著豪奴，卻緊跟在楊夫人後面，看看追到那小姐的繡房門口，楊夫人和那丫鬟，急轉身張著兩臂，把這繡房門攔住，不肯放武敏之進去。

敏之到了此時，一不做，二不休，上去一手揪住一個，向院子裡摔出去。可憐她主婢兩人，都是嬌弱的女流，有多大的氣力，被敏之這一摔，早和鷂子翻身似的，直向庭心裡倒下。上來四五個豪奴，把她兩人按住，楊太太身體雖被豪奴擒住了，掙扎不得，但她還直著嗓子向女兒房中喊道：「好孩兒！快逃性命吧！強盜來了。」

一句話不曾嚷完，早被豪奴上去，按住了嘴，做不得聲。接著聽得房中女兒哭喊的聲音，一聲聲地嚷著天呀！救命呀！那聲音十分悽慘！

後來那喊聲漸漸地微弱下去，寂然無聲的半晌，原來那楊小姐暈絕過去了。楊太太在外面聽了，心如刀割，幾次要掙扎著趕進屋子救她的女兒，無奈一個嬌弱婦人，如何能抵抗得這四五個強壯男子，她心中一急，眼前一陣黑雲罩住，早也暈絕過去了。武敏之在裡面，把這楊小姐強姦過了，便放開手，哈哈大笑著，大腳步走出房來。那豪奴們見了，一齊上去叩著頭，嘴裡說道：「恭喜相公！」

那敏之把手一揚，說道：「回府去領賞。」

那二十個豪奴，簇擁著他主人，又好似一窩蜂地退出楊家大門來。武敏之跨上雕鞍，拿起馬鞭指著楊家的門口說道：「看你家小姐，如今還做得成太子妃嗎？」

說著在馬上哈哈大笑著去了。

誰知到了第二天一清早，東窗事發，那武家門口，忽然來了一大隊羽林軍士，一個內侍捧著聖旨，喝一聲動手。那軍士們進去，把武敏之綁住，推出大門，送在馬上，後面那二十個豪奴，一齊拿繩索反綁著；一大串軍士們牽著，一齊押送到刑部衙門裡去。聖旨下來，把這二十個豪奴，齊綁赴刑場去斬首；武敏之問了發配雷州的罪。

原來那楊思儉的女兒，被武敏之強姦以後，便自己縊死。楊夫人親自趕到宮裡來告御狀。在宮中遇到了丈夫楊思儉，夫婦二人雙雙跪在皇帝跟前，連連叩頭，請求萬歲申冤！那高宗因武敏之還關係著武后的顏面，一時不敢做主，便進宮去問著武后。這武敏之在外面跋扈的情形，武后早有所聞，只是他是自己母家面上的人，便也特別矜全他些。如今聽皇帝說敏之做出如此無法無天的事體來，真是冤家路狹；高宗說話的時候，恰值太平公主也站在一旁，當時也便把敏之那晚強姦宮女的事體，說了出來；又有人說武敏之拿皇后賞令造佛像有大瑞錦，卻私地裡去制著衣衫。三罪俱發，武后便勃然大怒！立刻替皇帝下旨去掩捕武敏之，交刑部定罪。

那武敏之惡貫滿盈，充軍到雷州去，他行到韶州地方，卻悄悄地在客店裡，拿馬韁繩自己縊死了。

如今再說高宗皇帝，自從韓國夫人、魏國夫人，相繼逝世以後，心中恍恍惚忽，好似丟了一件什麼寶貝一般，終日長吁短嘆，說笑也沒有了，茶飯也少進了，看著那班妃嬪，全是庸脂，蠢笑粗言，沒有一個當得意的。他煩惱到了十分，便一個人靜悄悄地去在御書房中坐著。左右無事可做，便拿大臣們的奏本批著看著。這高宗皇帝，久已不問朝政了，如今看起奏章來，諸事膈膜，不得不去和武后商議著辦。

這武后又因大權獨攬慣了，凡事獨斷獨行，不容高宗有一分主意。帝后兩人，往往因朝廷的事體，彼此爭執起來，爭執得十分凶。高宗只因寵愛武后，便也凡事忍讓她些，因忍讓成了畏懼；因畏懼成了怨恨。高宗只因武后，凡事要干涉他，對於朝廷大事，自己反沒有主意，便把個武后怨恨到十分。高宗生性是懦弱的，他心中愈是怨恨，外面愈是畏懼；因怨恨武后，便又想起從前的王皇后和蕭淑妃來：王皇后和蕭淑妃二人，平日侍奉高宗，何等柔順，何等賢淑。自從貶落冷宮以後，已有五、六年不得見面了。

如今高宗因受了武后的欺弄，便又十分掛念王皇后、蕭淑妃兩人。他卻瞞住了武后的耳目，只帶了貼身的兩個內侍，悄悄地尋到幽禁王皇后、蕭淑妃的宮院裡。走進庭院去一看，只見落葉滿地，廊牖塵封，靜悄悄地也找不到一個人影。高宗看了，不禁嘆了一口氣，便低低地喚了幾聲王皇后、蕭淑妃，卻也不見有人答應，半晌，只見一個小內侍，從側門出來。

那皇帝貼身的內侍，上去拉住了這小內侍，問他王皇后和蕭淑妃，幽禁的屋子在什麼地方？那小內侍領著路，繞過屋子後面去，見低低的兩間屋子，牆上挖著一個泥洞。這屋子四周，並無門窗，恰巧一位宮女，把茶飯從泥洞中送進去。高宗上去看時，那茶的顏色，好似醬油一般，飯菜也十分粗劣，裡面伸出一隻女人的手來接受。高宗看那手時，又黑又瘦；正出神的時候，洞裡那個女子，見了皇帝，便拜下地去，口稱萬歲、萬萬歲。高宗在她眉目之間還隱隱認得是蕭淑妃。

高宗看了，心頭一酸，忍不住淌下眼淚來，對蕭淑妃說道：「皇后、淑妃無恙嗎？」

接著那王皇后也走到洞口來，拭著淚說道：「臣妾等已蒙聖恩，廢為庶人，又何處再有此尊稱耶？」

說道，忍不住嗚咽痛哭！

高宗便安慰著她們說道：「卿等勿愁！朕當設法依舊令卿等回宮。」

王皇后說道：「今日天可見憐！陛下回心轉意，使妾等起死回生，復見天日，陛下可賜此宅，名為迴心院。」

高宗此時也十分傷心！便也站不住了，把袍袖遮住臉，說道：「卿等放心，朕自有處置。」

說著，退出院子去。

誰知早有人把皇帝私幸冷宮的訊息，報與武后知道。武后聽了大怒！便假用皇帝的詔書，在半夜時分，打發幾個內侍，到冷宮裡去，把王皇后和蕭淑妃二人，從睡夢中拖起來，跪在當院，聽讀詔書。王皇后聽罷詔書，便叩頭說道：「陛下萬年，武后承恩，吾死分也。」

那蕭淑妃卻頓足罵道：「武氏賤婢，淫汙宮廷，我死後當為貓，使賤婢為鼠，我當咬斷賤婢喉管，以報今日之仇。」

接著來四個武士，一把揪住王皇后的頭髮，按倒在地，拔出雪也似的鋼刀來，只聽得刮刮兩聲，可憐王皇后的兩手兩腳，一齊血淋淋地斬了下來，只聽得一聲慘嚎，王皇后痛得暈絕過去了。」

又把粗麻繩子，反綁著臂和腿，抬過一口大缸來，滿滿地盛著一缸酒，顛倒把王皇后的身體，豎在酒缸裡；又揪過那蕭淑妃來，照樣用刑。可憐蕭淑妃拋下酒缸去的時候，還是賤婢淫婢的罵不絕口呢！那內侍見已把王皇后、蕭淑妃兩人，依旨處死，便回正宮去復旨。武后聽了，還不放心，又親自到冷宮裡來，見果然把王皇后、蕭淑妃兩人綁得結結實實，身上脫得一絲不掛，顛倒浸在酒缸裡，那手腳斬斷的地方，兀自一陣一陣的血湧出來。武后便指著缸中的屍體，哈哈大笑著說道：「令這兩個老嫗，骨也醉死你。」

又聽宮女傳說「蕭淑妃臨刑的時候，說來生為貓，武氏為鼠」的話，便從此宮中禁止養貓。雖說如此，武后自從殺死王皇后、蕭淑妃二人以後，平日在宮中起坐，恍惚見她二人的陰魂，跟隨在左右，面目十分悽慘，手足流著鮮血。武后外面雖十分強項，她心中卻十分害怕。從此便不敢住在正宮，移居在蓬萊宮中去。誰知那陰魂依舊在蓬萊宮中出現。武后便出主意，連高宗一塊兒搬出長安，到洛陽行宮去居住。

高宗此時，因武后毒殺了王皇后、蕭淑妃二人，從此見了武后，又是怨恨，又是害怕，卻一句傷心的話也不敢在武后跟前說。每到無人的時候，便忍不住流下淚來。誰知這時武后，心中還是不知足，終嫌高宗時時要干預政事，不能任意作為。

聽內侍們說，洛陽地方有一個道士，名喚郭行真，卻是法力無邊，能蠱祝壓勝諸術，驅逐鬼神，制服人心。這時武后怕王皇后、蕭淑妃的陰魂，正怕得厲害，便把郭行真召進內宮來，做了七日七夜的法事，驅除鬼怪；又用蠱毒和在法水裡，交給武后，覷便給皇帝飲下，能一見武后，便心中悚懼，事事依順著武后做事了。

當時有一個宦官，名喚王伏勝的，原是高宗最親信的內侍，探聽得這個訊息，心中萬分憤怒，便悄悄地去報與萬歲知道。

高宗聽了，也不覺大怒起來，立刻要趕到正宮去，責問武后。

那王伏勝連連叩著頭說道：「萬歲這一鬧，奴才性命休矣。萬歲須得想一條先發制人的計策，把皇后制服了才是正理。」

高宗聽了，嘆了一口氣道：「如今滿朝文武，全是武后的爪牙，誰是朕的心腹。」

王伏勝奏道：「西臺侍郎上官儀，素稱忠義，萬歲可召進宮來，與他密議。」

高宗便付他密詔，王伏勝悄悄去把上官儀領進宮來。那上官儀見了高宗，叩頭行過禮。高宗劈頭一句便問道：「皇后為人如何？」

那上官儀見問，便又跪下叩著頭說道：「恕臣萬死！母后專恣，失海內望，不可承宗廟。」

高宗聽了，不禁頓足嘆道：「真是忠義大臣！」

當下便命上官儀在宮中，草就廢武后的詔書。

武后在當時，膽量愈來愈大了，她明欺著高宗懦弱無能，見那郭道士長得面貌俊美，便早晚喚他進宮來，伺候著皇后。

這郭行真仗著皇后的勢力，在宮中進進出出，便也目中無人。見了美貌的宮娥，卻又任意調笑著。這一天他正在宮中過道兒上，伸手摸著一個宮女的脖子，恰巧撞見王伏勝，從背後走來，便勃然大怒！從腰上拔下了佩劍來，看定了郭行真後腦脖子上一劍揮去，早已人頭落地，慌得那宮女拔腳飛奔。

別的內侍，從這地方經過，見殺死了郭道士，忙報與武后知道。武后聽說郭行真被殺，早已十分痛心，正欲出宮親自看去，忽又有內侍報說：「上官儀在宮中草廢皇后的詔書。」

武后聽了，又驚又怒！便也丟下郭道士的事體，急急趕到上書房去一看，見皇帝和上官儀，宦官王伏勝三個人，都在屋中。高宗猛不防皇后竟親自趕來，慌得忙把那詔書，向袍袖中亂塞。

武后一眼瞥見了，劈手去奪下來，從頭到底，讀了一遍。竟是說武后專恣，失皇帝望，不可以承宗廟，著即廢為庶人的一番話。武后不看猶可，看了這詔書，便揪住了皇帝的衣帶，嚎啕大哭起來。一邊低著頭向皇帝懷中撞去，頓時雲髻鬆散，涕淚狼藉，任你皇帝如何撫慰，左右如何勸諫，她總是一味地撒潑，全個身兒，扭在皇帝身上，口口聲聲嚷著：「求萬歲賜臣妾一死吧！」

欲知後事如何，且聽下分解。

一廢再廢終立太子哲　初立繼立虛設皇帝位

高宗見武后哭鬧不休，心中先軟了一半。武后又帶哭帶訴地說道：「早知今日要廢去臣妾，當初臣妾原是先帝的才人，也承先帝臨幸過，陛下又何必拿甜言蜜語來哄騙得臣妾失了節，臣妾當時也枉廢了心計，替陛下用盡了心思，謀得這太子的位置，才有今天這至尊極貴的一日。臣妾原也自知命薄，享不得榮華，受不得富貴，好好地削髮在尼庵，也便罷了，誰知陛下又百般地勾引臣妾進宮來，騙臣妾坐了正宮，卻又要廢去臣妾。既失了節，又失了位，臣妾實在丟不下這個臉呢。」

說著，又一聲一聲地哭起先帝爺來了！把高宗和武后兩人從前的私事，一齊嚷了出來。高宗給她說得無地自容，又看她嬌啼宛轉的神氣，早不覺把心腸全個兒軟了下來。當時親自上去拉住武后的手，說道：「朕初無此意，全是上官儀教朕的。」

慌得上官儀忙趴在一旁叩頭。

武后聽了，立刻放下臉兒來喝道：「聖上有旨，上官儀草詔。」

那上官儀聽了，忙去把紙筆拿在手中，武后口中唸著道：「上官儀離間宮廷，罪在不赦，著交刑部處死。」

上官儀寫成了詔書，武后又逼著高宗用了印，便有武士上來，把上官儀連王伏勝，一齊綁著，押出宮去，交刑部絞死。第二天詔書下來，說故太子忠，與上官儀同謀，賜忠自盡；又說右丞相劉祥道，與忠自通往來，流配滄州。武后趁此時機，把平日忠於皇帝的大臣，一概罷免，全用了自己親信的人。又下詔改王皇后姓為蟒氏，蕭淑妃姓為梟氏。朝廷一切大權，全在武后掌握，發號施令，也絕不與高宗商議，高宗也不敢過問。武后要使臣下尊敬，她便暗地裡指使許敬宗領銜，會同一班文武大臣上奏章，尊高宗為天皇，武后為天后；天后便廢太子弘，立賢為太子。

這弘原是武后親生的長子，當時高宗寵愛武后，便把武后的親生兒子，做了太子。誰知這位太子，生性卻絕不像他的母親，平日待人，十分謙和，待兄弟姐妹，十分友受，讀《春秋》至楚世子商臣弒其君一段，便掩著書本不願讀。率更令郭瑜，在一旁進言道：「孔子作《春秋》，善惡必書，褒善以勸，貶惡以解，故商臣之罪，千載猶不得滅。」

太子說道：「然！所不忍讀，願讀他書。」

郭瑜便改授《禮記》。太子上奏章，說追封顏回為太子少師，曾參為太子少保。高宗與武后駕幸洛陽，便下詔使太子監國。太子在長安地方，常常問百姓疾苦，救濟災民。這時蕭淑妃雖死，只留下義陽、宣城兩位公主，卻長成天姿國色，性情也十分貞靜。太子弘雖和她異母姐弟，卻也十分友愛。此時義陽公主、宣城公主，因母親犯了罪，便也被幽禁在掖庭裡。太子弘常常瞞著人，到掖廷去探望她們。姐弟三人，拉著手哭泣一場。太子弘很有搭救兩位姐姐的意思；只因害怕母親的威力，不敢說話。可憐這兩位公主，直幽禁到四十歲，還不得釋放的恩詔，眼看著如花美眷，似水流年，等閒過去。

女孩兒年紀長大了，不免有一番心事。她和太子弘雖說是姐弟相稱，但在憂愁困苦的時候，得一個少年男子，私地裡來溫存體貼著，便不覺動了知己之感。那義陽公主，便動了一個痴念頭，每值太子弘來看望她時，她便把太子貼身的掛件兒，或是汗巾兒，留下一二件，藏在枕席兒下面，到夜間無人的時候，便摟著那汗巾子睡。只因這位太子，是十分方正的人，卻也不覺得他姐姐的心事。只見義陽公主，常常對著自己嘆氣，看她粉龐兒一天一天的消瘦下去。

有一天，義陽公主清早起來，悄悄的一個人在花下，見一雙粉蝶，在花間一上一下地飛著追著，那神情好似十分依戀的。公主猛可地想起了自己的心事，一縷酸氣，直衝心頭，接著那兩行淚珠，點點滴滴地落在衣襟上，從此回房去便一病不起。死後，宣城公主檢點她的屍身，便在義陽公主懷中，檢出一方太子弘的汗巾來，便悄悄地對太子弘說了。太子弘也十分感慨！到義陽公主屍身旁，痛痛地哭了一場，用上等的棺木收殮過，以後便去朝見母后，說宣城公主年已四十，尚幽禁掖廷，不使下嫁，上違天和，下滅人道，幾句話說得十分嚴冷。武后聽了，不覺大怒！便立刻下詔，把宣城公主指配與掖庭衛士。

那衛士已有五十多歲的年紀了，面貌黑醜，性情粗暴，且是一個下賤的，叫宣城公主如何受得住這個侮辱。太子弘替他姐姐，再三求告著，須另嫁大臣子弟。武后不許，且把太子弘痛痛訓斥了一場。太子弘終以皇家公主，下嫁衛士，有失國體，心中怏怏不樂！從此神情恍惚，喜怒無常，到上元二年時候，太子弘跟著父皇母后到合璧宮去，武后便暗暗地在太子弘酒杯中下了毒藥，太子飲下肚中去，毒發而死，立潞王賢為太子。

這潞王賢，又是一個循規蹈矩的少年，八歲讀《論語》，至賢賢易色一句，便連連讀著不休。高宗在一旁坐著，問他為什麼屢讀不休？潞王回奏說：「兒性實愛此語。」高宗便十分歡喜！他對李世勣說道：「此兒有宿慧，後當立為太子。」

便遷入東宮，每月朝見武后。賢雖也是武后生的，但生性也極正直，平素見武后那種驕橫專恣的行為，心中也是十分不以為然！

如今見自己立為太子，他在朝見母后的時候，也婉言勸諫母后，把朝政歸還父皇。武后聽了，心中老大的個不樂意！從此看待太子賢，也便冷冷的了。

那武后自從郭道士被內侍王伏勝暗殺死了以後，心中每次想念起來，總是鬱鬱不樂！便假說要在宮中超薦榮國夫人亡魂，命京城官吏，防求道行高深的道士進宮去，做超薦的法事。便有京兆府尹訪得一個道士，名明崇儼的，據說他在深山修練，已有六十多年了，望去還好似二十多歲的少年，眉清目秀，齒白唇紅，修練得千年不老仙丹，有緣的便贈與仙丹一粒，壽活千年；又能超度亡魂，早登仙界。府尹把他送進宮去，大得武后的寵用，白天召集一班道侶，鼓鈸喧天地做著法事；夜間閉門靜坐，香花供養，修練仙丹。武后有時也在法壇前參神拜佛，有時在丹室中參證問道，有時竟把個明崇儼道士，召進皇后寢宮去，講法說理，直到夜深人靜，還不見放道士出來。一個多月來，這道士和武后二人，卻常常不離左右，那宮女和內侍們看了，都在背地裡匿笑。待到七七四十九日，大丹告成，明崇儼獻上仙丹。武后便大設筵宴，獨賜崇儼一桌素席，令百官們陪宴；又下詔拜明崇儼為正諫大夫。從此明崇儼的蹤跡，在正宮裡出現得愈加勤了。外面沸沸揚揚，傳說明崇儼道士，和武后通姦。

這風聲傳在太子賢耳中，如何忍得。他原想去奏明父皇，下詔拿明崇儼正法。這時高宗頭風病害得十分厲害，皇上已有三個月不進皇后宮中了，又怕父皇得知了這訊息，加上氣惱，病勢更甚，便也只好忍耐著。但武后有時在崇儼丹房中留宿，愈鬧愈不像樣了。太子賢這口氣，忍無可忍，這太子自幼兒長成勇武有力，他便帶了幾個有氣力的武士，悄悄地去候在那丹房門外的過道上，見那明崇儼從丹房裡出來，兩個武士上去，把那道士的嘴堵住，反綁著手臂，直送到太子跟前，按他跪倒在地。起初那明道士十分驕傲，不肯吐露真情。那武士拿皮鞭子在明道士脊樑上痛痛地抽著，那道士忍痛不過，便招認說：「自己原是京師地方一個無賴，實在年紀只有二十六歲。什麼修丹成仙，超度亡魂等話，全是哄著天后的。」

太子問可曾與天后犯奸？那明崇儼卻只是叩著頭，不敢說話。太子看這神情，氣憤極了！便親自上去，把明崇儼的頸子扼住，誰知用力過猛了，那明崇儼已氣絕身死。太子吩咐在屍上綁住一塊大山石，拖去悄悄地抛在玄武湖中，這才出了太子胸頭之氣。

第二天武后忽然不見了這個寵愛的明道士，心中萬分焦急，雖不好意思張明較著的找尋，但也暗暗地令內侍們在各處尋訪，卻終覓不到崇儼的蹤跡。後來日子久了，那內侍們同伴中，漸漸有人吐露出口風來，說明道士是吃太子賢殺死的。武后心中越發把個太子賢恨如仇敵一般，時時要趁機會報這個仇，太子賢也刻刻提防著。這時宮中又生出一種謠言來說，這太子賢原不是武后的親生子，卻是高宗和武后的姐姐韓國夫人私通後生下來的私生子。

這謠言聽在太子耳中，更覺害怕！便暗暗地調進二百名武士來，日夜埋伏在東宮裡防備著。武后知道了，十分動怒！說太子有弒母之意，不可不除去此害。當時便下詔薛元超、裴炎、高智周，一班武將，帶領羽林軍士，直撲進東宮去，搜出甲士數百人。武后親自拉著太子賢，到高宗跟前去，請皇帝發落。那高宗因頭風臥病在床，見太子賢犯了罪，心中十分悲傷！只自落著眼淚，不說話。武后憤憤地說道：「太子大逆不道，不可赦，便在皇帝榻前，下詔廢太子賢為庶人，立哲為太子。」

這太子賢被逐出宮去，武后便密詔左金吾將軍邱神勣，帶兵去圍住府第，逼令太子賢自殺。

那高宗見又廢了太子賢，心中鬱悶，病勢愈重，兩手捧著頭，日夜嚷著頭痛，眼眩心跳，不能起坐。六宮妃嬪，日夜不休地在床前侍奉湯藥，看了大家心中都十分焦急！這時有一位御醫，名秦鳴鶴的，便奏稱陛下肝風上逆，只有用鋼針灸頭，出血可愈。武后坐在一旁喝道：「秦鳴鶴可殺，帝體豈是刺血處耶？」

高宗忙攔住說道：「醫議病，烏可罪，且朕眩不可堪，姑聽治之。」

當時秦鳴鶴便大膽上前，在皇帝左右太陽穴上，重重地挑下兩針去，淌出血來。高宗便霍地坐起身來說道：「朕目明矣。」

武后便向空拜著說道：「天賜我師。」

高宗傳諭，賞秦鳴鶴黃金百兩，綵緞十端，但過了幾天，高宗舊病復發，頭痛得比前更甚。宮中常常有怪異出現，有時空屋中發著大聲，有時在夜深時候，走廊下顯著臣影。高宗依舊傳秦鳴鶴來刺頭出血，又投著百藥，終無大效。忽有一個姓陳的宮女，自己稱是世代行醫，且善治頭風，請為皇上修合藥餌。高宗聽了，不很信她。無奈那宮人再三請求！高宗便令親信內侍，監察著她修合藥餌。宮人在院子裡，掘地埋鍋，才掘得一二尺深，忽見一頭大蝦蟆，從泥中跳出，色如黃金，背上現出一個紅色的武字。那內侍見了，不敢隱瞞，便去奏明皇上。

高宗看了，一時裡也不解是何徵兆，便命內侍拿去放在後苑池中。宮女又到別院去找地開掘，才掘開地，便又有一頭金色蝦蟆，跳著出來，蝦蟆背上依舊顯著一個紅色的武字。內侍又拿出獻與高宗觀看，高宗心中也疑是不祥之兆，便命把蝦蟆殺死。到第二天，那修藥的宮女和內侍，都一齊死在床上。接著高宗也死了，把武天后升作皇太后，遺詔立太子哲為中宗皇帝，一切軍國大事，悉聽太后參決。

皇太后為收拾人心，便下詔立十二事：一勸農桑，薄賦傜；二給復三輔地；三息兵，以道德化天下；四南北中尚禁浮巧；五省功費力役；六廣言路；七杜讒口；八王公以降，皆習《老子》；九父在為母服齊衰三年；十上元前勛，官已給告身者，無追核；十一京官八品以上，益稟入；十二百官任事久，材高位下者，得進階申滯。

但這中宗即位以後，便事事要專主，發號施令，從不與皇太后商議。皇太后十分憤怒！也曾和中宗爭論了幾次。中宗不聽。皇太后大怒！便下詔廢中宗為廬陵王。立子王旦為睿宗皇帝，陪皇太后坐武成殿。

皇太后命禮部尚書攝太尉武承嗣，太常卿攝司空王德真，捧號冊進與睿宗皇帝。從此皇太后每日在紫宸殿坐朝，寶座兩旁，用紫色帳幔圍著。下詔追贈五世祖後魏散騎常侍克己為魯國公，妣裴氏為魯國夫人；高祖齊殷州司馬居常為太尉北平郡王，妣劉氏為王妃；曾祖永昌王諮議參軍贈齊州刺史儉為太尉金城郡王，妣宋氏為王妃；祖隋東郡丞贈並州刺史大都督華為太尉太原郡王，妣趙氏為王妃。皆置園邑五十戶。父為太師魏王加實滿五千戶，母為王妃；置園邑，守百戶。

這時睿宗雖立為皇帝，卻終年幽囚在宮中，不得預聞政事。

凡是武后家裡的人，都握著大權，內中單說一個武承嗣，他原是武太后異母兄元爽的兒子。武敏之犯罪自己縊死以後，武家族人，便公請把承嗣從嶺南召還。嗣聖元年，拜承嗣為禮部尚書；載初元年，拜為文昌左相，同鳳閣鸞臺三品，兼知內史事。

武承嗣便奏請在東都建造武氏七廟，武太后下詔：追尊周文王為始祖文皇帝，王子武為睿祖康皇帝，贈五代祖太原靖王居常為嚴祖成皇帝，高祖趙肅恭王克己為肅祖章敬皇帝，曾祖魏康王儉為烈祖昭安皇帝，祖周安成王華為顯祖文穆皇帝，父忠孝大皇為太祖孝明高皇帝；又封元慶為梁憲王，元爽為魏德王；又追封伯父叔父俱為王，諸姑姊為長公主；加封承嗣為魏王，元慶子夏官尚書三思為梁王。

武太后的從父兄子納言攸寧，亦封為建昌王，太子通事舍人攸歸為九江王，司禮卿重規為高平王，左衛親府中郎將載德為潁川王，右衛將軍攸暨為千乘王，司農卿懿宗為河內王，左千牛中郎將嗣宗為臨川王，右衛勛二府中朗將攸宜為建安王，尚乘直長攸望為會稽王，太子通事舍人攸緒為安平王，攸上為恆安王；又封承嗣於延基為南陽王，延秀為淮陽王；封武三思子崇訓為高陽王，崇烈為新安王；封武承業子延暉為嗣陳王，延祚為延安王。一門富貴，作威作福，橫行無忌。武承嗣心中還不知足，卻時時勸武則天殺盡皇家子孫，承嗣的弟弟武三思，也竭力地勸誘著。武承嗣自以為他日可以穩穩地得了皇帝位置，便令鳳閣舍人張嘉福，迫令百姓上表，請立武承嗣為太子。武太后不許。承嗣心中鬱鬱不樂！

這時有柳州司馬徐敬業，括蒼令唐之奇，臨海丞駱賓王，痛恨武太后威逼天子，便召募義兵萬人，殺揚州大都督府長史陳敬之，占據州城，傳檄四方，欲迎立廬陵王仍為中宗皇帝，那檄文上說道：

「偽臨朝武氏者，性非和順，地實寒微，昔充太宗下陳，曾以更衣入侍。洎乎晚節，穢亂春宮，潛隱先帝之私，陰圖後房之嬖；入門見嫉，蛾眉不肯讓人；掩袖工讒，狐媚偏能惑主。踐元後於翬翟，陷吾君於眾麀。加以虺蜴之心，豺狼成性，近狎邪僻，殘害忠良，殺姐屠兄，弒君鴆母，人神之所同嫉，天地之所不容。猶復包藏禍心，窺竊神器，君之愛子，幽之於別宮；賊之宗盟，委之以重任。嗚呼！霍子孟之不作，朱虛侯之已亡，燕啄皇孫，知漢祚之將盡；龍漦帝后，識夏廷之遽衰。

敬業皇唐舊臣，公侯塚子，奉先君之成業，荷本朝之厚恩！宋微子之興悲，良有以也；袁君山之流涕，豈徒然哉。是用氣憤風雲，志安社稷，因天下之失望，順宇內之推心。爰舉義旗，以清妖孽；南連百越，北盡山河，鐵騎成群，玉軸相接，海陵紅粟，倉儲之積靡窮；江浦黃旗，匡復之功何遠。班聲動而北風起，劍氣沖而南斗平，喑嗚則山岳崩頹，叱吒則風雲變色；以此制敵，何敵不摧；以此圖功，何功不克。

公等或居漢地，或葉周親，或膺重寄於話言，或受顧命於宣室；言猶在耳，忠豈忘心。一抔之土未乾，六尺之孤何託。倘能轉禍為福，送往事居，共立勳王之勛，無廢大君之命；凡諸爵賞，同指山河。若其眷戀窮城，徘徊歧路，坐昧先幾之兆，必貽後至之誅。請看今日之域中，竟是誰家之天下。」

這一道檄文傳到四方去，那被他感動起義的兵士，竟有十萬多人。徐敬業帶領人馬，直撲嬰城，又渡江占據潤州，殺死刺史李思文。武太后下詔，拜左玉鈐衛大將軍李孝逸為揚州道行軍大總管，率兵三十萬，抵敵敬業。又拜左鷹揚衛大將軍黑齒常之為江南道行軍大總管，從後路包圍敬業的軍隊。欲知後事如何，且聽下回分解。

炊突無煙佳人喪命　閨闈抱病公主易夫

徐敬業是前朝徐世勣的孫子，他懷著一腔忠義，迎立中宗，起兵聲討武太后；誰知這班文武官，儘是武太后的爪牙，間有一二是先朝的舊人，但都懼怕武太后的威力，誰敢到老虎頭上去搔癢。徐敬業手下的十多萬兵，東奔西殺，死的死去，逃的逃去，不上三個月工夫，這忠心耿耿的徐敬業，早已敗得一塌糊塗；被黑齒常之捉住，割下腦袋來，用香木匣子裝著，送進京師去。

在徐敬業不曾失敗以前，朝廷中有一位中書令裴炎，又有一位左威衛將軍程務挺，都上表勸諫武太后，去把廬陵王迎回宮來；如今徐敬業已死，武太后下詔，也把裴、程二人處死。朝廷中人，個個嚇得噤若寒蟬。

第二天，武太后臨朝，把駱賓王的一篇討武氏檄文擲與百官觀看，笑說道：「這孩兒文章卻做得不壞，我也愛他；可惜他犯了彌天大罪，不免一死。」

接著又問著百官道：「朕與天下無負，汝等知之乎？」

百官聽了，一齊喊著萬歲。太后又說：「朕輔佐先帝，已逾三十年。汝等爵位富貴，朕所與也；天下安佚，朕所養也。先帝棄世時，以社稷為託，朕不敢愛身，只知愛人；今甘為戎首者，俱將相種子，若輩何負朕之深也？老臣中伉扈難制，有若裴炎者乎？世將中能合亡命，有如徐敬業者乎？宿將中驍勇善戰，有如程務挺者乎？彼等皆一世之豪，今圖不利於朕，朕能置之法；公等中才有勝彼者，可早自為之，不然，只能謹慎事朕，毋貽天下笑！」

那百官們聽了太后的話，一齊趴在地下叩頭，不敢仰起頭來。同時奏答道：「唯陛下之命是從！」武太后便命武承嗣捧著玉璽，假意說要歸政給睿宗皇帝；那睿宗皇帝正要上去接受玉璽，忽見武承嗣怒目相視，嚇得睿宗忙縮手不迭，再三退讓著，說請母后臨朝。武太后見睿宗如此識趣，也便依舊收回成命。一面由武三思暗中指使御史傅游藝，率關內父老，上表請革命，改帝姓為武氏；一面又逼迫著百官，一齊上表勸進，假造說鳳凰飛集在上陽宮，赤雀見於朝堂，天意已歸武氏。

睿宗見人心都向著太后，心中十分驚慌，便也上表，請改帝姓為武氏，使天下定於一尊。武太后到此時，知道威信已歸於一己，便大赦天下，改國號稱周，自稱神聖則天皇帝。皇帝取名曌字，又造作曌等十二字，旗幟一律用紅色。睿宗皇帝退為太子；父武士彠封為孝明高皇帝，號稱太祖；母楊氏，封為孝明高皇后。

廢去唐朝各廟，又搜捕唐朝宗族，不論男女老幼，盡流配到嶺南地方去。一面使人故意向朝廷告密說：「嶺南流人謀反」；太后便令攝右臺監察御史萬國俊，赴嶺南查審。那萬國俊到嶺南去，便假造聖旨，召集流人，一齊賜死；那流人號哭不服，國俊命兵士拿刀劍追逼著，直逼到水邊，使不能脫逃，便一個一個地去抓來殺死。一天裡面，竟殺死了三百多人。可憐他們大半是金枝玉葉，皇家的子孫；如今既被流配到南方瘴蠻的地方來，依舊不能保全性命。

那時被武則天流配到嶺南地方來的犯人，竟有三、五千人。他們見萬國俊威逼殺死了三百條性命，大家心中不服，在背地裡不免有怨言恨語；給萬國俊知道了，他索性一不做二不休，一道奏本上去，說流人盡皆怨望，請悉除之。武則天看了奏本，便打發右衛翊府兵曹參軍劉光業，司刑評事王德壽，苑南面監承鮑思恭，尚輦直長王大貞，右武衛兵曹參軍屈貞筠，都加著監察御史的官銜，分做劍南黔中安南等六道去查審流人。他們見國俊殺死了三百人，得了則天皇帝的歡心，便一齊下辣手殺人去：光業御史殺死九百人，德壽御史殺死七百人，思恭御史大貞御史每人都殺死五、六百人。

一時六道的流人，俱被他們殺得乾乾淨淨，大家得意洋洋地回京去覆命。

那萬國俊又奏稱路過房陵，謁見廬陵王，王妃趙氏，有怨恨之色，請皇帝廢廬陵王為庶人，賜趙氏自盡。原來中宗幽囚在房陵，身旁原帶著一妻一妾；妻趙氏，妾韋氏。那趙氏原是常樂公主的女兒，中宗在王府時候，便聘娶趙氏為妃；這趙氏幽嫻貞靜，高宗在世的時候，很歡喜她的。只有武則天因她性情拘謹，不甚合意；如今這萬國俊巡察到房陵地方去，看望廬陵王，那廬陵王和韋氏都有財帛送與國俊；又親自勸國俊飲酒，獨有這趙氏她非但沒有財帛孝敬國俊，連陪酒也不肯出來。萬御史懷恨在心，回進京去，便給她上了一本，說了許多趙氏的壞話。那則天皇帝原和趙氏不很對勁的，如今聽說她怨恨朝廷，便立下旨，把這王妃趙氏提進京來，打入冷宮，囚禁在暗室裡。

室中只有一洞，派一個內侍，每日拿些柴米送進洞去，令趙氏自煮自吃。這趙氏原是一位嬌貴的婦人，如何受得住這樣的侮辱，她被囚在這暗室裡，一時又想念王爺的恩情，一時又悲弔自己的身世，終日以淚洗面。起初她哭到腹中饑餓的時候，便支撐著自己去煮一碗飯充充饑。她在屋了裡煮飯，屋子外面煙囪中便冒著煙；那看守的太監，見冒了煙，便去拿柴米來送進洞去，給她下一次煮飯用的。誰知後來這太監在屋子外面檢視，已有三天不見煙囪中冒煙了，送進洞去的柴米，也不見越氏前來接受。他心中疑惑起來，便去奏明則天皇帝。皇帝命人去把牆洞開啟一看，見那趙氏，已直挺挺地睡在床上，屍身已腐爛不堪了。則天皇帝吩咐草草收殮，拿去在荒地上掩埋下了。

趙氏的父親趙瓌，官拜定州刺史，駙馬都尉，自趙氏死在宮中，便把趙瓌降到括州地方去；常樂公主也流配到括州去，不許朝見。這常樂公主原是高宗的同胞妹妹，兄妹二人，交情很厚，高宗常把公主留在宮中遊玩。這常樂公主，性情很是正直，見宮人有不守規矩的地方，便要訓責。

這時武后有一個親生女兒太平公主，只因面貌長得美麗，生性也很聰明，武后便十分寵愛她。這太平公主仗著母后的寵愛，便也十分放縱，被常樂公主見了，卻時時要訓斥她。太平公主受了氣，便去哭訴她母后，武后當時因礙於高宗的面子，便也只得忍耐著些。如今大權在握，便也把常樂公主貶逐了出去。以報她女兒的仇恨。

講到這太平公主，是高宗皇帝的幼女，則天皇帝親生的，長得肌肉豐滿，面貌豔麗，方額廣頤。少年在宮中，處世有權謀。則天皇帝十分寵愛她，朝廷大事，都和公主商議。宮禁森嚴，公主能守著祕密，不使機謀外洩，則天皇帝更是歡喜她。

到永隆年間，則天皇帝見薛紹長得年少美貌，便下詔太平公主下嫁給附馬薛紹，又發內帑二十萬，給薛紹建造駙馬府，十分華美。則天皇帝在位二十餘年，天下只有一太平公主，父為帝，母為後，夫為親王，子為郡王，富貴已極。唐朝定製，親王食邑八百戶，最多至一千戶。公主下嫁，食邑三百戶，長公主加五十戶。獨有太平公主得食邑一千二百戶；聖歷初年，加至三千戶；神龍元年，又加至五千戶。平日賞賜珍寶衣飾，不可勝數。

到垂拱年間，武三思告密說：「駙馬薛紹，與諸王連謀造反。」則天皇帝十分憤怒！欲殺薛駙馬，又怕傷太平公主的心，便預先把太平公主召進宮來，留住在宮中。一面下旨發羽林軍士去捉拿薛駙馬，捆交刑部正法。誰知這太平公主和薛駙馬，夫妻恩情是很厚的，她被則天皇帝軟禁在宮中，不得和丈夫見面，心中甚是不樂！卻又不好說得，看看在宮中住下了半年，還不見放她回去。

公主和薛駙馬，生有二男二女，如今丟在府中，母子們不得見面，公主記唸著丈夫，又掛唸著兒女，鬱鬱不樂地成了疾病。則天皇帝是很寵愛公主的，今見公主害起相思病來，便懊悔不該把薛駙馬殺死，害她夫妻生生地分離。但看看公主的病勢，一天深似一天，睡在床上，神志昏沉，則天皇帝親自去探望。只見公主口口聲聲喚著駙馬爺，又說快放俺回家看俺兒女去。

則天皇帝，十分心酸，她便心生一計，暗地裡去把母家的侄子武攸暨，召進宮來。這武攸暨是則天皇帝伯父武士讓的孫子，在武氏子弟中，面貌最是清秀，年紀也只有二十歲左右。

則天皇帝平日很寵愛他的，這時已封士讓為楚王，攸暨為千乘郡王，賜食邑三百戶。今見皇帝召喚，便急急進宮來。則天皇帝悄悄地對攸暨說道：「太平公主想駙馬，想得很是厲害，看她性命已快要不保，教朕到哪裡去找一個駙馬來還她。好孩子，只有你臉兒長得不錯，很像那薛駙馬，你可憐你妹妹些，你便暫時充一充駙馬，伴著公主，住幾天吧。」

這武攸暨家中原娶有妻子甄氏，面貌勝過公主，夫妻甚是恩愛。今受了則天皇帝的旨意，不敢違抗，只得忍耐著，一任宮女們，把他擁進公主房中去，哄著公主說：「駙馬爺來了，公主這時正昏沉得厲害，一聽說駙馬爺到，便把這武攸暨拉進床去，緊緊地摟抱著不放，把個武攸暨羞得不敢抬頭。那屋子裡的宮女，都掩著唇兒匿笑。

公主卻伸著手不住地在武攸暨臉上，頸脖子上撫摸著，嘴裡不住地親人兒，好人兒喚著。看看過了十多天，那公主的病勢，果然輕減起來。見伴著她的男子，並不是薛駙馬，卻是她的表弟武攸暨，不覺詫異起來；問起真情，才知道薛駙馬已犯罪被殺死了。只因這武攸暨和公主做著十多天的伴，公主在病中，雖不至有非禮的事做出來，但幾日來耳鬢相摩，肌膚相親，漸漸地也發生出愛情來。再加此番武攸暨是奉旨來安慰太平公主的，這武攸暨長成溫存嫵媚，和女子一般，任何女子見了，都要動情的；因此太平公主把個想念悲痛丈夫的心腸，也減殺了許多。

這武攸暨一見公主哭泣的時候，便百般勸慰，這都是則天皇帝的旨意；在武攸暨心中，卻無時無刻，不在那裡想念他家裡的妻子甄氏。攸暨和甄氏做夫妻，才得一年。因甄氏長得十分美麗，夫婦二人，正在恩愛頭上，如今攸暨忽奉皇帝之命，傳他進宮去，給太平公主消愁解恨，這原是很勉強的事體。但因皇帝的威迫，不得不和公主歡笑承迎。公主正在傷心頭上，見有這個如意郎君伴著她起坐說笑，不覺把她一縷痴情，重複提起。

過幾天則天皇帝親自來看望她女兒，這太平公主自幼兒在她母后手中，嬌縱慣的，當下見了，便一縱身倒在皇帝懷中，哭泣不休！則天皇帝拿手撫著公主的脖子，又拿好話勸慰著公主，慢慢地住了哭。

則天皇帝笑著對公主說道：「女娃子，年紀輕輕，守著空房，原是很可憐兒的。朕如今賠你一個駙馬，可好嗎？」

太平公主一扭頭說：「不願再嫁丈夫了，丟不下家中的男孩兒，女孩兒呢。」

則天皇帝聽了，把手在公主肩上一拍，說道：「傻孩兒，俺們皇帝家的女兒，帶著孩兒招駙馬，誰又敢說一個不是呢？」

公主也不禁一笑說道：「母親給孩兒招一個怎麼樣的駙馬，嘴臉兒不好的，孩兒可不要。」

則天皇帝笑道：「你看武攸暨如何？」

公主聽了，卻連連搖著頭說：「不要！不要！」

則天皇帝見公主這樣神情，卻不覺怔住了。

原來太平公主和武攸暨二人，平日在房中無人的時候，雖沒有私情的事體做出來，但也漸漸地調笑無忌，起坐不離。公主又很有意似地拿這武攸暨玩弄著，又做出許多可憐的模樣來，去招惹他。這情形宮女偷看在眼裡，悄悄地去報告則天皇帝，則天皇帝認作是公主看上了這武攸暨，便故意說出這話來，探她的口氣。誰知公主卻一味地拒絕，卻把個則天皇帝怔住了，忙連連追問為何不願意嫁武攸暨？公主被皇帝追問不過，才說道：「武攸暨家中不是好好有妻子的嗎？」

則天皇帝這才明白過她女兒的意思來，便笑著說道：「那容易辦，那容易辦。」

則天皇帝一轉身，便下了一道諭旨，賜武攸暨尚太平公主，授駙馬都尉，進封定王，實封食邑一千戶。這武攸暨接了聖旨，十分詫異，忙去朝見則天皇帝，說明自己是已娶妻室的人，如何敢重婚公主。則天皇帝笑對武攸暨說道：「你那前妻，朕已賜她自盡了。」

武攸暨聽了，真好似頭頂上起了一個焦雷，忙趕回家去一看：那妻子甄氏的屍身，早已陳列在中堂，屍身頸子，還繞著一幅白綾。攸暨看了，心如刀割，縱身上去，抱住屍身，大哭一場，親自把她頸子上的白綾解下來。則天皇帝特發治喪費一萬兩，照長公主禮服收殮；又令太平公主親自去弔奠。武家這喪事，辦得十分威風，又在武家左近，蓋造起十分高大的駙馬府來，又派一支御林軍士，在駙馬府把守大門，府中又蓋著極大的花園，每隔十步造一亭，五十步造一閣，奇花異草，和御苑中一般富麗。

公主下嫁的日子，則天皇帝親自送嫁，百官齊到駙馬府中來道賀，一時車馬盈門，十分熱鬧。太平公主又把在薛駙馬府中的二男二女，領進府來，拜見武駙馬，認作後父。從此公主在武駙馬府中，骨肉團圓，夫妻恩愛，過著快樂的日子。則天皇帝又時時臨幸武駙馬府中，看望女兒，有時竟留宿在駙馬府中，不回宮去。百官們齊到駙馬府中來，朝見奏事。太平公主隨侍著母親，也參預著軍國大事，她的聰明見識，竟能勝過皇帝。則天皇帝也常令公主聽大臣們奏事，一時權侵中外，文武百官，齊在公主跟前，行著賄賂。公主也看他銀錢的多少，定爵位的高低。

則天皇帝在宮中，漸漸地厭倦朝政，一切將相奏事，都到駙馬府去和公主商議。公主得了眾人的錢財，便廣置田園。府中動用的器具，全是金裝玉琢的，吳越嶺南，四處貢獻來綺疏寶帳、音樂車馬，共備兩份，一份獻與皇帝，一份獻與太平公主。府中侍兒，披羅綺的數百人，蒼頭臨嫗，也在一千人左右。外路州縣又四處貢獻狗馬玩好，山珍海味，公主在府中鬥雞走狗，陳著百戲，放那少年官員，年輕子弟，進府來陪伴公主遊玩，在花園中排列筵席，奇珍異味，少年男子，圍著公主，歡呼暢飲。公主一行一動，都有少年子弟追隨，在左右扶掖說笑著。公主有遺巾墮帶，各少年便爭拾收藏，公主看著大笑。

花園石洞中，有一密室，鋪設著錦衾繡茵，常常有少年官員，年輕子弟，被武士捉進洞去，只覺得床褥溫軟，香味馥郁，便有人上來替他解除衣巾，扶進帳去，被一個香馥馥油膩膩的女子身體抱住了。那男子到了這時，也便情不自禁，在暗中摸索著，成其好事。再有幾個女子服侍他，穿上了衣服，扶出洞來，由武士領出園去。這樣一個一個地輪著，那滿朝中的少年官員，年輕子弟，人人都嘗過溫柔滋味。他們誰都知道這石洞中的女子，是當朝第一貴人，但大家都不敢說出來。

這時京師地方，忽然來了一個胡僧，名惠範的，說是朝過天子千山萬寺，會過真仙活佛，年紀二百餘歲，望去好似二十餘歲的少年，住宿在本願寺中。頓時哄動了京師地面的婦女。

起初幾個平民百姓，前去朝拜，後來那宮家內宅，紛紛備著香燭禮物，前去瞻拜。有女眷們拜在惠範大師門下做徒弟的，也有拜和尚作幹父親的，大家都替和尚繡著袈裟帳幔，把個和尚的臥房，打扮得花花綠綠，好似小姐們的繡房一般。那和尚見有女眷們送衣物來的，必要令她跪在膝前，伸著手摸一摸粉臉，或是摩一摩雲髻，說是賜福。那女眷們得活佛摸索過的，便欣欣地回去，在閨閣中對同伴誇耀著，說今天得活佛賜福了。還有那禮物送得薄了一點，得不到活佛賜福的，懊喪著回去。

有一天那本願寺門前，忽然車馬如雲，兵衛森嚴，太平公主也親自移駕來求活佛賜福，一切官府女眷，俱被兵士擋在門外，不得進寺去。公主這一來，直到日色西沉，才回府第。第二天便把黃金十萬，綵緞千端，孝敬於惠範大師。過了幾天，又把惠範請進公主府第去，這一去一連十多天，不放出府第來。

那班求活佛賜福的人，天天到本願寺門外去守候著，那守候的人愈聚愈眾，望去人頭濟濟，把個寺院圍得水洩不通。好不容易盼望得惠範大師回寺，只見幢蓋寶幡，夾著刀槍劍戟，前面是活佛的車輛，後面是公主的繡車，簇擁著一直進寺門去。隨後便有軍士上去，把那門外守候著賜福的人，一齊趕走。從此這本願寺前，警備森嚴，任何富貴眷屬，一概不得進寺去。那惠範大師，賜福也只賜與太平公主一個人，所有從前收下的女徒弟，和乾女兒，上門去拜望她師父和幹父親的，一齊擋住在寺門外，不得進去。暗地裡一打聽，原來這位太平公主，天天到寺中來求惠範賜福，把個和尚霸占住了，不許別人染指。欲知後事如何，且聽下回分解。

馮小寶初入迷魂陣　來俊臣威震麗景門

惠範和尚，身體長得異常魁梧，氣力也偉大。他伺候女人，又能婉轉如意，因此很合了太平公主的心意，便代他奏請，發給內帑，替他建造一座聖善寺，在駙馬府隔壁。這座寺院，建造得十分高大，則天皇帝下旨，拜惠範和尚為聖善寺主，加三品封。寺旁有一條甬道，通著駙馬府的後園，太平公主常常來往著，有時竟住宿在寺中說是宿山求仙。那駙馬武攸暨看了這情形，便也無可奈何。

說也奇怪，那太平公主自從求惠範和尚賜福過以後，便接連著生了二男一女，那男的一般也長成肥碩偉大，則天皇帝很是歡喜，下旨封二子，一為衛王，一為成王，封一女為郡主。從此以後，那百官們在太平公主門下奔走的，一般也要到惠範和尚跟前去伺候，那財帛禮物兒，去孝敬太平公主的，也一般要備一份禮物兒去孝敬惠範和尚。

這惠範大師，居然聲威煊赫，權侵中外，這時四處的遊僧，和浮浪無賴，見惠範大師得了好處，便一齊趕到京師地面來，閒遊浪蕩，招惹是非。唐宮中自從則天皇帝登極以後，所有大小公主，都十分放蕩，有一群侍兒簇擁著，騎著馬，到山林中圍獵去的。有車馬旌旗，招搖過市，在大街小巷中遊玩著的。也有到各處寺院中去燒香禮佛的。她們各個都是年輕美貌，見了寺院中的和尚，街道上的惡少，便也一般地謔浪戲笑毫不避忌。見有面目清秀，能言識趣的，便帶進府去，好茶好飯，供養著稱作清客。

那班清客，在府中出入，一般地綾羅遍體，裘馬輕肥，有時和公主並駕齊驅，遨遊都市，指點說笑，毫無顧忌，因此那班浮滑少年看了，愈加如醉如狂，個個敷粉搽脂。鮮衣豔服，站立在街頭，有弄鷹的，有踢球的，見有公主車馬經過，便爭著上去趨奉，公主也和他們兜搭幾句，賞賜些財物，見有俊秀的，便也帶進府去。

這時有一位千金公主，在諸位公主中，年紀最輕，也最愛遊玩，常常一個人裝著男兒模樣，私自出府去，在大街小巷中閒逛。洛陽市上，有一個賣藥的少年，名馮小寶的，面貌長得十分俊美。他賣藥的時候，唱得一口好曲子，千金公主在一旁，暗暗地看著，看他招呼主顧，口齒十分伶俐，便不覺愛上了他，悄悄地囑咐侍女，在他藥臺旁候著，自己便急急回府去，改換了女裝。那侍女原也改扮著男裝的，她靜靜地候在路旁。那大街上來來往往的行人，向馮小寶買藥料的很多。

看看到了天色昏暗，馮小寶收拾藥臺，正要收市回去。忽見一個年輕的小廝，走近身去，悄悄地在他衣角兒上一拉，低低地說了一句快跟我去。那馮小寶是何等乖巧的人，他也常聽人說：京師地面，常有公主打發人出來，找尋年輕的男子，進府去尋著快樂，得著許多好處的。如今見輪到了自己身上來，豈有不去之理，當即便在左近店鋪中，寄頓了藥擔，暗暗地跟著那小廝，曲曲折折地走過許多大街小巷，迎面攔住一道高牆，牆的西偏，開著一重小門。小廝上去，把門上機括輕輕地一按，小門開處，裡面露出一座大花園來。只見花木陰森，樓臺重疊，那小廝把馮小寶向假山洞中一推，叮囑他千萬莫作聲，待我來領你進去。

這時馮小寶的身體，好似墮入五里霧中，黑漆漆的一個人，哚在山洞中，心中又是詫異，又是驚慌。候了半晌，才聽得洞外有低低地叫喚聲音，小寶走出去一看，見日間的那個小廝，忽然已變成了一個俊俏的丫鬟，看她長得長眉侵鬢，杏靨凝脂，在月光下照著，卻是美麗萬分。這馮小寶看了，如何忍耐得住，喚了一聲我的天仙，直向那侍女懷中撲去。這侍女拉住小寶的手，兩人肩並肩兒，向東面走廊下，走向屋裡去。

這侍女把馮小寶藏在屋中，服侍他上上下下，洗刷乾淨，然後雙雙扶進羅帳中去。原來這位千金公主，每覓得一箇中意的男子，喚進府去，第一夜便令侍女去伴寢，若遇男子身上有奇怪氣味的，或是長著瘡疤的，或是外強中乾，不濟事的，便立刻推出門外不用。如今這馮小寶，身體又高，氣力也偉大，又能說會道，善收善放，先把個侍女在床第之間，調理得服服帖帖，身上既無疤點，皮肉又長得十分白淨，第二夜便送小寶到公主外房去，替他脫去外衣，洗淨了身體，再送他進內房去。那內房卻黑沉沉的，公主靜悄悄地睡在房內候著。小寶摸索著進房去，伺候著公主，居然服侍得公主十分歡喜！

第二天，公主拿明珠白玉，賞給那領路的侍女。侍女這時，經馮小寶和她春風一度以後，只覺得其味無窮。如今馮小寶天天在房中，伺候公主，如何有工夫再來伺候她。無奈這侍女，雖說男子試驗得不少，但總沒有這個小寶能得人心意，因此日夜想念他，雖有公主賜她的明珠白玉，她也不在意中，只是悄悄地託女伴去哀求著馮小寶。馮小寶如今得了好處，想起那侍女汲引之恩，便也瞞著公主，暗地裡去安慰著那侍女。這公主身旁，原有十多個親信侍女，個個都長成眉清目秀，又大家在二八年華，知情識趣的時候，見了這魁偉男子，如何不動心。

便在暗暗之中，你搶我奪，弄得這個馮小寶，實有應接不暇之勢。內中惱怒了一個侍女，她便到千金公主跟前去說：「許多侍女，背地裡勾引著馮小寶，和他犯奸。」

千金公主便大怒，立刻傳齊了手下的侍女，每人給她二十下皮鞭，打得鶯啼燕泣。

公主又要拿那汲引馮小寶進府來的侍女處死，嚇得那侍女連夜逃進宮去。那侍女有一位姐姐，在則天皇帝宮中，當了一名宮女。當下那侍女便把千金公主私通賣藥的馮小寶，藏在府中，日夜縱樂的情形，對她姐姐說了。她姐姐心想，這一件卻是自己進身的好機會，當下便悄悄地去奏明瞭則天皇帝。

原來則天皇帝，因天生麗質，不甘寂莫，自高宗崩駕以後，雖常有俊偉的男人，拉進宮來，但那班蠢男子，卻沒有一個當得則天皇帝的意。每一個男於進宮去，用不上三天五天，便讓內侍拿繩子渾身捆綁著，抬去在御苑中萬生池裡抛下。

這池面十分闊大，周圍有十里遠近，則天皇帝做皇后的時候，便歡喜收買許多毒蛇、鱷魚、大鼋等毒物，養在池中放生。年深月久，那毒蛇、鱷魚，越產越多，千頭萬頭，每到陰雨天氣，或是傍晚時候，那許多毒蟲，便一齊爬上岸來，有的蹲在岸旁，有的掛在樹梢，千奇百怪，人人見了害怕。那內侍或是宮女們，平日有違旨的，惱動了則天皇帝，便喝令捆綁起來，丟在萬生池裡，喂毒蟲吞食。

在一年裡，那宮女內侍們，暗暗地死在這池中的，少說也有五六百人。如今那班毒蟲，又添了一種食品，凡有那外邊拉進宮來的壯健男子，當不得則天皇帝的意的，便也綁著去抛在池中。在則天皇帝，原是要藉此滅口的意思，可憐那班男子，父母生下他來，養成年輕力壯，正是有用的時候，只因在床第之間，當不得則天皇帝的心意，便生生的去給那班毒蟲，連皮帶骨的吞下。在這三五年來，那壯健男兒，死在毒蟲肚子裡的，也已有三五百人之多。那則天皇帝，因找不到一個合自己心意兒的男子，心中也是十分不樂！如今有這宮女來告密，說千金公主，得了一個好的男子。

第二天則天皇帝，便把千金公主召進宮來問時，那千金公主也十分乖覺，她見則天皇帝臉色很是嚴厲，忙奏道：「馮小寶有非常材，陛下可用為近侍。」

則天皇帝見千金公主說話，也很知趣，便也笑說道：「好孩子，難為你替朕留心，明天將那人好好地送進宮來。」

便傳諭賞千金公主黃金三百兩，綵緞五十端。那千金公主謝過恩出去。

第二天便把這個馮小寶，悄悄地送進宮去，當夜便在萬壽宮中承恩。則天皇帝試用一番，果然俯仰如意，進退識趣，一連十日，則天皇帝也忘了設朝，軍國大事，全由太平公主主持著。後來還是太平公主替母親想出一個主意來，說馮小寶出入宮禁，很是不便，莫如把小寶剃度為僧，奉旨進宮說法，那時光明正大，誰也不敢非議的。則天皇帝便依了公主的意思，悄悄地喚內侍，把小寶押著領出宮去，剃度作僧人模樣。

那小寶又找尋了一班舊日同伴無賴，一齊剃作僧人，取名法明、處一、惠儼、稜行、感德、感知、靜軌、宣政，自己取名懷義，號稱西域九僧，在京師廣化寺中，建立道場，施行法事。則天皇帝，親自到場拈香，便把這懷義接進宮去，拜他為國師。宮中另外收拾起一間清淨的房屋，給國師住下。又因懷義原姓馮，那京師地面，卻沒有姓馮的世家大族，便令駙馬薛紹，認懷義做叔父，從此這馮小寶便改稱了薛懷義。

這薛懷義在宮中出入，便乘著廄中御馬，宮中待衛，一切文武官員，遠遠地見薛懷義騎著馬走來，便一齊匍匐在路旁，口稱國師，直待國師過去，才敢起來。薛懷義又因廣化寺房屋狹小，起居不便，奏請另建寺院。則天皇帝便下詔發國庫十萬，工部招募人夫五萬，把舊時洛陽城中的白馬寺，修理建造起來，不上百日，便已造成，望去殿閣淩霄，花木匝地，則天皇帝便拜薛懷義為白馬寺主，親勞御駕，伴送國師入寺。

懷義便在寺中建設四十九日水陸道場，把個女天子留在寺中。寺中原裝置著一座行宮，布置得花木清幽，房闥錦繡，薛大師終日只伴著女天子，在行宮中說笑起坐。每天在散場的時候，雙雙走上殿去，拜一次佛。他兩人竟赤緊地不離，雙宿雙飛，四十九天工夫，功德圓滿。那右臺御史馮思勖，再三上表，請聖駕回宮。

則天皇帝沒奈何，只得擺駕回宮，才隔離得三天工夫，宮內手詔下來，又把薛國師召進宮去，留著不放。

這裡白馬寺中，住著法明、處一、惠儼、稜行、感德、感知、靜軌、宣政，一班無賴假和尚，便仗義國師的威勢，在地方上橫行不法，無惡不作。那班和尚，原是色中餓鬼，那左近小家碧玉，略平頭整臉些的，便搶進廟去奸宿，遇有官家眷屬，入寺燒香的，便使人在半路上埋伏著，見香車經過，便一擁上前，把女眷插戴的珠寶首飾，一齊搶去。如見少年美貌的，索性連人搶進寺去，由這些無賴和尚輪流強占，待放出寺來，那女人已被他們弄得半死半活，家裡的父兄丈夫知道了，懦弱些的也只得忍辱含羞的過去；強項些的，便趕到御史衙門，刑部衙門去告狀。那官員一打聽是白馬寺和尚做下的案子，便嚇得問也不敢問。白馬寺中一班小和尚，也在外面恃強欺人，闖到大街店鋪中去，強賒硬搶，吃醉了酒，又在地方上鬥毆生事，巡城御史也不敢顧問。

這情形給馮御史知道了，便上了一本，痛斥薛懷義汙亂宮廷，擾害地方，請即綁赴西郊正法。那補闕王求禮，也上表請閹割薛懷義，免致穢辱宮闈，則天皇帝拿這兩道奏本，給薛懷義看。懷義假作哭泣，伏地請罪。則天皇帝親自扶懷義起來，拿這兩本奏摺，向地上一丟，薛懷義這才喜笑起來，辭出宮門。

才走到玄武門外，頂頭撞見那馮御史走來，真是冤家路狹相逢，分外眼明。只聽得薛懷義喝一聲打，便擁上來十多個武士，一把揪住馮御史的衣領，橫拖豎拽的，從車上拖下地來， 陣子拳腳齊下。那馮御史大喊大嚷，也沒有人敢上來解救，直打得馮御史暈厥過去，那薛懷義才帶著眾武士，一鬨而散。

這裡馮御史的僕人，見眾人散去，才敢從牆角裡出來，把馮御史扶上車去，送到家中。這時馮御史雖清醒過來，但已被打得皮開肉綻，血肉模糊。

馮御史原和僕射蘇良嗣，交情很厚的，當時蘇僕射便來探望馮御史。馮御史哭著在枕上叩頭說：「此賊不除，國難未已，僕射為當朝忠臣，務請為國除奸。」

蘇僕射當下拍著胸脯，大聲說道：「所不如君命者，有如天日。」

那馮御史聽了，便大笑一聲死去了。

原來這時滿朝中官員，全是武氏私黨，只有這蘇良嗣，是先朝舊臣，生性剛直，文武百官，都見他害怕，便是則天皇帝，也拿另眼看待他的。如今這蘇僕射見馮御史死得如此悽慘，心中十分悲憤！第二天蘇僕射退朝下來，在朝堂下與薛懷義相遇。

那懷義卻昂著頭，裝作不曾看見，不和蘇僕射招呼，僕射大怒！喝令左右，把薛懷義揪至跟前，這時懷義左右，卻無人保護，被蘇僕射親自動手，在薛懷義面門上，痛痛地打了幾十下，打得懷義滿面紅腫，他捧著臉進宮去，在則天皇帝跟前哭訴，要求皇帝下旨，拿這蘇僕射嚴辦。則天皇帝一聽是蘇僕射的事，便搖著頭說道：「這老頭子，朕也見他害怕，阿師以後當於北門出入，南衙宰相往來之路，不可去侵犯他。」

薛懷義也只得白白地吃打一頓罷了。

這時新豐地震，平地上突起一座高山來，則天皇帝說是吉祥之光，便下旨免這地方的賦稅，赦去了這一縣地方的罪犯，把縣城改名慶山縣。有荊州人俞文俊上書言：「人不和疣贅生，地不和堆阜出，今陛下以女主處陽位，是人不和也；山變為災，非可慶也。」

則天皇帝看了奏章大怒！命刑部把俞俊捉去，發配到嶺南地方，又令各處地方官，搜查有唐朝的遠族宗室，不論老少男女，有無謀反的行為，通通抄家，發配嶺南。原來這時則天皇帝，早已探聽得有宗室謀反，特用此先發制人之計。

果然韓王元嘉等，準備起兵，號召天下，欲迎中宗復位。如今見則天皇帝，先發制人，那瑯琊王沖，越王貞，便迫不及待，首先發難。諸王因約期未到，一時倉促，不敢響應。則天皇帝命武三思率兵征討，不上二十天，那瑯琊王和越王，一齊兵敗逃去。韓王元嘉和魯王靈夔，一班起義的宗室，都畏罪自己縊死，其餘李姓諸王，及唐室的親戚，都被官員搜捉得，共一千四百人，一律押赴南郊殺死，此外雖襁褓小兒，也一齊發配嶺外。

則天皇帝，又用周興、來俊臣一班嚴酷的人，做地方官員，到處捉人濫殺。那來俊臣是雍州萬年地方人，父親名操，原是一個賭徒，和同鄉人名蔡本的結作好友，便和蔡本的妻子私通成奸。那蔡本又賭輸了，欠來操錢數十萬，蔡本無力還錢，便聽來操霸占了他的妻子。那蔡本的妻子，到來家的時候，肚子裡已經有孕了，生下來一個男孩兒，取名俊臣。

這俊臣自幼浪蕩凶殘，不事生產，平日專以播弄是非，殘害同伴為事。因犯姦盜罪，被刺史東平王續，捉去杖一百，枷示通衢。俊臣啣恨在心。後來則天皇帝登位，來俊臣便赴京師告密，說東平王續謀反。則天皇帝稱他忠實，便拜他作侍御史，加朝散大夫，專管刑罰獄訟，稍不如意，往往因一案牽累到一千多人。後升任左臺御史中丞，滿朝中文武官員，見來俊臣來，都遠遠地避去，不敢和他說話。

來御史在道路上經過，路上的人都側眼看著。俊臣和侍御史侯思止、王弘義、郭霸、李仁敬，司刑評事康暐、衛遂忠一班人，結為同黨，招集地方無賴數百人，專覓地方紳富，敲詐誣告，一案發動，千里響應，欲誣陷一人，便有幾十處具狀上告，那狀紙上的話，都是一鼻孔出氣，所有各路文告，則天皇帝統發交來俊臣推勘。則天皇帝又在麗景門，立一推事院，令來俊臣任院主，推勘重大案情。

百姓稱這推事院為新開門。凡是被告人新開門的，一百人中，難得一、二人保全的。弘義又稱這麗景門為例竟門，是說進這門去的，照例都要送去性命的。

俊臣和他的同黨朱南山一班人，造《告密羅織經》一卷，裡面講的儘是用刑威嚇的法子。來俊臣每次審問囚犯，不論輕重，都拿醋灌進犯人的鼻子去，囚禁在地牢中；或拿犯人的身體，裝在大甕中，審問時候，拿炭火在甕的四周燻炙起來。又斷絕他的糧食，犯人到十分饑餓的時候，便拿穢惡的棉絮，給犯人吃下。犯人坐臥的地方，穢氣燻蒸，備受苦毒，非至身死，不能出獄。每遇有大赦，來俊臣便先把獄中重罪的犯人，一齊殺死，再把大赦的旨意，宣布出去。又造大枷十號，一名定百脈，二名喘不得，三名突地哮，四名著即承，五名失魂膽，六名實同反，七名反是實，八名死豬愁，九名求即死，十名求破家；又有鐵籠頭，連帶在枷上的，犯人被枷壓著，被鐵籠悶著，立刻便死。每有罪犯捉到，先給他在刑具前走一遭，但魂膽飛越，無不含冤招認。

則天皇帝見俊臣判案如神，便屢加重賞，天下官員便競尚殘酷，凡有良臣故吏，閥閱之家，一竟誣告，便立見毀滅。因此薛懷義的徒黨，在各處橫行不法，殺人越貨，姦淫婦女，誰也不敢喊一聲冤枉。那薛懷義在宮中出入，竟潛用皇帝的輿仗，他手下的僧人，都騎著廄中的御馬，前呼後擁的，所過之處，行人避道，商肆閉戶。朝中貴如武承嗣、武三思輩，見了薛懷義，也要一齊下馬下車，口稱國師爺爺，在路旁鞠躬迎送。薛懷義又因白馬寺，隔離宮廷路遠，便在建春門內，就敬愛寺原址，別造殿宇，改名佛授記寺住下。欲知後事如何，且聽下回分解。

築明堂大興土木　奪寵姬禍因姦淫

薛懷義出入宮禁，承迎女皇帝色笑，他寵愛一天深似一天。

則天皇帝要使懷義升官，苦得沒有名兒，恰巧有突厥酋長默啜，領人馬來侵犯唐朝邊界。則天皇帝便拜懷義為清平道大總管，帶領十萬人馬，則天皇帝親自送至城外。懷義大兵到了單於臺，那突厥兵已在邊界上擄掠了一陣，退兵回去了。懷義便上表誇張自己的戰功，又在單於臺地方，立一紀功石碑，班師回京師。

則天皇帝，又親自離城十里迎接。那薛懷義竟和皇帝並轡回宮。

聖旨下來，加懷義為輔國大將軍，進右衛大將軍，封鄂國公，柱國，賜帛二千段。則天皇帝也自加號稱金輪聖神皇帝。在朝堂上，陳設七寶，一名金輪寶，二名白象寶，三名女寶，四名馬寶，五名珠寶，六名主兵臣寶，七名主藏臣寶。懷義也為頌揚則天皇帝的功德，拿銅錢鑄成柱子，立在端門之外，高一百五尺，對徑十二尺，上面刻文字，記則天皇帝在朝的功德，名大周萬國頌德天樞。京師地方的銅鐵，蒐括已盡，但搜收農人種田的鐵器來化去。武三思作頌德文。成功之日，則天皇帝，親臨端門，賜百官在天樞下，領頌德筵宴。

則天皇帝讚歎薛懷義有巧思，便下旨在宮中建立明堂，使懷義監督工作。懷義在宮中相定地勢，拆去乾元殿，下令各處地方官，搜捕工役十六萬人，動用國庫銀一億兩，派人赴四郊深山，伐取大木，數千人抬一大樹，經過百姓廬墓田園，都被毀壞。懷義因欲趕速成功，便督促著工人，日夜趕造。那工人被木石壓死，勞苦而死的，每日總有一、二百人。待明堂造成，那工役死的已有五、六萬人。

這明堂卻也造得十分偉大。大屋分作三層，其高二百九十四尺，方三百尺，下層依著春夏秋冬四時，分作四方四色，中層依著十二時辰，分作十二間，屋頂成一圓蓋，鑄銅雕成九龍，捧著屋頂。上層按著二十四節氣，分成二十四間，屋頂亦作圓形，最高的屋頂上，站著一丈高的一頭鐵鳳凰，身塗著黃金，稱作永珍神宮。宮成之日，恰是次年正月，則天皇帝便親臨永珍神宮，行大饗禮。皇帝服衮冕，搢大珪，執鎮珪，為初獻，睿宗為亞獻，太子為終獻，封懷義為威衛大將軍，梁國公。次日在宮中，合祭天地，五方帝，百神。配祭著高祖，太宗，高宗，魏王武士彠為從配。第三日在宮中大享百官，薛懷義高踞上座，百官輪流著獻爵進酒。

則天皇帝下詔，號武士彠為周忠孝太皇，楊氏為忠孝太后，改稱文水墓為章德陵，咸陽墓為明義陵，太原安成王為周安成王，金城郡王為魏義康王，北平郡王為趙肅恭王，魯國公太原靖王。

薛懷義便久占宮廷，權侵天下，則天皇帝十分寵愛他，每在花前月下，總是薛國師，在一旁陪侍說笑著。薛懷義又與眾僧人，造作《大雲經》，頌揚則天皇帝功德，受命為帝。那春官尚書李思文，又造作周書《武成篇》，說垂拱天下治，為則天皇帝受命之兆。則天皇帝大喜！下旨命天下各寺觀，傳抄《大雲經》一部收藏。懷義又詆神佛傳說則天皇帝是彌勒下生，唐氏合微，周氏合興，則天皇帝封法明等僧人九人為縣公，一律賜紫袈裟，銀龜袋，出入宮廷無禁。又使諸縣公，分赴天下，講說《大雲經》，曉諭天下，以武氏革命大義。

懷義又奏請在明堂北面，起造天堂，比明堂更高峻，共分五層，將懷義所作夾紵大象，分懸在各層中。那天堂第三層，已高出在明堂屋頂以上。懷義藉著監造天堂之名，便時時在則天皇帝宮中起坐。皇帝每值退朝，便與懷義在宮中歡宴。又在寢宮後面祕室中，設一佛堂，裡面重幃明燈，繡榻寶蓋，十分富麗幽靜。懷義陪著這女皇帝，每飲酒至半酣，笑樂的時候，便雙雙攜著手，進佛堂去禮拜，外面繡幕深垂，十二個宮女，捧著盆中香盒，靜候在幕外。

只聽得幕中清磬一聲，那十二個宮女，魚貫似的，走進繡幕，服侍則天皇帝和薛國師兩人，盥洗梳妝。則天皇帝換著一身豔服，重複入座暢飲，飲到開懷時候，又攜手進繡幕去。每進去一次，必要盥洗梳妝一次，每出來一次，則天皇帝便也換一次豔服，這樣子每天無論白晝深夜，最少必要禮佛四五次，才雙雙歸寢。有時則天皇帝精神飽滿，竟和懷義二人，糾纏著直到天明，不肯休息的。

懷義一人的精力有限，看看有些支援不住了，便奏請帶領大兵，北伐突厥。那懷義軍行到紫河地方，鼓譟了一陣，捉住了幾個土人，扮作突厥酋長，押著凱旋。則天皇帝一面升座永珍神宮受馘，一面擺設慶功筵宴。懷義嫌那頌德天樞，不十分雄壯，又蒐集民間銅鐵二百萬斤，改造成一八面高柱，每面有八尺寬闊，柱下雕鐵成山岳之形，鑄一大銅龍，負著大柱，四圍又雕刻成各種怪獸，柱頂又雕成雲蓋，雲中四蛟，捧一大珠，柱的八面，盡刻著兩次出戰將士的名姓，和各酋長的名姓。

從此薛懷義的行為，一天驕橫似一天，滿朝文武，大半是薛師父的徒子徒孫。便是那權侵中外，聲勢煊赫的武承嗣，見了薛師父，也不由得卑躬屈節，稱他作叔父。那太平公主和駙馬，都稱薛懷義為父親。當時有一御史，名張岌的，最能諂事薛師父，每逢薛懷義在宮中出入，這張御史必手擎黃傘，跟隨在薛師父身後。薛師父上馬下馬，張御史便急急去趴在地下，做著踏凳，任薛師父在他背上踏著。

薛懷義回府去，這張御史也追隨在左右不離。見薛師父咳嗽，他便捧著唾壺；見薛師父登坑，他便捧著溺器。又有一人，名宗楚客的，也最能諂事懷義，因懷義能得則天女皇帝的愛寵，床笫之間，十分有本領，便作薛師父傳二卷，說薛師父身體雄偉，是天生聖人，釋迦重生，觀音再世。薛懷義看了，甚是歡喜！又上半年，便把宗楚客的官，升到內史。

這宗內史便仗著薛師父的威權，在外面貪贓枉法，無惡不作，不久便得了千萬家財，在京城地方，造起新屋子來，十分華麗廣大，拿文柏雕刻成棵柱，拿沉香和著紅粉塗在牆上，便覺滿屋生香，金光耀目，燒磁石鋪著甬道，著吉莫靴在上面走著，便站腳不住，倒下身了去。一時權貴，都在內史府中出入。太平公主聽得宗內史府中，房屋華麗，便也和駙馬到府中來，飲酒遊玩，見屋中裝飾富麗，雕刻精巧，便嘆道：「看他行坐處，我輩一世虛生浪死矣。」

那武承嗣內託帝王宗室，外依薛師權勢，見宗內史如此豪華，便也指使他的爪牙，四處蒐括銀錢，在家中造著高大房屋，錦繡花園，養著許多姬妾，天天教著歌舞，十分享樂。每值盛宴，必把薛師父去請來，一同歡樂！那時武承嗣身旁有一個最寵愛的姬人，小名碧玉。

承嗣在府中行坐，便帶著這姬人，寸步不離左右。這姬人面貌，果然長得十分美麗，但她終日低著粉頸，雙眉微蹙，默默地不言不笑。承嗣越是見了美人顰態，覺得可愛，便出奇地拿這碧玉寵愛起來。

誰知美人命薄，那天薛懷義到武府中來赴席，一眼見了這碧玉姬人，便老實不客氣，向武承嗣索取，武承嗣如何肯舍，兩人在當筵，語頂撞起來。

薛懷義喝一聲，把這娃娃抱去。便有十多個武士上去，為頭的一個，輕輕地把碧玉背在背上，轉身便走，其餘的拔出刀劍來，擁護著，且戰且走，一場歡筵，變作了戰場，殺得杯盤滿地，血跡斑斑，這碧玉終被薛懷義抱去府中受用了。

可憐這碧玉原是右司郎中喬知之家的婢女，那喬知之長得少年美貌，碧玉原是喬知之母親——喬老太太身邊的侍女，不但長得容顏絕世，且輕歌妙舞，蕩人心魄。和喬知之做著伴，也解得吟詠之事，喬知之十分寵愛她。碧玉也是有心於公子的，他兩人背著老太太，說不盡的恩情軟語，輕憐熱愛。只因這碧玉，不是平常婢女，不甘於媵妾之列，便是喬知之也不忍把這絕世美人，充列下陳。當時也向他老母求著，要娶碧玉做夫人。

這老人因為婢做夫人，有辱門楣，便不許他。喬知之見不能娶得碧玉，寧願終身不娶，潔身守著，那碧玉也寧願終身不嫁。

不知怎的這碧玉的美名兒，傳入武承嗣耳中去，便借教姬人歌舞為名，把碧玉誆進府去，強迫汙辱了碧玉的身體，從此碧玉便做了武承嗣的姬人。在碧玉受了這奇恥大辱，原不難捨身一死，但想起喬公子的海樣深情，便也只得忍耐著，希望天可見憐，或有團圓之一日。因此她終日含顰默默，真是滿懷愁情無可訴。不想這美人命中，魔蠍未退，竟又遭薛懷義用強劫去。

這訊息傳到喬知之耳中，便不覺悲憤填膺，吟成一首《綠珠怨》，悄悄地託人寄給碧玉。那詞兒道：

石家金谷重新聲，明珠十斛買娉婷；
此日可憐偏自許，此時歌舞得人情。
君家閨閣不曾觀，好將歌舞借人看；
意氣雄豪非分理，驕矜勢力橫相干。
辭君去君終不忍，徒勞掩袂傷鉛粉，
百年離恨在高樓，一代容顏為君盡。

碧玉得了這首詞兒，在暗地裡痛哭了三日三夜，不食三晝夜，悄悄地在後園投井而死。薛懷義從井中撈起碧玉的屍首來，在她裙帶兒上搜得了知之的詞兒，不覺大怒！便喝令他手下的御史官，誣告喬知之謀反。把知之捉去，在南市殺死，又查抄家室。這喬老夫人，因此受驚而死。武承嗣因失了這愛姬，便也把這薛懷義恨入骨髓。

這薛懷義夜夜伺候著女皇帝，尋歡作樂，不論花前月下，酒後夢裡，只是女皇帝興起，薛懷義便須鞠躬盡瘁地服侍著，得女皇帝歡心而後已。這位則天皇帝，年紀雖已有望五，只以平日調養得宜，又是天生麗質，越發出落得花玉容貌，鷹隼精神，每日和這薛懷義糾纏不休。這薛懷義精力卻漸漸衰敗下來，每日出宮來，總是弄得精疲力盡，棄甲曳兵而逃。因此懷義常常推說是修練，躲在白馬寺中，不敢進宮去。如今見了這溫馨柔媚的碧玉，比那驟雨狂風似的則天女皇，便大有精粗之別，劫進府來，正想細細領略，不料曇花一現，美人物化，薛懷義心中愈覺痛苦不堪，因此宮廷的職務，便略略放棄。則天女皇帝也因貪戀歡愛，不避風露，御體便略略有幾分不快，連日傳御醫請脈服藥，病勢終不見輕退。內府官忙張起來，奏請皇帝下旨，傳榜天下，訪尋名醫。

這時恰巧武承嗣府中，出了一樁風流案件。原來武承嗣府中，養著許多清客，有能吟詩作賦的，有彈棋作畫的，也有能醫卜星相的。就中單說一個沈南璆，長得清秀面目，風流體態，只因深明醫藥，武承嗣便把他留在府中。女眷中有傷風頭痛的，得沈南璆醫治，便一劑而愈，因此武承嗣一班姬妾們，交口爭頌，稱他是沈仙人。

不知怎的，這沈南璆和武承嗣的一位寵姬，名佩雲的，在診病的時候，兩人眉來眼去，竟暗地裡結下露水恩情，常常瞞著武承嗣的耳目，在花前月下，暢敘幽情。這一晚合該有事，武承嗣因天氣奇熱，便悄悄地起身來，在中庭徘徊著，隔著花陰，便見沈南璆和姬人佩雲。在月下摟抱求歡。

武承嗣不覺大怒！趦進臥室去，從壁上拔下寶劍，直趕上前去，可憐一對痴男女，見劍光閃閃，頓時嚇得魄散魂飛，衣裳倒置。

那佩雲袒著酥胸，沈南璆露著身體，武承嗣藉著月光，一眼看見他形體十分偉大，便頓時心生一計，喝令沈南璆把衣服穿起，又把手中寶劍遞給沈南璆，逼著他把佩雲殺死。佩雲原是南璆私地裡結識下的情人，他兩人背地裡也不知說過多少海誓山盟，如今卻被武承嗣逼著要殺死他的愛人，叫他如何下得這毒手。看看那佩雲，跪在地下，不住地叩頭，雲鬢散亂，玉肌外露，沈南璆也跪下地來，替佩雲求著，這時早已哄動了府中的侍衛，各各掛著佩刀趕來，把這沈南璆團團圍住。武承嗣從內侍衛手中奪得佩刀，拿刀夾逼著沈南璆。那沈南璆，看看自己性命，危在呼吸，便橫著心腸，閉眼舉著刀，向佩雲夾頭夾臉地斬去，只聽嬌聲慘呼著幾聲救命，早已似殘花萎地一般死了。

沈南璆見殺死了佩雲，知道自己的性命也是不保，便連連向武承嗣叩著頭。那武承嗣一把揪住了沈南廖的衣領，走進密室去，不知說了些什麼。當夜沈南璆在密室裡監禁了一夜。第二天武承嗣便帶著沈南璆進宮去，朝見則天皇帝，奏說沈南璆深明醫理，請留在宮中，為陛下治病。這沈南璆絕處逢生，又得親近御體，真是出於意料之外，他便竭盡心力，把則天皇帝的病醫治痊癒。則天皇帝閱人甚多，見沈南璆形體十分偉大，便深合了御意，從此便把沈南璆留在宮中，早晚應用。

從來說的舊愛不敵新歡，則天皇帝新寵上了這個沈南璆，對於薛懷義，便自然冷淡下來，再加薛懷義精力漸漸地不濟，如何比得那沈南璆，生力軍一般地勇猛精進。

這薛懷義見失了女皇帝的寵，心中萬分怨恨，偷偷地進宮去，在天堂下放一把火，時在深夜，風勢又大，火夾風威，烘烘烈烈地燃燒起來，夜靜更深，又沒有人來救火。只一夜工夫，把那頌德天樞，連帶明堂，燒得乾乾淨淨。則天女皇帝，正帶了沈南璆在南宮中夜宴，左右進宮去奏報，說薛懷義燒了天堂，毀了明堂，便有拾遺劉承慶上來奏請輟朝停宴，以答天譴。則天皇帝正疑惑不決，便有侍臣姚璹奏稱明堂乃布政之所，非宗廟可比，況此係人禍，並非天災，不應妄自貶損。則天皇帝應了姚璹之奏，便依舊飲酒作樂。

在吃酒中間，則天皇帝便說起要處死薛懷義，只因薛懷義權勢煊赫，黨羽眾多，一時不便下他的手。沈南璆便獻計說：「可如此如此，定擒住了這薛懷義。」

則天皇帝依了沈南璆的主意，第二天便下了一道密旨給太平公主，令她用密計擒捉薛懷義。這薛懷義和太平公主，原也有過私情的。如今見公主打發來喚他，他正因一肚子冤屈，無處告訴，便也不帶僕從，單身一人，到公主府中去。公主把他喚進內室去，這懷義原是走慣公主內室的，便也不遲疑，大腳步向內室走去，一眼看見公主打扮得十分美麗，坐在床沿上，桌上陳設著酒菜，好似專待懷義去赴宴一般。

懷義一腳跨進房去，就桌邊坐下來，正要訴說皇上近日厭棄他，寵上了姓沈的話，只聽得太平公主喝一聲來，便見有二、三十個壯健女僕，一擁上前，伸出四、五十條粗壯臂膊，用死力把懷義的身體抱住。懷義原是氣力強大的人，只因這幾年來，陪伴著女皇帝，把身體淘虛了，雖說一個男子，如何抵敵得住二、三十個有蠻力的女子，早已渾身被他們用粗麻繩縛住，動彈不得了。懷義到此時，才知中了公主的計，便也破口大罵說：「你們母女，一對淫婦，如今愛上了別人，竟忘記了俺從前的恩情。」

那話愈說愈不好聽。公主喝令拖出外院，交駙馬爺處死他，便有十多個壯丁進來，把懷義捆綁在槓子上，和抬豬玀一般的，扛了出去。那建昌王武攸寧，高坐堂皇，喝問他燒毀天堂、明堂的罪。薛懷義一一招認，他雖被綁，倒在地下，還是仰天大罵著武則天淫賤婦人。建昌王大怒！喝令武士，用亂棍打去。可憐薛懷義被打得起初還在地上亂滾亂嚷，漸漸的皮開肉綻，腦漿進出，他瞪著兩眼死去了。建昌王便命用一輛破舊車兒，載著懷義的屍身，送還白馬寺去。那白馬寺僧眾，見薛師父已死，便各各逃散。朝廷官員，十有七、八，出在懷義門下的，一得了這個訊息，便也立刻煙消雲散，逃得影跡全無。

這薛懷義的屍身，丟在破車子上，日曬雨打，經過六日，還不見有人來收殮，後來還是白馬寺裡的一個燒火和尚，偷偷地去拿這腐爛屍身埋葬了。那鄂國公宏大華麗的府第，則天皇帝下旨，賜與御醫沈南璆住了。欲知後事如何，且聽下回分解。

薛懷義力竭身死　張易之身強中選

薛懷義在則天皇帝宮中，極得寵幸，赫赫一世，炙手可熱的人。只因強占了武承嗣的愛妾，武承嗣一股酸勁，無可發洩，便借沈南璆偉大的形體，去獻與則天皇帝，離間了薛懷義的寵愛。薛懷義正在精疲力盡的時候，如何能與這養精蓄銳的沈南璆爭寵。這則天皇帝，得了沈南璆的好處，自然把個舊寵，丟在腦後。薛懷義平日恃寵而驕，飛揚跋扈慣了，如何肯忍這一口氣，便做出這火燒天堂、明堂，反叛的事體來，弄得身死在亂棍之下，這都是在武承嗣計算之中。如今武承嗣看看已報了薛懷義的仇，但沈南璆奸汙了他的姬人，反得則天皇帝的寵愛，因禍得福，武承嗣也是不甘心的，便在背地裡暗暗擺布，也要謀去沈南璆的性命。

這時則天皇帝，因薛懷義燒毀了天堂、明堂，特再發內帑三百萬，令沈南璆監工，改造天堂、明堂，用了十多萬人工，經兩年工夫才造成，號稱通天宮。則天皇帝特下詔改元萬歲通天，在通天宮內，鑄銅造成九州大鼎，分四隅排列著；又鑄銅成十二生肖，如子鼠醜牛一類，每一年肖，高一丈，按照方位，安置在通天宮外，這個工程完畢以後，則天皇帝便賜沈南璆在仁壽宮，領慶功宴。

沈南璆這時，得了女皇帝的寵幸，正與高彩烈的時候，忽然在當筵，口吐狂血不止，內監忙把他扶回府去，召大夫醫治，已是來不及，延到黃昏時候死去。這是武承嗣買通了值宮太監，趁不防備時候，把毒藥放入沈南璆的酒杯裡，沈南璆無意中服下，中毒而死。

武承嗣也算報了心中仇恨，只是則天皇帝，一時失了寵愛的孌臣，心中未免鬱鬱不樂！雖然太平公主，物色了幾個奇偉的男子，送進宮去，但都是不中用的。這時則天皇帝，深怕人心不服，有人謀反，便派了許多內監，到各道去查察，見有先朝舊臣，或是唐室懿親，她都想法遣刺客去，暗殺的暗殺，捉將宮裡去，處死的處死。又另派存撫使到各處去招訪賢才，凡有願做官吏的，只須自己報名，不問智愚賢不肖，悉加擢用；高的給他試給事中舍人的官，次一等的也給他員外郎御史拾遺補闕校書郎的官，又添了許多行御史的名目。

當時民間有一種歌謠說道：「補缺連車載，拾遺平斗量，欋椎侍御史，脫腕校書郎。」有一位舉人，名沈全交的，便續下二句道：「曲心存撫使，昧目聖神皇。」被當時那班御史知道了，便大怒！一齊上表彈劾這位舉人。則天皇帝笑說道：「只須卿輩不濫，何恤人言。」

過幾天有一位御史臺令史，騎著驢子，走進朝門來，有一群行御史，聚集在門裡，那令史也不下鞍，騎著驢子向眾人中衝過去。那許多御史大怒！齊聲喝令拉下來打，這令史卻不慌不忙，下騎向眾人一揖說道：「今日之過，實在此驢，乞先罵驢，然後受罰。」轉身便擎著鞭子，向驢子說道：「汝技藝可知，精神極鈍，何物驢畜，勇於御史裡行。」令史這個話，明明在那裡辱罵這班裡行御史，罵得他們都啞口無言。這令中官卻仰天大笑著去了。

則天皇帝又最愛禎祥，不論臣民，有報告吉祥之兆的，便從重嘉奬。當肘有一位拾遺官，名朱前疑的，奏稱昨夜得一夢，夢見陛下，發白更黑，齒落更生。則天皇帝大喜！便立刻下旨，給他升官，做都官郎中。司刑寺中有死囚三百人，秋分後一齊要綁赴刑場斬決，內中有一個有智謀的囚犯，用金錢買通了牢頭節級，在牢門的圍牆地面上，悄悄地去做下一個五尺長的大人足印，到半夜時分，那三百個囚徒，一齊大聲叫喊起來。管牢內使，聽得了，忙進牢來查問。那三百人齊說：「見一聖人，身長三丈，面作金色，口稱汝等俱是冤枉，不須害怕，天子萬年，便能赦放汝等。」

那內使官聽了不信，便帶領十多個獄卒，擎著火把，到院子裡各處去照看，在西面牆腳下，果然照見一巨大足印。第二日內使不敢隱瞞，便去奏明女皇則天皇帝，便下詔把這三百囚徒，一齊釋放了，又改元稱大足元年。碉口時又有——個襄州胡延慶，得一大龜，龜腹上有紅色天子萬年四字，認作是吉祥之兆，便用盆水養著，送進宮來，有鳳閣侍郎李昭德，見龜腹之字，似系假造，拿小刀在龜腹上刮著，四字一齊落下來，原來是拿紅漆寫上的。便奏請皇上，定胡延慶以欺聖之罪。則天皇帝下詔，非但不加罪，反賞胡延慶百金，說事雖不實，然彼本無惡意，因此四方假造禎祥的，京師地方紛紛皆是。則天皇帝，又命太監，教貓與鸚鵡同器而食，說是皇帝仁德，化及萬物，拿去設在朝堂上，令御史彭先覺在一旁監視著，百官見了，都跪稱天子萬歲。正誇示的時候，那貓兒忽伸出爪來，撲殺鸚鵡，咬而食之，則天皇帝老羞成怒，把監視的御史和調養的太監一齊打入牢中處死。

則天皇帝這時雖有二十六名近臣，個個都長得少年美貌，在宮中陪伴著尋歡作樂，但這班美少年，都是精力不濟，少有當得皇帝心意。皇帝在宮中，閒著無事，便和太平公主，安樂公主，長寧公主，上官昭容，一班宮眷，講騎射詩賦，消遣光陰。

這上官昭容，小名婉兒，她母親鄭氏，原是侍郎上官儀的妻子，只因上官儀有罪，將鄭氏沒入掖庭，高宗見鄭氏長得年輕貌美，便封為婕妤，十分寵愛。鄭氏進宮，不上三個月，但生下一個女兒來，取名婉兒。在婉兒未生以前，鄭氏夜得一夢，見一天神，手拿一秤，遞與鄭氏。鄭氏料想腹中，必是一個男子，將來必能秤量天下人才，誰知生下地來，卻是一個女兒，鄭氏心中甚是不樂。這婉兒面貌美麗，卻勝過她母親，自幼兒長成聰明伶俐，出世才滿月，鄭氏抱婉兒在懷中，戲問著道：「將來秤量天下文才的，可是你嗎？」

婉兒便應聲說是，從此高宗和鄭氏，都拿另眼看待她。婉兒年紀漸漸長大起來，出落得秀美輕盈，一顰一笑，自成風度，鄭氏十分愛重她。高宗崩時，婉兒年已十六歲，她母親早已去世。這婉兒善於修飾，畫眉貼翠，搔首弄姿。在十六歲上，便和中宗皇帝，偷上了私情，這時中宗初近女色，把個婉兒，寵上天去。待中宗即位，便封婉兒為婕妤，後又進封昭容。婉兒為人，十分機警，她見則天皇后威權一天大似一天，便百計獻著殷勤，終日在則天皇后跟前，承迎笑色。則天皇后，見她活潑機警，也十分愛她。後來中宗被廢，幽囚的在房州地方，只有韋后伴著中宗皇帝在幽囚地方，吃盡苦楚。這上官昭容，仗著則天皇帝的寵愛，在宮中反而權勢一天大似一天。

上官昭容，自幼兒愛讀詩賦，便學得滿腹文才，出口成章，因此昭容的舉止，越覺風雅可人。則天皇帝每日和她吟詠酬答著，言笑追隨，十分快樂。自從中宗廢黜，上官婉兒，便孤淒淒的，一個人住在宮裡。則天皇帝自己自有一班少年侍臣，終日調笑取樂，看婉兒冷靜得可憐，便拜婉兒為修文館學士，又選少年有文才的公卿。李嶠一班人，共有二十餘人，為修文館陪侍，每年召集官家子弟，赴修文館，考試文才。上官婉兒，充作主考，評定甲乙，居然應了天神秤量天下人才的夢。那一班少年公卿，個個都長得瀟灑風流，終日陪侍著上官昭容，在宮中游宴吟詠。從來才子愛佳人，如今佳人也愛才子，漸漸地在花前月下也幹出許多風流事體來了。

則天皇帝又十分聽信昭容的話，外官有事去求著昭容，拿整千整萬的銀錢去孝敬她，只須昭容略略在皇帝跟前說幾句話，這事體便求下來了。因此上官昭容手頭，很是富足，她見有年少俊美的兒郎，便留養在宮中，拿綾羅珍寶打扮著，那兒郎一個個都臉上敷著粉，唇上點著胭脂，在昭容跟前，作嬌獻媚，昭容看了，甚是歡喜！賞給他們許多銀錢，從此成了風氣。

那文武百官，一個個臉上敷起粉來，打扮得伶伶俐俐。這上官昭容既有了勢，又有了錢，中宗遠貶在房州，跟前又沒人管束，便在京師地方建造起高大的府第來，稱作學士第。上官婉兒在宮中府中，早晚出入，每一出來，必有一群少年兒郎，在車後跟前，宮中府中，晝夜調笑，毫無避忌。所有朝中文學官員，都由學士第封拜，用斜封墨敕授官。

上官昭容又與安樂，長寧兩公主，十分相投，兩位公主，都招有駙馬，出入不能似昭容一般自由，因此兩公主在外面覓得了幾個少年男子，便都寄藏在學士府中，有時兩公主藉著赴昭容宴為由，便到學士府中來，興歡作樂，徹夜不休。有時則天皇帝高興，也移駕到學士府中來，飲酒作樂。昭容見皇上駕臨，便把府中藏著的兒郎，一齊打扮著，獻出來陪侍皇帝筵宴。

則天皇帝揀幾箇中意的，帶進宫去受用。誰知那班兒郎，都是不中用的，伺候不到十天，便一個個瘦弱得好似癆病鬼一般，則天皇帝看他們不中用了，便一齊去拋在後宮小屋子裡，果然一個一個成了癆病死去。則天皇帝吩咐把屍身去丟在昆明池裡，可憐這昆明池中，也不知丟下多少少年男子的屍身。每有那伺候則天皇帝，不如意的，便立刻綁著，拋下池去淹死。後來玄宗朝開濬昆明池，只見池底堆著白骨，有如山陵，這是後話。

如今再說則天皇帝，要選一個如意的郎君，帶進宮去的，已有一百多個，卻沒有一個趕得上從前薛懷義和沈南璆一般的本領。這一天則天皇帝，帶著上官昭容和安樂、長寧兩公主，到西郊圍獵去，從土山下奔出一頭牯牛來，東衝西突，這牯牛自帶毒箭，還兀是不倒，看看撲上御車來，那左右御林軍士，正舉槍攔著，忽見斜刺裡跳出一對少年勇士來。看他也不帶槍，不用刀，只是赤手空拳地奔上去。一人伸出一隻手來，攀住牛角，把牛頭向下一按，那牛膝一屈，端端正正地向則天皇帝跪倒。這兩個勇士，也一齊低下脖子去跪著。則天皇帝傳旨，命兩個勇士，抬起頭來。則天皇帝用鳳目向那勇士臉上看去，不覺鳳心一動，原來這兩個勇士，一般長得眉清目朗，面白唇紅，又看他身體也十分魁梧，猿臂狼腰，扎縛得十分俊美。

則天皇帝問兩勇士名姓，一個年紀略大的勇士，報名說：「小臣張易之見駕。」

一個年紀略幼的，接著報名說：「小臣張昌宗見駕。」

聽上去聲如洪鐘。

則天皇帝十分中意，當即罷獵，帶著張氏弟兄二人進宮去，一夜歡娛，居然深合聖心。當即傳諭下來，拜二張為散騎常侍，終日追隨聖駕，寸步不離。則天皇帝因寵愛二張到了十分，便喚張易之為大兒郎，張昌宗為小兒郎。這時易之年紀二十四歲，昌宗二十二歲，正是年富力強，又是面貌俊美，力大如神，二人輪流伺候著女皇帝，深得女皇帝的歡心。這張易之、昌宗弟兄二人，自幼兒沒了父母，在京師地方，趕車為生，易之行五，昌宗行六，他同伴中呼他為張五兒，張六兒。

後來安樂公主嫁與武崇訓，他弟兄二人，選入馬府去，當一名御人，是上官婉兒去探望安樂公主，見他弟兄二人，知是有真本實力的，便向安樂公主要了過來，養在學士府裡，當一名廄長，夜間一般也去伺候著昭容的起居。如今在表面上看去。張氏弟兄都伺候上了則天皇帝，但一塊兒在宮中，有空的時候，他弟兄二人，也偷偷地到昭容宮中去，敘著舊情。

易之、昌宗二人，在朝中仗著皇帝和昭容的威勢，不把文武官員放在眼裡，那文武百官，個個都趕著他弟兄，脅肩諂笑，十分逢迎。大家喚易之為五郎，喚昌宗為六郎，從此五郎、六郎，喚順了口，滿京城官民，都在背地裡喚起五郎、六郎來，則天皇帝把五郎、六郎二人，打扮成仙郎一般，羽衣金冠，翩翩如仙。

則天皇帝下詔特立控鶴監，後又改為奉宸府，封張易之為府令，從此貴盛無比。弟兄二人，偶出宮來，滿朝百官見了，便遠遠地拜倒在地，直待輿馬過去，才敢起立。每到一處，那王公大臣，一齊搶著上去，替他捧鞭接鐙。

則天皇帝每召武氏宗室，在內殿賜宴，易之和昌宗二人，吃酒到醉醺醺地，和諸武嘲謔，喚著好兒子，好奴才，那武氏子弟不以為辱，反以為榮。則天皇帝把易之、昌宗二人，留在宮裡，怕外人說閒話，便下詔令易之、昌宗和李嶠三人，修《三教珠英》，在內殿索性連李嶠也留在宮裡，推說是修道，掩住外人的耳目。

皇帝和上官昭容二人，沒日沒夜地在寺觀中尋歡作樂。武三思趕著湊趣兒，奏稱張昌宗原是列仙王子晉後身。則天皇帝便使昌宗穿著仙衣，吹著笙。又有武承嗣獻一隻木鶴，則天皇帝命昌宗騎著在庭中翩蹮起舞。武三思第一個獻詩頌美，說張昌宗仙骨玉容，極盡諛媚。當時文學之臣，群起附和，一時百官獻的詩，不下數百首，昌宗分訂成本，用金匣兒藏著。一時權貴，都奔走張氏弟兄門下。

昌宗有一個弟弟名昌儀，則天皇帝拜為洛陽令。在外賣官鬻爵，求富貴的，只須去求著洛陽令，沒有不靈的。當時有一個選人姓薛的，拿黃金五十兩，押著名帖，投在昌儀門下，求註冊為郎官，昌儀收了黃金，便拿名帖交給天官侍郎張錫，隔了多日，張錫把那姓薛的名帖丟失了，四去找尋也找不到，不得已再去問昌儀，那昌儀說道：「誰能記得這許多名姓，只須是薛的，便給他註上冊子便了。」

張錫諾諾連聲地退回衙署去一查，姓薛的共有六十餘人，張錫沒奈何，只得替他一齊註冊為郎官。昌儀的權力，也有如此大，那易之和昌宗權力的大，也便可想而知了。昌儀平日起居服用，十分奢侈，出入警衛，竟和王公一般。有一天昌儀乘輿回府來，見府門上有人題著一行字道：「一絇絲能得幾日絡。」

昌儀便取筆接寫在下面道：「一日即足。」

因此人人背地裡傳說：「張家弟兄勢力不久的。」

但這時昌宗和易之二人的勢炎，卻是炙手可熱，易之、昌宗二人，仗著自己美貌，在宮中隨處姦淫，凡有年輕美貌的宮女，卻暗暗受他弟兄的欺侮，忍辱含垢的，不敢聲張。他弟兄二人，終是敷粉塗朱，衣錦披繡，許多姓武的子弟，終日陪侍他遊玩宴樂。他弟兄每到高興的時候，便把皇帝賞賜他的各種珍寶，便也轉賞與武氏子弟，那武承嗣、武三思、宗楚客、宗晉卿，一班親貴都候在他弟兄門下，獻媚爭諛。有一天張氏弟兄在府中荷花池畔宴客，眾人要討他弟兄的好兒，齊說六郎貌似蓮花，武三思獨大聲說道：「諸位錯了！不是六郎貌似蓮花，乃是蓮花貌似六郎耳。」

昌宗聽了，不錯！呵呵大笑，便把手中一個則天皇帝賜與的玉如意，賞給了三思，三思急忙趴下地去叩謝。張易之因住在宮中，十分拘束，便在宮門外造一府第，中有一大堂，十分壯麗，用工費在六百萬以上，拿紅粉塗壁，文柏帖柱，四處飾著琉璃沉香。新屋初成，便有鬼在壁上題著安道：「能得幾時。」

易之令人削去，第二天看時，依舊寫在上面，易之又令人削去。這樣連削了六、七次，那鬼卻寫六、七次，不肯罷休。易之惱怒起來，便親自去接寫在下面道：「一月即足。」

從此卻不見鬼書了，後來易之和他弟弟昌儀，談起此事，昌儀也說出他大門上鬼題著字，弟兄二人，十分詫異，但是他弟兄仗著則天女皇帝的寵愛，也毫不畏懼。則天皇帝又久居宮廷，深覺悶損，易之和昌宗兩人，便乘機說皇上造興泰宮於壽安縣的萬安山上。易之和昌宗二人，拜為大總管，監督工程，從長安到萬安山上，沿途一百里地，開著康莊大道，路旁種著四時不斷的花木，用黃磚填著路，鋪出龍鳳花紋來。路旁五里一亭，十里一閣，畫棟雕樑，十分華麗，那座興泰宮越發造得層樓傑閣，高出雲霄。欲知後事如何，且聽下回分解。

玉臂觸處情心動　美貌傳時贅婿來

那座興泰宮，費去百萬黃金，招募二十餘萬人夫，經過三次春秋，才得造成。則天皇帝下旨，稱張氏兄弟督造有功，便拜易之為鎮國大將軍，昌宗為護國大將軍，定在大足四年正月朔，駕幸興泰宮。到那時，輿馬壓道，旌旗蔽天；則天皇帝坐著五鳳黃輿，張易之、張昌宗在左右騎馬護衛著。一路鼓吹護送。那亭閣中，設著妝臺錦榻；則天皇帝每過一亭一閣，便要下輿，更衣休息。只有張氏兄弟二人，陪侍在身旁，和女皇帝說笑著解悶兒。這百里長途，行行止止，足足走了五天，才到了萬安山。那行宮門外，夾道早已人頭濟濟，文武百官和宮嬪綵女混夾在一起，接候聖駕。

則天皇帝下車來，只聽得一聲萬歲，好似山崩海嘯一般；皇帝舉目看時，只見山抱翠擁，中間高高地矗起一座金碧輝煌的宮殿，心中頗覺合意。當時百官們簇擁著女皇帝進了寢宮，傳下旨意來，令眾官員散去，只留下張易之、張昌宗兄弟二人，在宮中陪侍。則天皇帝看看御床上鋪設得十分香軟，便除下盛妝，一橫身向御床上倒下去，自有易之、昌宗兄弟兩人，上去服侍。則天皇帝住在興泰宮裡，十分舒適，便縱情歡樂，任意流連。一住三年，也不想迴鑾。朝廷大事，全交給宮中的太平、安樂、長寧三公主辦去。

則天女皇帝今年七十六歲了，只因生成肌膚潔白，骨肉豐腴，又是善於修飾，望去還好似一位中年的美貌婦人；精力又過分的強盛，有這銅筋鐵骨的張易之、張昌宗兩兄弟日夜伺候著，還是精神抖擻的。如今在這離宮裡，百官耳目較遠，便也盡情旖旎，徹膽風流，公然帶著張氏兄弟二人，同起同臥。張氏兄弟被皇帝幽禁在宮裡，三年未曾出宮門一步，便覺萬分氣悶；則天皇帝便帶著他兄弟二人，封嵩山，去禪少室，冊立山神為帝，配為後。

那嵩山上有一株大槲樹，便置一金雞在樹梢，封為金雞樹，刻石在嵩山腳下，敕地方官四時祭著樹神。又在嵩山下圍獵，盡歡而回。不料當夜則天皇帝在離宮中，便得了一夢：夢見一隻白色鸚鵡，站在當殿；忽一陣狂風，把鸚鵡的兩翼一齊吹斷。醒來十分疑惑，當即把夢中的情況，對易之、昌宗兩人說知；他兄弟兩人，也圓解不出主何吉凶。

恰巧第二天丞相狄仁傑從長安來，奏請皇帝從早迴鑾。則天皇帝便把昨夜的夢境，問狄丞相是主何吉凶？狄仁傑便奏對說：「武，是陛下本姓；兩翼，是陛下的兩子。如今陛下兩子幽囚在外，便好似狂風吹折了鸚鵡兩翼；伏望陛下下詔召回二帝，以全天下臣民之望。」

這時則天皇帝因自己年老，心中頗想立武承嗣、武三思為太子，振興武氏宗族。如今聽狄丞相如此說法，便趁此把欲立武承嗣或武三思為太子的意思，對狄丞相說。狄仁傑聽了，忙趴在地下，連連碰著頭奏道：「太宗櫛風沐雨，親冒鋒鏑，以定天下，傳之子孫；大帝以二子託陛下，陛下今乃欲移之他族，無乃大違天意乎？況姑侄比較子母，誰疏誰親？陛下立子，則千秋萬歲後，配食太廟；立侄，則自古未有侄為天子，祔姑於廟者，願陛下詳思而熟慮之。」

則天皇帝聽狄仁傑說到未有侄為天子祔姑於廟一句話，便不覺心中一動，半晌，才說道：「此朕家事，卿勿問可也！」

狄仁傑又亢聲奏道：「帝王以四海為家，四海之內，何者不為陛下家事？況元首股肱，義同一體；臣備位宰相，豈有事可不問耶？」說著，又連連叩頭道：「願陛下速召還廬陵王，使母子團聚。」

則天皇帝聽了，低頭半晌，說道：「卿且退，朕自有主張。」

當時則天皇帝退回寢室，想起昨夜一夢，又想起狄丞相的話，心中忐忑不定，便召張易之、昌宗二人進宮去商議。那張易之聽說則天皇后要迎回廬陵王，知道這廬陵王一回朝，自己便無立足之地了；當時便竭力說：「陛下已得罪唐朝宗室，不可再立唐嗣，以自取不便。」

則天皇帝心想易之的話卻很有道理，便又把召廬陵王的意思擱起了。

只因則天皇帝帶著易之、昌宗二人在離宮中貪戀風月，晝夜不休，寒暑不避；到底年紀大了，身體漸漸地有些支援不住了，便下詔迴鑾。到得京師，那病勢一天一天地沉重起來。這時有一個大臣，名吉頊的，與張易之、張昌宗同在控鶴監供奉；便悄悄地勸著張氏弟兄，說道：「公兄弟貴寵，天下側目；今陛下春秋高，非可久恃，不立大功，何以自全？」

昌宗被他說得害怕起來，忙向吉頊問計，吉頊說道：「天下未忘唐德，公等何不乘機勸陛下迎歸廬陵王？他日皇帝念公等迎立有功，則不獨可以免禍，且可以長保富貴。」

昌宗聽了這番話，心中大悟，忙去和他哥哥易之商量。

第二天弟兄二人，一塊兒進宮去；正打算勸諫則天皇帝迎回廬陵王，誰知才走到宮門口，卻被武三思率一群校尉，上前來攔住。這易之和昌宗弟兄二人，在宮中出入慣的，如今見三思不放他進去，便覺十分詫異。問時，原皇帝聖躬不豫，奉旨在宮門檢查，無論何人，不許放入。這武三思平日見了張氏弟兄，總是卑躬屈節的；今日無端踞傲起來，其中必有變。

易之和昌宗弟兄二人，急退回府中，召集了一班平日的心腹，商量大事；內中有一個黃門侍郎，名餘日通的，他宮門中的訊息最靈，當下報告說，有人也向武三思獻計，勸他出面迎回廬陵王，為日後立功地步，他又打聽得主公也有迎回廬陵王之意，只怕主公奪了他的頭功，因此先下手占住宮門，是要隔絕主公和聖上之意。

易之、昌宗弟兄二人聽了大怒，憤憤地說道：「三思這小狗！他平日拜俺做幹爺，捧唾壺，捧溺器地伺候著；是俺看他可憐，在聖上跟前保舉他，到了如今富貴的地步，不想他如今反咬起主人來。俺不殺這小狗，誓不為人！他還不知道俺便是當今真正的皇上呢！俺如今不迎廬陵王，誰也奈何俺不得？俺們今日索性反了吧！」

他弟兄二人說一聲反，眾人也齊聲說反了。當下易之和昌宗二人，派定分兩支大兵，一支兵直撲宮門，一支兵把守外城。

誰知他兄弟二人正調兵遣將的十分忙碌，那武三思也不弱。則天皇帝看看自己抱病已久，想起從前狄仁傑一番勸諫的話，很是有理；自己又得了一個鸚鵡折翼的夢，很是懷疑。當與太平公主、上官昭容、安樂公主、長寧公主商議，意思也想把盧陵王接回京師。那幾位公主，都有骨肉兒女之情，也極願把盧陵王迎回宮來，一塊兒住著，只是不敢直說。恰好在這時候武三思進宮來，也主張去迎接盧陵王回宮。則天皇帝被你一句我一句，說得心活了，便下旨召盧陵王與韋妃俱回京師侍疾。

武三思得了聖旨，急急出宮，與丞相狄仁傑、張柬之、崔玄暐一班大臣商議；正商議的時候，忽報說張易之、昌宗二人密謀起事。狄仁傑原與羽林將軍李多祚一班武將交好，當下修成密書貪夜偷出京城去求救；一面由武三思親自趕赴房州去，迎接盧陵王。

這盧陵王自從高宗弘道元年十二月奉遺詔，在柩前即位，稱中宗太和聖昭孝皇帝；轉眼皇太后武氏臨朝稱制，改元嗣聖元年，二月，被廢為盧陵王，與皇后趙氏，妃韋氏三人，幽囚在一室中。後趙皇后被則天女皇帝提進宮去，因吃苦不起，自己餓死，便改囚盧陵王與韋妃在均州地方。隔五年，又改囚在房州地方。一共十二年工夫，王與韋后二人，一室相對，擔驚受怕；在患難之中，恩情甚篤。

這時則天皇帝每以殺戮唐朝宗室為事，盧陵王的弟兄叔伯，都已殺盡。每一殺人訊息傳來，心膽都碎。盧陵王在幽囚的地主，每見有敕使從京師來，總認作是來賜死的，便抱著韋妃，嚎啕大哭。有時急得無路可走，便要先尋自盡；每次總得韋氏百般勸慰，又私自在使臣前獻些殷勤，送些禮物，因得保全他夫婦二人的性命。盧陵王常對韋妃私地裡立著誓道：「異時若得見天日，當唯卿所欲為，不相禁止。」

如今聽說武三思又傳著聖旨下來，盧陵王一想，這武三思近來竭力謀為太子，正是自己的對頭人；此番得了聖旨，一定是來取自己的性命了。這一急，急得他只拉住韋妃的手兒，頓著腳哭著；韋妃也被他哭得沒了主意，一眼見武三思已走進屋中來了，口稱王爺王妃接聖旨。韋妃到了此時也顧不得了，急搶上前去，跪倒在地，伸著兩條玉臂，攀住武三思的手，不教他宣讀聖旨。

這武三思原也是好色之徒，他手尖兒觸著韋妃的玉臂，滑膩香軟，不覺心中一動，低頭看時，見她肌理瑩潔，忍不住伸手去握著韋妃的臂兒，扶她起來。口稱王妃大喜，是咱家在萬歲跟前竭力勸諫，好不容易，挽回天心，如今聖旨下來，召王爺和妃子作速回京，怕不有將來重登帝位之望呢。盧陵王聽了武三思的話，只是不信；直待開讀了聖旨，這才樂得他夫婦二人，笑逐顏開。

當下便留武三思在府中張筵痛飲，不敢怠慢，當日打點起程；在路上武三思把計除張易之兄弟的意思說了。盧陵王心想，如今母后老病，此番進京去，正要下一番辣手，警戒奸佞。當時在路上，便下了一道手諭，給羽林將軍李多祚，令他通力合作，入清帝側，諭中有格殺勿論的話。令武三思先馳赴軍中，李多祚帶領三萬人馬，直攻玄武門。張易之也指揮城中御軍，閉門抵敵。武三思令人把盧陵王手諭，向城中兵士高聲宣讀；那兵士們原心向著唐室，一聽說盧陵王駕返京師，便大呼萬歲，一鬨散去。李多祚揮兵直入。張氏兄弟退入迎仙院；兵士們把一座迎仙院密密圍住，爬牆進去，易之、昌宗二，雙雙被擒。

這時盧陵王和韋妃已到城下，文武百官，齊赴郊外迎駕，隨把易之、昌宗二人綁赴軍前，盧陵王傳諭斬首，武三思便親自動手，把張氏弟兄殺死，然後盧陵王擺駕進宮。

則天皇帝一聽說盧陵王殺死了她心愛的易之、昌宗二人，不覺一驚；原是病倒在床上的，便要支撐著起來，左右上去扶持，只因病熱沉重，連坐也坐不住，只得依舊睡下。當有一位親信大臣，名桓彥範的，進宮來勸諫說：「張氏弟兄，在外作惡多端，如今既已殺死。陛下也可不必置念。陛下春秋已高，聖體多病，宜及早退位休養，請下明旨，傳位與廬陵王。」

則天皇帝聽了，也不作聲。桓彥範忙去寫了聖旨，就則天皇帝榻前，用了玉璽；恰巧廬陵王與韋妃進宮來朝見，則天皇帝便親手把傳位的詔書，遞給廬陵王。王和妃子，謝過了恩；武三思和桓彥範一班大臣，簇擁著廬陵王登通天宮即位，仍稱中宗皇帝，受百官朝賀，大赦天下。唯薛懷義、張易之、張昌宗等同黨，罪在不赦。凡為酷吏周興、來俊臣所陷害的，一概昭雪。

則天皇帝徙居上陽宮，上尊號為則天大聖皇帝，復國號依舊稱大唐；每隔十日，皇帝率領后妃，及文武大臣，至觀風殿朝見母皇帝一次。則天皇帝直到八一一歲崩，改稱為則天皇太后，封韋氏為皇后。一時武三思、張柬之、李多祚、桓彥範一班大臣，結聯韋后、太平公主、安樂公主、長寧公主，內外把持朝政，大弄權威。

自從則天皇帝登位以來，民間便爭唱著一種苾挈兒歌，那詞句十分妖豔；後來則天皇帝寵幸張易之，易之小名苾挈，人皆大悟。到咸亨年間，民間又唱道：「莫浪語，阿婆嗔，三叔聞時笑殺人。」後來果然武后接位，孝和繼承為皇太子；阿婆便指武后，孝和行三，所以歌中稱為三叔。當時又有童謠雲：「張公吃酒李公醉。」

張公，是說張易之兄弟二人。唐朝天子原是姓李，李公醉，是說唐朝天下復興也。在龍朔年間，百姓間通行一種酒令道：「子母相去離，連臺拗倒。」

子母，是說酒盞和酒盤。在則天皇帝永昌年間，大殺唐氏宗室，有宮中宿衛十餘人，在清化坊飲酒行此令，有人去告密，十人一齊斬首。

後來廬陵王在房州幽囚，果然是子母相離。連臺拗倒，是說除去則天皇帝尊號。一切民間歌謠，都已應驗，當時則天皇帝已死，凡是姓武的，都革去官職；獨有武三思因殺張易之、張昌宗的功勞，又有上官昭容和太平公主在中宗跟前給武三思講好話，因此他的爵位愈高，在宮中自由出入，毫無禁忌。

又有武承嗣的次子，名延秀，尚安樂公主。安樂公主是韋后最小的女兒，中宗皇帝十分寵愛，官拜左衛中郎將，安樂公主原是韋后遷居房州的時候在半路上產生的，韋后在客店裡生產，萬分痛苦，又因安樂公主面貌長得十分美麗，便也十分寵愛她，自幼兒聽其所欲，不加禁止；凡有奏請，無不允許，因此漸漸地恃寵而驕，權侵天下。這時，中宗夫婦二人還幽囚在房州，安樂公主即留養在祖母則天皇帝宮中，只因她長得聰明伶俐，則天皇帝也十分寵愛。

那時，有一位武崇訓，原是武承嗣的侄兒，也便是延秀的從兄，年紀只長得安樂公主一歲，品貌卻是不凡，常在宮中出人。則天皇帝因是自己的內侄孫，便特別地寵愛他，常把崇訓留宿在宮中。這崇訓仗著自己年少貌美，又有祖姑袒護著，在宮中便偷香竊玉，和那班宮女鬧下許多風流案件，外面沸沸揚揚，竟說武崇訓上烝祖姑母，傳在則天皇帝耳中，覺得太不堪了，便把安樂公主指配與崇訓，以息浮言。

實在這個風流公子，和那位風流公主，早已待不得則天皇帝的諭旨，已在暗中勾搭上了。下嫁以後，不上六個月，已產下一位男孩兒來。這武崇訓精力過人，卻也伺候得安樂公主移心如意，夫妻二人，一雙兩好的，卻也過得安樂日子。

後來，有一位武延秀，是崇訓的從堂弟弟，年紀比崇訓還要年輕，面貌比崇訓還要美，崇訓只因看在弟兄分上，常常領著延秀進駙馬府來遊玩。這時，安樂公主和延秀是嫂叔的名義，一家人也不避忌，常常在一塊兒說笑玩耍。這延秀又長得一身的風流家數，見到這嫂嫂，無意中暗暗地賣弄風情。這位嫂嫂，又是知情識趣的，見了這位風流小郎，便和一盆火似地向著他。

叔嫂二人，終日在府中打情罵俏的，也不避人耳目。便是崇訓有時撞見了，一來是礙於兄弟交情，二來是害怕公主勢力，也只得把這口冤氣悶在肚子裡，裝聾作啞地過日子。

講到這位武延秀，在當時原有美男子的名兒，這美名兒直遠遠地傳在突厥國王默啜的公主耳中，聽說大唐國有如此一位美男子，便終日眠思夢想，非欲把這美男子弄來和她成雙作對地結為夫妻不可。這外國公主，今天也想美男子武延秀，明天也想美男子武延秀，竟想成了一個刻骨的病兒。那默啜可汗十分寵愛這位公主的，一打聽了女兒的心病，便立刻調動兵馬，直犯大唐邊界，口口聲聲說有女欲招武延秀為駙馬，使兩國和親，邊報傳到朝廷，則天皇帝便問武延秀可願意到外國去和親，這武延秀聽說有人倒貼妻子上門，又是一件外國貨；他原生成喜新好奇的性格，便也十分願意。

當時，則天皇帝便派中郎將閻知微護送著武延秀到空厥國去成親。那位默啜公主，卻也長得端莊美麗，見了這武延秀，果然是一位美如冠玉的少年，便也出奇地寵愛起來。怕他身在異國，心中憂悶，便弄了許多蠻姬在延秀跟前，歌的歌，舞的舞，默啜公主陪伴著在一旁勸酒說笑。有時，夫妻二人並肩兒騎著馬，到郊外打獵去。延秀原是少年好色的，見了這異國聲色，卻覺得別有風味，使和幾個絕色的蠻姬，暗暗地勾搭上了，倒也過得快樂的日子。誰知這延秀天天享著溫柔之樂，那閻知微卻受著縲絏之苦。欲知後事如何，且聽下回分解。

皇太女天開異想　崔侍郎暗縱嬌妻

這閻知微原是護送武延秀到突厥國成親的，他留住在突厥國中，閒著無事，偶然寫了一封家書，寄回大唐國去。讓突厥國王知道了，說他做奸細，私通訊息，立刻把閻知微捆綁起來，點起三萬人馬，挾著閻知微，直打進中原來，一連攻破了趙州、定州一帶地方。大唐天子見突厥兵來勢凶勇，便下詔講和，默啜可汗怕武延秀久留異邦，容易變心，但借通和為名，命延秀捧著和書，放回大唐國去。可憐這位突厥公主，正和這位中國駙馬一雙兩好地過著溫柔日子，如今生生地被他拆散了，叫她如何不傷心！從此眠思夢想，漸漸地成了一個相思病。給她父皇知道了，又替她另招駙馬，重圓好夢，這也不去說他。

這裡武延秀回得國來，則天皇帝說他通和有功，便升他的官，聽他在宮中自由出入。武延秀在突厥國裡偷香竊玉弄慣了，他回得國來，如何肯安分？早在宮中和一班宮娥綵女，偷偷摸摸地做下了許多風流事務。他心中還不知足，他見這安樂公主長得真是天姿國色，便一心一意地在這公主身上用工夫。武崇訓又領著延秀進駙馬府去，一任他叔嫂二人調笑嬉謔著。這武延秀在突厥國中，學得一口的突厥語言，便唱幾折突厥歌兒，舞幾種胡施舞兒，給安樂公主解著悶兒。

安樂公主看他知趣識竅，尋歡獻媚。看看他面貌卻比他哥哥武崇訓俊得多，便也把持不住，二人在背地裡結下風流私情，在府中明來暗去，只瞞著武崇訓一個人的耳目。這武崇訓卻也識趣，在中宗回朝的時候，他卻一命嗚呼死去了，是安樂公主自己去對韋皇后說了，便老老實實把武延秀招作了駙馬。韋后見這位新駙馬眉眼兒長得俊，便也出奇地寵愛起來。滿朝王侯宰相，都在駙馬府中奔走。

安樂公主又大興土木，在鬧市中建起高大的駙馬府來，造著飛樓，跨過長街。公主和駙馬二人，並肩兒依在飛樓上，向街心裡拋下綵綢去；有時命使女們捧著大把的金錢，向街心裡灑去。眼看著一般過路的男女，在街心裡奔走搶奪，公主不覺大樂。公主又在府後小山上，建造一座安樂佛寺，金碧輝煌，十分宏大。另造一條長廊，蜿蜒曲折地通著駙馬府。最新奇的，那佛寺裡並沒有什麼神身佛像，只空塑著一座蓮臺，安樂公主每到高興的時候，自己卻打扮成觀音模樣，穿著白衣白兜，赤著玉也似的雙腳，盤腿兒坐在蓮臺上，命府中的侍女太監們，在佛座上羅列著拜著。

這時，武延秀在一旁看公主扮著觀音，越發出落得清潔美麗了，便也忍不住拜倒在蓮臺下面。公主在蓮臺上受著駙馬的跪拜，便不覺點頭微笑。那侍女太監們，齊聲呼著活佛。安樂公主又在城西開鑿一口定昆池，沿池造著許多莊屋，招集了許多漁戶、獵戶，住在莊屋裡，公主自己也打扮著漁婆獵戶的形狀，在池上釣魚，在山上打獵，駙馬在一旁伺候著。講到安樂公主下嫁武延秀的時候，韋后因十分寵愛她，便把宮中皇后用的全副儀仗輿馬等物，借給公主使用。那班大臣們，因要得皇后的歡心，便私自貼錢給京城裡的百姓們，家家張燈慶祝，從安福門直到宮中，沿途燈光照耀，勝於白晝。

韋后與中宗皇帝臨幸安福門觀燈，下詔授延秀為太常卿，兼右衛將軍，駙馬都尉，封恆國公。又在金城坊賜宅，窮極壯麗，國庫為之空虛。

一年後，安樂公主產一男孩，韋后十分快樂，群臣入宮朝賀，韋后便在宮中賜宴百官，下旨京師地方大小廟宇，都演戲酬神。一時，百姓們男女老小，看戲的，哄動了全城。中宗和韋后，雙雙臨幸駙馬府中，慰視公主，又賞十萬洗兒錢，便在駙馬府中開喜慶筵席。文武百官，在兩旁陪席，中宗皇帝，就駙馬府中下詔，大赦天下。又令宰相李嶠，文學士宋之問、沈佺期、張說、閻朝隱等，獻詩讚美。

安樂公主收集天下巧匠，在洛州昭成佛寺中，造成一座百寶香爐。爐身雖只三尺來高，開著四門，架著四座小橋，雕刻著花草飛禽走獸，和諸天、伎樂、麒麟、鸞鳳、白鶴、飛仙，絲來線去，鬼出神沒，爐身又滿嵌著珍珠、瑪瑙、琉璃、琥珀、玻璃、珊瑚、車渠等一切寶貝。足足用錢有三百萬之多，把公主陪嫁來的私房錢，都已化去。韋后又私地裡拿體己錢一百萬，賜予安樂公主。

公主仗著皇后寵愛，便放縱無忌；和上官婉兒、長寧公主、太平公主一班人，在府中賣官鬻爵。中宗又命安樂、太平兩公主，各開府置官，勢傾朝野。不論屠沽走卒，只須納錢三十萬，便由公主立降墨敕除官。一時由三位公主所授官職，如員外、同正、試攝、檢校、判知等官，竟有五、六千人，皆不由兩省敕授，那兩省官員，見有公主放的官職，也不敢查問。三位公主中，以安樂公主權力最大，凡有願出巨金，例外有所要求的，均來求安樂公主。

公主仗著父皇的寵愛，便依了那人的請求，自寫詔書。拿進宮去，覷著皇上正在署名的時候，公主便把自己寫的詔書，送上龍案去，一手掩住詔書上的文字，一手卻捉住了皇上的臂兒，要皇上在詔書上署名。中宗皇帝，見公主嬌憨動人，便也笑著依了她，在詔書上署下名去，絕不拿詔書上的文字檢視一番的。因此，常有京師地方的土豪劣棍，走了安樂公主的門路，忽然詔書下來，拜了大官，不但吏部衙門絕不知道，便是那中宗皇帝，也弄得莫名其妙。

安樂公主自幼兒養在武則天娘娘身旁，看慣了女皇帝那種獨斷朝綱的威風，便異想天開，說男兒可為皇太子，我女子何獨不可為皇太女？便天天在中宗皇帝跟前絮聒，求父皇冊立她為皇太女。那中宗皇帝聽了，不但不加深責，還呵呵大笑，撫著公主的脖子說道：「俟你母后做了女皇帝，再立我女為皇太女也不遲呢！」

安樂公主一句話聽在肚子裡，便天天在背地裡串哄著母后韋氏，仿則天皇帝故事，臨朝聽政，她滿心想望韋后臨朝以後，可早日冊立自己為皇太女，將來或有和她祖母則天皇帝一般君臨天下的一日。今天也說，明天也說，韋皇后的心腸果然被她說動了。這韋皇后因中宗在房州幽囚的時候，有唯卿所欲為的私誓。待進宮復位以後，仗著患難夫妻的名義，處處專權攬事，無形中，中宗已被皇后箝制住了。

後來，韋皇后聽信了安樂公主的話，便漸漸有預聞朝政的意思。每值中宗坐朝聽政，韋后便在寶座後面，密垂帷帳高坐帳內，一同聽政，每有臣下奏事，皇帝尚未下諭，只聽得嚦嚦鶯聲，從帷帳中度出來，替皇帝判斷了許多朝政，下了許多上諭。從此以後，韋后因中宗皇帝體弱多病，常常勸皇帝罷朝，皇后便實行垂簾聽政了。一切權力，一切事務，都從皇帝手中奪了來，獨斷獨行，她處處行著威權，處處用著私情，比則天皇帝時候還要厲害十倍。中宗皇帝念在患難夫妻份上，也不好意思去禁止她。

韋后的氣焰，一天強盛似一天；中宗皇帝便也一天退縮一天，終日躲在宮中，找幾個美貌的宮女調笑解悶。所有軍國大事，全聽韋后一個人主持。那安樂公主見母后握了大權，她想望做皇太女的心思愈切了，她便天天向韋后說著。韋后每日坐朝，也令安樂公主陪坐在一旁聽政。中宗又因上官婉兒深通文墨，又能處治朝政，便也命婉兒掌管制命。這婉兒的努力，也便不小，婉兒在則天皇帝時候，便已和武三思私通了，三思出入宮禁，一無避忌。

自從韋后回宮以後，三思仗著有護駕之功，益發肆無忌憚，在宮中和一般后妃任意調笑。有一天，三思懷中正摊抱著婉兒在御花園柳蔭深處，喁喁情話，讓韋后直走撞破了，婉兒見皇后身旁沒帶隨從侍女，便遞過眼色給三思，三思也便會意。見皇后正站在臺階上，臉上並無怒容，便也大著膽子上前去一手扶住皇后的玉臂，扶下臺階來。婉兒見皇后一手搭在三思的肩上，只是笑盈盈地對自己說道：「昭容，好樂啊！」

婉兒忙低頭退去。

這裡，武三思使用盡平生溫柔功夫，伺候著韋后。從此以後，韋皇后和上官昭容同走上一條道路。后妃二人，同心合意的十分親密。那武三思仗著后妃二人的寵愛，卻一天驕橫似一天。韋后常常在中宗皇帝跟前，說了武三思的好處，直把三思拜為司空之職。遇有緊急大事，皇帝便改扮作平常百姓模樣，出宮來悄悄地臨幸司空府第，和三思商議著。三思府中，也養著許多美貌的姬妾，每兒皇帝臨幸，便把府中的姬妾傳喚出來，在皇帝跟前歌的歌，舞的舞。君臣二人，對坐著拍手歡笑。三思府中養著這許多銷魂蕩魄的美人兒，便快活得連宮中也忘記去了。韋皇后見三思久不進宮來，心中便鬱鬱不樂，便是在中宗跟前，也是唉聲嘆氣的。

這時正值春日困人天氣，晝長無事，韋后心中記念三思，便覺精神頹喪，百無聊賴。中宗知道皇后記念三思，便命太監去宣召武三思進宮。韋后見了三思，頓時笑逐顏開。韋后平日在宮中愛賭雙陸遊戲的，便和武三思對坐著賭起雙陸來，韋后故意撒痴撒嬌的，逗著三思玩笑；中宗皇帝手中握著一把牙籤兒，還替他二人算著輸贏的數兒呢。

正在這時候，內侍進來奏稱，丞相李嶠，有要事進宮來面聖。中宗皇帝丟下了牙籤，急急出去。這裡韋皇后見中宗出去，便把雙陸一掀，撒得滿地，一聳身倒在三思懷裡，兩人手拉著手兒進寢宮去了。從此，韋皇后把個武三思霸占住了，上官婉兒卻落了個空。

從來絕色的美人，天也見憐，豈肯使她空度著無聊的歲月呢？早有一位兵部侍郎名崔湜的，做了入幕之賓。上官婉兒萬分地寵愛他。當初，崔湜原是桓敬的心腹。這桓敬是唐室一位忠臣，眼看著武三思專權跋扈，便私地裡結識了崔湜；因為崔湜常在宮中出入，桓敬借重他做一個耳目。這崔湜如何能出入宮禁？只因他長得十分俊美，則天皇帝時時傳他進宮去問話。

崔湜又長於文才，和上官婉兒吟詩酬答，兩人十分投合。後來，中宗下詔，命上官婉兒執掌詔制，常在外舍起坐，崔湜無日不是陪侍在一旁的。從來佳人才子，沒有不相憐相惜的！當初上官婉兒和武三思尚結一份私情，見了崔湜，神情之間，若接若離。如今武三思被韋皇后管住，丟下婉兒一個人孤淒淒的，一縷痴情，便全寄在崔湜身上。他二人，有一天同在御書房中辦事，便情不自禁地幹下了風流事體。

崔湜的父親崔挹，官拜禮部侍郎，父子二人同為南省副貳，是唐朝以來所未有的盛典。崔湜的弟兄崔涖、崔液、崔滌，說也湊巧，他弟兄四人，個個都生成眉清目秀，面如冠玉，崔湜一個一個地引他們進宮來，和上官婉兒見面。婉兒見了這許多美貌少年，一時裡愛也愛不過來。從此，上官昭容行走坐臥，無時無刻沒有這崔家弟兄四人追隨陪伴在一旁的。上官婉兒常常在宮中設宴，一個美人兒中間，坐著四個少年兒郎，在兩旁陪著飲酒說笑，行令賦詩。

崔湜一心迷在上官婉兒身上，不但不替桓敬做耳目，反倒在三思一邊，把桓敬的計議行事，盡情去告訴三思。三思大怒，和韋皇后說了，矯詔盡殺五王，把桓敬刺配到嶺南地方去。這崔湜官升到中書令，弟兄三人各據清要。崔湜對人常常自誇為王謝之家，在家中日日開宴，對一班賓客說道：「吾之門第及出身歷官，未嘗不為第一！大丈夫當先據要路以制人，豈能默默受制於人？」

當時，朝中女權甚大，除韋皇后、上官昭容和安樂公主以外，那太平公主也是一向在宮中掌大權的。

這太平公主，在宮中年紀略大些。但徐娘雖老，風韻猶存，她又生成有母親風流的性格。當時見崔湜玉一般的美男子，心中早已中意，便瞞著昭容，打發宮女悄悄地去把崔湜喚進宮去，也成就了她的心願。崔湜自從巴結上了太平公主，他的權勢也愈大了，官拜中書侍郎平章事。

太平公主自從得了這崔湜以後，心中十分寵愛，稱他是可意兒郎。這太平公主生平寵愛過的男子，也不計其數，從沒有似崔湜玉雪一般的美少年，叫她心中如何不愛，便一日也丟不開手。只因上官婉兒在宮中也很有勢力，便也不敢彰明較著的霸占著，只能瞞著昭容，每天私會一次。這太平公主慾念是十分大的，她同時也愛上了幾位王子。

內中有一位譙衛王，也可稱得美貌少年；只是和崔湜一比，卻直比下去了，太平公主的寵愛，也漸漸地淡薄下去，譙衛王心中正懷恨。

有一天，正是晝長人靜的時候，譙衛王悄悄地闖進公主府第去。這譙衛王原是在府中出入慣了的。他和公主一般的風流私情，府中上下人原也知道，所以譙衛王進府來，也沒有人攔阻他。這時正是盛暑天氣，太平公主原是放誕慣了，她和崔湜二人在走廊下橫著一張湘妃榻兒，簾兒也不放，幃兒也不掩，竟在那裡大尋其歡樂。譙衛王瞥眼見了，心中一股酸氣，向腦門直衝，急急轉身退出，在外書房中守候著。直守到崔湜事畢出府，譙衛王卻攔住去路，說他汙辱公主，要揪他進宮去告訴上官婉兒。催湜一聽說要告訴昭容，那昭容的醋勁兒卻是很大的，嚇得忙把這譙衛王攔住，邀他一塊兒到自己家中去飲酒解說。

這譙衛王一到崔湜家中坐下飲酒，只聽得隔著屏兒嬌聲悄語的，又有環珮鏗鏘，早不覺把個譙衛王一縷魂靈兒飛進屏門裡面去了。酒過數巡，崔湜吩咐傳女樂出來侑酒。接著只見一群粉白黛綠的女兒，圍繞在譙衛王身旁，歌的歌，舞的舞，把個譙衛王看得眼花撩亂，神魂顛倒，舉著酒杯，盡自痛飲。正迷亂的時候，忽的虞侯進來，傳說丞相有請。崔湜聽了，不覺左右為難。譙衛王正在得趣的時候，深愁崔湜被丞相喚去，自己也不能久坐飲酒了，便拉住崔湜的手不放，說道：「相公莫去，俺們飲俺們的酒，莫問丞相的事。」

這崔湜卻推說丞相有要事相商，不能不去。譙衛王卻延挨著不肯走。正在左右為難的時候，忽然見一個年輕的侍女，從屏門後轉出來，同崔湜耳旁低低地說了幾句，崔湜連連點頭道：「這也使得。」

那侍女轉身進去，崔湜便對譙衛王說道：「千歲和小臣，彼此原是通家之好，今日舍間有幸，得千歲降臨，真是蓬壁生輝，可恨不曉事的丞相，早不相喚，晚不相喚，恰恰在這時候相喚，又說有什麼緊急事相商，小臣待丟下千歲而去，又怕得罪了千歲；待不去時，又怕丞相責怪。千歲千萬多坐一會兒，待小臣去去便來。小臣妻小，也頗懂得禮貌，方才侍女出來，傳說意欲代小臣出廳來奉陪千歲飲酒，萬望千歲勿怪。」

譙衛王聽說崔夫人肯出來陪酒，真是喜出望外。

原來崔浞的夫人，在京師地方，是著名的一位美人，在朝的文武百官，誰不想瞻望美人的顏色。今天譙衛王於無意之中得之，豈不要使他樂死？王爺嘴裡盡推說：「小王絕不敢勞夫人的駕！」

但他兩眼卻不由得向屏風後面不停地轉著，心中只盼望這位美人兒早些出來。欲知後事如何，且聽下回分解。

拔佛鬚公主鬥巧　遊夜園駙馬偷香

譙衛王道言未了，只聽得耳中一陣環珮聲響，接著風中送過一陣陣脂粉香味來，四個侍女捧著一位天仙似的美婦人，冉冉地出來。走近王爺身邊，便深深道地了一個萬福，慌得王爺還禮不迭。抬眼看時，只見容光嫵媚，真和搓脂摘粉相似，嚇得譙衛王不敢正眼相視，急把頭低下了。接著崔夫人雙手捧著玉壺，斟著一杯酒，低低地說了一聲：「千歲！請滿飲此杯。」

那嚦嚦鶯聲，聽得人心骨都醉！又偷眼看崔夫人一雙手時，皎潔玲瓏，真和玉壺一樣的潔白。王爺恨不能伸手過去在這玉手上撫摸一回，只因礙在崔湜跟前，不敢放肆。誰知崔湜這時早已抽身出去了！這王爺全個魂靈兒正撲在夫人身上，連崔湜向他告辭出去，他也不曾聽得。直到崔夫人再三請王爺坐下，他抬頭向屋子四周一看，才知道崔湜早已不在屋中。他把崔夫人斟下的一杯酒，一仰脖子，飲得個滑滴不留。從來說的：「酒落歡腸。」

王爺對美人，三分酒意，七分色膽，看看崔湜不在眼前，便漸漸地拿話兒去挑逗她。那崔夫人最動人的去處，便是低鬟微笑，這王爺看看，實在忍不住了。那時，一班歌舞的姬妾和侍女們，俱不在跟前，便陡然膽大上前去，一把將崔夫人的柳腰兒抱住，一任崔夫人宛轉支撐，王爺已是欲罷不能，他兩人在這一剎那之間，便已成就了好事。這也是崔湜故意安排下的美人計，藉此也鉗住了譙衛王的口。從來功名念切的人，兒女的私情一定是淺薄的，這崔湜因為要圖自己的功名，一天一天地發達，便不恤把自己的一位天仙似的夫人，送給別人去享受。

那譙衛王得了崔湜的好處，心中萬分感激，便竭力在中宗皇帝跟前替崔湜譽揚，因此崔湜的官位愈高，愈見重用。後來，那班王爺，人人都知道譙衛王得了好處，有妒忌他的，有羨慕他的，大家都到崔湜家中去尋歡作樂。那崔府的一班姬妾，原是生成性格風騷，見了那班王爺，真是見一個歡迎一個，把個崔府做了眾王爺的尋歡之所。

那崔湜有兩位女公子。原是崔湜原配王氏所生，一對姊妹花，雪膚花貌，和她繼母崔夫人真不相上下。長女公子自幼兒說與張說之子為妻。如今年紀長成十七八歲，正在妙年。每日有這班少年王爺在府中出入，看在他們眼中，如何肯輕易放過。早搶著向崔湜求婚。

那崔湜也看在勢利面上，把長女公子獻與了八王爺，把次女公子獻與了十二王爺。給張說知道，忙找人去和崔湜理論，女兒已經送給了人，真是覆水難收，也是無法挽回的了。從此，張說啣恨在心，時時在背地裡想法，要報這賴婚的仇恨。但崔湜正在得意的時候，卻休想損傷得他分毫！有一天，崔湜從宮中回府，見自己大門上有人寫著兩行字道：「託庸才於主第，進豔婦於春宮。」

崔湜不覺大怒，一面令家人擦去字跡，一面查問那題字的人。把闔府中的人查問遍，也無人知道。這兩句題詞，卻傳遍了京師，人人在背地裡笑話著。崔湜仗著宮中寵愛，便也毫不在意。

這時，高宗之女太平公主，和中宗之女長寧公主、安樂公主、宜城公主、新都公主、安定公主、金城公主，共七公主，中宗一齊賜宅，在京師與親王一例開府設官。每一府第，給衛士五百人，環守宅門。十步一兵，十分威嚴。內中以太平公主久持朝政，有擒殺薛懷義和二張之功，朝廷賞賜最厚，權力也最大，食邑至一萬戶。因她初嫁與薛紹，後嫁與武承嗣，所以薛武兩家的女子，都封王封主，食邑三千戶。公主平日衣紫袍玉帶，倜儻風流，一如男子。此外，安樂公主食邑三千戶，長寧公主食邑二千五百戶，宜城公主非韋后親生，只食邑二千戶。

這七位公主，和上官昭容每日在一處遊玩，連車並馬，在大街上遊覽，在郊外行獵，有時在府中聚歡。太平公主府中，還養了一班小戲子，都是十三四歲年紀的男孩兒。公主親自調教者，教得一曲成熟，更邀集一群公主在府中開筵聽曲。這班小戲子裡面，有一個唱小生的，名字叫荷生，長得最是得人意兒，年紀已有十六歲了，他除唱戲以外，太平公主每日攜帶他在身邊，不論行走、坐臥，總有荷生陪伴在一旁。便是那六位公主見了荷生，也人人喜歡他。各各帶他到府中去遊玩調笑，賞他許多珍寶掛件。外邊有許多奔走謀事的人，都在荷生跟前獻殷勤。

因此，荷生雖說是一個童兒的身體，但他在府外，也暗地裡置下許多田莊，存積下許多銀錢。這時，新都公主的駙馬武延暉和宜城公主的駙馬裴巽，都是愛尋花問柳的，常常整天整夜地宿在娼家，不回府來。新都和宜城兩公主，在府中空守著閨房，悶得慌，便時時找到大公主府中來遊玩解悶兒。正是端陽佳節，唐宮中有鬥草之戲。在事前，各妃嬪公主郡主，競出奇思妙想，欲致勝他人，以為笑樂。

這時，安樂公主忽發奇想，想起京師南海泥洹寺維摩詰佛像的五綹鬚，是拿晉朝時候謝靈運的真鬚裝著的，倘然拿來和諸妃嬪鬥爭，定可以致勝他人。便悄悄地打發黃門官，騎著馬，飛也似地跑到南海泥洹寺裡，偷偷地把佛鬚割取回宮。安樂公主又怕留下的佛鬚被別人割取去，又命黃門第二次趕去，把佛鬚一齊割下來，拋棄在御河裡。從此，這維摩詰佛的下頷，便光滑滑的不留一絡鬚了。

原來晉朝時候的謝靈運，長得很美的鬚髯。他在生的時候，自己十分寶愛，每晚臨睡時候，便用紗囊子裝起來，平日在鬚髯上抹些香油，五絡長鬚，黑潤柔軟，十分可愛。後來，謝靈運犯了死罪，臨刑的時候，便自願把鬚髯割下來，施給泥洹寺僧，為裝塑佛像之用。那寺中大和尚，每見有人來隨喜，便將佛鬚指示與人看，平日很是寶貴。如今見黃門官奉公主之命，前來把佛鬚一齊割去，心中萬分痛苦；但公主的威力，也奈何她不得。這安樂公主得了佛鬚，便藏著。

到了端午這一天，那一群公主郡主和妃嬪們，都聚集在昆明池畔大草地上，設下了盛宴鬥草。韋皇后也來趕熱鬧，從袖中拿出西方柳來，便有太平公主拿出東方桃來和皇后相鬥。又有上官婉兒的夫妻蕙和壽昌公主的兄弟連相鬥。正鬥得熱鬧，那安樂公主忽然拿出謝靈運的真須來，招人相鬥，一時人人驚奇，大家都讚歎公主聰明伶俐。安樂公主手中拿著一絡鬚髯，向眾人誇張著，眾人也找不到能夠和她相鬥的東西。正在這時候，那荷生忽然把自己頭上一絡髮兒剪下來，悄悄地遞與宜城公主，那公主接髮兒在手，便高聲向安樂公主說道：「公主有死人鬚兒，俺有活人髮兒，願與公主比鬥！」

安樂便問公主，「拿的是什麼人的髮兒？」

宜城公主口稱是荷生的髮兒，安樂公主不信，便把荷生傳到跟前來，除下頭巾，看時，果然鬢邊剪去了一絡髮兒。眾妃嬪和公主一齊說：「今天只有安樂公主和宜城公主鬥得最是新奇，該恭賀一杯。」

說著，宮女斟上酒來，大家飲著。這時，武三思在一旁伺候著韋皇后，崔湜在一旁伺候著上官婉兒，太平公主也攜了荷生，各各說笑飲酒。真到夜色昏沉，各府中輿馬簇擁著公主郡主回去。

這宜城公主，自從荷生截發相贈以後，便從此關情，常常到太平公主府中去找荷生說笑。他二人瞞著太平公主，在花木幽僻的地方，早已成了好事。過了幾天，安樂公主府中開鑿定昆池成功，發著箴帖兒，請許多皇親國戚，在府中開慶功宴，連中宗皇帝和韋皇后也被邀在內的。

原來宮中有一口昆明池，是在西漢武帝時候開鑿的，池中產魚很多。安樂公主和一班姊妹們，自幼兒在宮中游釣慣了。後來，安樂公主下嫁出宮去，心中常常記念昆明池畔的風景，她便仗著中宗寵愛，向父皇請求把昆明池賞給她，劃入在駙馬府園地中去。中宗說：「這昆明池，自從前代以來，從不曾賞給人，朕也不敢違背祖宗成例。

況且這池魚每年賣得十萬貫，宮中妃嬪花粉之資，全靠著它。

今若將這池賞給人，便教妃嬪們臉上失了顏色？」

安樂公主見皇上不能答應她的請求，心中十分懊悶，後來，還是韋皇后再三勸說，又拿體己的三萬貫錢賞給安樂公主，公主自己添十萬貫，招集了京師數萬工人，在一年之間，府中開鑿了這口定昆池。池邊草木風景，全照昆明池一樣。格局落成的這一天，滿園點綴著燈彩。到了夜間，樹頭燈光閃耀，好似天上繁星。

在池畔大草地上，排列下酒席。中宗親率文武百官，降幸園中飲酒。那班年輕的公主、郡主和妃嬪們，打扮得花枝兒似的，夾雜在男子中間，往來戲笑，毫不避忌。這時，高宗的女兒，有太平公主、義陽公主、高安公主；中宗的女兒，有新都公主、宜城公主、安定公主、長寧公主、成安公主，個個都出落得態若驚鴻，神若遊龍，在林間池畔出沒著。安樂公主和駙馬武延秀，來往著招呼賓客。這時，武三思、崔湜、荷生一班得寵的官兒，都各各跟著他女主人進園來遊逛。安樂公主邀眾賓客人席，一時履舄交錯，歡呼暢飲，直飲到夕陽西下，接著一輪皓月，從水面捧出，照成金光萬道，在水面上閃耀不定。

安樂公主高興，慌喚備船，乘著月光，在池面上遊玩去。一時，皇帝皇后和隨從的妃嬪官員們，都下了綵船。船四簷，綴著五色明角燈，蕩漾在湖心，倒映在水中，煞是好看。這太平、安樂、長寧、宜城、新都、安定、金城七位公主，卻棹著七條小採蓮船兒，在綵船四周，一往一來的，出沒不定。一群船隻，正漾在水中央，忽見滿池浮著荷花燈兒，倒映著天上的一輪明月，倍覺光輝。燈光深處，度出一縷歌聲來，令人心神清涼。

這定昆池，有十里水面，都由司農卿趙履溫替她一手營造。以池中央，堆起一座石山來，仿著華山模樣，從山巔上飛下一股瀑布來，倒瀉在池水裡。另避一條清溪，用玉石砌岸，兩岸琪花瑤草，芬芳馥郁。溪底全用珊瑚寶石築成，從水中反映出珠光寶氣，在月光下照著，分外清澈。

長寧公主和太平公主，各棹一隻小艇，悄悄駛入小溪，在白石埠頭上了岸。她兩人身旁各帶著一個兒郎，攜著手兒，走到花木深處去，正打算尋她們的快樂。長寧公主忽然止步，一手指著那邊，隔著一叢花木，水邊月光明亮的地方，有一男一女，並坐在草地上，臉貼著臉兒，正是情濃的模樣。太平公主看時，那一對男女，正抬起頭來，月光照在臉兒上，太平公主認識一個男子便是她寵愛的荷生，那女子卻是宜城公主。太平公主心中這一氣，當時便要趕上前喝破他們。還是長寧公主勸住了，說：「看在姑侄份上，饒了她一次，明天待俺去說給妹妹知道，警戒她下次不可再犯。如今倘一鬧出來，這荷生又是姑姑私地裡寵愛的人，給眾人知道，彼此臉上都不好看。」

太平公主聽她說得有理，也便點頭說道：「饒便饒了這丫頭，但教俺如何耐得這一口氣呢！」她眉頭一皺，計上心來，說道：「有了！待俺去喚她駙馬親自來看他女人這浪人的樣兒。」

說著，她便丟下了長寧公主，急坐著小艇子回去到那大草地上遍地找尋，又問那場上的守衛太監，大家說方才見駙馬裴巽和薛國公主在那杏樹下說笑著，一轉身向那小徑中走去了。太平公主聽了太監的話，便向那小徑上找去，看看走到路盡頭一座亭子跟前，一抹月光斜照著，只見亭子裡那薛國公主正倒在裴駙馬的懷裡，緊貼著。太平公主看在眼裡，不覺冷冷地一笑，低低地自言自語道：「這真是循環報應！他女人在那裡偷別人的漢子，他漢子也在這裡偷他自己的妹子。」

原來這薛國公主是睿宗的第七個女兒，和宜城公主是嫡堂姊妹，已下嫁駙馬王守一。只因王守一生得粗蠢，愛裴巽人物漂亮，他兩人早已有心，只恨不得其便。如今趁此良夜，又在人眾之下，覷著大家不防備的時候，便悄悄地在這僻靜所在，了此心願。誰知天下的事，若要人不知，除非己莫為，巧巧地給太平公主走來撞見。太平公主見他們正在情濃的時候，自己不便上去打叉，便悄悄地吩咐自己身旁的小太監，快快去把宜城公主喚來，只推說是裴駙馬有請。太平公主的意思，這樁風流公案，讓他們自己去鬧穿了，夫婦之間起一場大大的爭吵，也洩了胸頭之氣。

那宜城公主正和荷生情濃的時候，聽說駙馬有請，她一時如何捨得丟下她的心上人便去，兩人在月下又糾纏了許多，才由小太監領她到那小亭子邊。宜城公主舉眼一望，見一片月光照在亭心裡，那位裴駙馬正俯著身把一個宮女摟倒在欄杆上，不知做些什麼，只聽那宮女嘴裡還不住地嘻嘻笑著。

原來這宮女是安樂公主身邊的，裴駙馬和薛國公主在亭子裡做這瞞人的勾當，讓這宮女走來撞破了，裴駙馬仗著自己長得一副好嘴臉，便拉著這宮女也走上了一條道路，也是藉此滅口之計。萬想不到，鬼使神差一般的，這時候宜城公主巧巧撞來。宜城公主生性是悍潑的，她如何肯耐？早聳身撲向亭子裡去，右手揪住駙馬，左手揪住那宮女，直揪上彩船，到中宗皇帝跟前理論去。

這中宗皇帝原是一位好好先生，他見宜城公主鬧上船來，早沒了主意。這時韋皇后和太平公主、上官昭容，一席兒坐著飲酒。

只有太平公主心裡明白，便向韋皇后耳邊低低地說了幾句話，韋皇后見皇帝沒有主意，便上去替皇上作主，宣旨下去，便把這宮女賞給裴駙馬。這個旨意一下，頓時氣死了宜城公主，又樂死了這裴巽。當時，裴駙馬上前謝過了恩，一手拉住了那宮女，肩並肩兒退出船去，把個宜城公主氣得酥呆在半邊。這原是太平公主用的離間的毒計，後來還是壽昌公主過去把宜城公主拉入席去飲酒，暫時把這股氣按住了。

那裴駙馬得了這個宮女，便連夜帶回府去享用。那宮女原也長得白淨美麗，裴駙馬十分地寵愛著她，一連二十晚不曾到公主房裡去。那宜城公主氣憤到了極處，有一天，覷裴駙馬到王守一駙馬府中去，府中沒有人的時候，便令自己的心腹侍女十多個人，擁進這新姬人房中去，把那宮女捆綁得和豬玀一般。

宜城公主高坐在堂上，那宮女被繩子綁成一團，擲在階下，殺豬般地叫喊著。宜城公主吩咐拿藤桿兒渾身抽著，那宮女卻也不弱，她身子在階石上打著滾，卻罵不絕口。又把宜城公主私通荷生的事體，直喊出來，這羞辱叫公主如何忍得住？便一聲大喝，命割去賤丫頭的鼻子，免得她胡說亂道。喝聲未了，早有幾個勇婦上去，捉住頭臉，把這宮女的鼻子用快刀割了下來。

可憐這宮女，滿臉淌著血，痛得暈絕過去。停了半晌，悠悠醒來，嘴裡還是含含糊糊地罵著人。宜城公主到了這時候，一不做，二不休，便喝令再割去她的耳朵。那勇婦正動手割時，只見那裴駙馬急急從外面跑進來，口中連連喊著：「請公主饒了她罷！」

說時遲，那時快，那勇婦早已把宮女的兩耳割在手中。

裴駙馬看了，萬分心痛，一聳身上去，抱住宮女的身體，嚎啕大哭。宜城公主見駙馬如此愛惜這宮女，心中憤火愈燒愈高，好似火上加油，她也顧不得了，急急趕下堂來，從勇婦手中奪過那尖刀來，一把揪住那駙馬的頭巾，拿刀割去。那駙馬雙手捧住了頸子，急轉身逃去。只聽得嗖的一聲，那一個髮髻兒已割下來，握在公主手中。駙馬拔腳飛奔，一溜兒煙逃出府門外，去得無影無蹤了。欲知後事如何，且聽下回分解。

皇后裙邊雲飛五色　太子府中議滅三思

裴駙馬原是去赴薛國公主的幽會，見府中心腹太監接二連三地來報說：「新姬人被宜城公主捆綁起來，割去鼻子。」

那姬人是駙馬的新寵，聽了好似萬箭穿心，飛也似地趕回府去，已是來不及了。那宮女被她們宰割得好似一個血人兒，死在臺階上了。幸而裴駙馬逃避得快，那髮髻已被宜城公主割去；倘然遲一步，駙馬這顆腦袋，怕也要保不住了呢。裴駙馬一肚子悲憤，逃出府門，一徑走進宮來，兜頭便遇到太平公主，把宜城公主撒潑狠毒的情形，告訴一番。

太平公主正要拿宜城公主的錯兒，當下聽了裴駙馬的話，便拉著駙馬一塊兒去朝見中宗皇帝。太平公主又在一旁說了許多宜城公主的壞話，中宗皇帝難得勃然大怒，立刻下詔把宜城公主降為縣主，召進宮來，監禁在冷巷裡。太平公主又請把薛國公主下嫁與裴巽，中宗皇帝也便依了奏。這一來，把個裴駙馬和薛國公主感激得死心塌地。

從此，裴駙馬在外面替太平公主做耳目，四位公主都是賣官鬻爵的，獨有太平公主門下賣出去的官最多，這大半是裴駙馬替她在外面張羅之力。裴駙馬和薛國公主雖如了他們的心願，獨冤枉死了一位王守一。那王守一原是薛國公主的駙馬，只因中宗做主，把薛國公主改嫁給裴巽，便硬說王守一有謀反的罪，生生地把他殺死。同時，又有一位安定公主，鬧出了一樁風流案件。這安定公主，卻是中宗皇帝的親生女兒，在姊妹中生性最是幽靜。

韋皇后生了安定公主以後，便被則天皇帝廢逐。韋皇后在臨行的時候，悄悄地把安定公主去寄養在叔父韋昌蔭家中。這韋昌蔭是韋皇后的從堂叔叔，只因是遠房，他侄女兒進了宮，點了貴妃，韋昌蔭也得不到什麼好處，世代在京師東郊外守著一座莊院，耕著幾畝田地，過他農人的生活。

後來，韋皇后遭廢逐，凡是姓韋的在京中做官的，一齊被武則天革去官位，捉去關在牢監裡。這韋昌蔭只因不曾做得官，便也不曾被捉，依舊安安閒閒地住在鄉下地方。當初，韋皇后把女兒託給叔叔，也是因為他能夠避災免禍。這安定公主寄養在舅父家中，舅父舅母都十分寵愛她，卻也過得安樂的歲月。

他舅父有一個兒子，名叫韋濯，和安定公主長成同年伴歲，終日陪伴著安定公主遊玩。一對小兒女，有時在池畔釣魚，有時在山下採花，兩人交情一天親密一天起來。這安定公主秉有母親多情的天性，在十六歲上，便勾搭上了這韋濯，韋濯也是一片痴情向著這位公主，兩人在山巔水涯、花前月下，不知做出多少風流故事來。正在如膠似漆的時候，忽然中宗和韋后回宮來，把這安定公主接進宮去，選了吉日，下嫁與王同皎。這王同皎原是富貴子弟，不解得溫柔，只知道任性使氣。

安定公主這時見不到她心上人兒，已是萬分的委屈，如今又嫁了這一個粗暴的駙馬，叫她如何能忍得?在中宗皇帝時候，公主的權柄最大，那時韋濯因韋皇后提拔他，已進京來做小卿的官。因他是外戚，也得在宮中自由出入，無意中與安定公主相遇，彼此勾起了往日的舊情，便也情不自禁地兩人在背地裡偷過幾次情了。在宮中耳目眾多，偷偷摸摸的，總是不方便，安定公主便仗著自己的權力，索性把這韋濯喚進駙馬府中，停眠整宿起來。事機不密，風聲傳在駙馬王同皎耳中，便氣憤不過，正打算進宮奏明皇上，誰知安定公主竟先發制人，她連夜進宮去，口稱告密，說駙馬王同皎謀反。

中宗皇帝膽子最小，一聽說有人謀反，便也不分皂白，立刻下詔禁衛軍，把王同皎捕來，問成棄軍的罪，發配嶺南去，獨有安定公主親生的兒子，留在公主身旁。那安定公主見去了王同皎，便暗地裡向韋皇后說知，韋皇后替她做主招韋濯做了駙馬，從此兩人如心如意過著日子。

這時，宮中穢亂不堪，所有太平公主起，中宗皇帝的八個公主，和睿宗皇帝的十一個公主，誰不是私地裡養著許多少年男子，充作面首，每每瞞著自己的駙馬，在背地裡尋歡作樂。

這安定公主雖說嫁了韋濯，如了自己的心願，但每日和姊妹們在一塊兒遊玩，見她們各有心愛的少年男子，帶在身旁遊玩，十分快樂，便也不覺心動起來。當時，有一個崔湜的弟弟，名叫崔銑，年紀最小，長得活潑伶俐，常跟隨他哥哥在宮中出入，給安定公主看上了，便和韋皇后說知，拜崔銑為太府卿，又把駙馬韋濯廢去。安定公主便又改嫁崔銑。這時，崔銑是一個十七、八歲的孩兒，安定公主已在中年，不免有美人遲暮之感。

自得了這崔銑以後，便盡夜縱樂。他二人狂蕩到十分，也不避寒暑，不避風雨，不上三年工夫，安定公主竟一病身亡。死後，那王同皎的兒子便上奏道，請將公主的遺體和父親合葬。那給事中夏侯銛上書勸諫，說公主義絕王廟，恩成崔室，逝者有知，同皎將拒諸九泉！同時，那崔銑也不肯把公主的遺體聽人搬去。

中宗便把安定公主的遺體，判給崔銑埋葬，卻把夏侯銛貶為瀘州都督。

從此以後，那班公主和妃嬪，益發放誕不羈，常常姊妹三五成群，打扮做富貴子弟模樣，騎著高頭駑馬，招搖過市，每見有熱鬧圍場，公主們也挨肩擦背地混在人叢中，和一班市井無賴調笑為樂。見有中得自己心意的，便暗暗地招呼侍衛，捉進府去養著。

這時，京師東街有一個走方道士，名喚史崇玄的，每日在那曠場上飛鈸舞劍，為人治病，那左近居民男女圍著觀看的，十分擁擠。有一天，這史崇玄正在舞劍作法的時候，忽見東南角上十數個差役擁著一個貴官兒衝進圍來，將閒人驅散。史崇玄看時，那貴官眉目清秀，神態威嚴，忙上去打恭問訊。差役傳著貴官的話說：「貴官患骨節疫痛，請道人同進府去，為貴官治病。」

那道士聽了，諾諾連聲。當有隨從的人，拉過一匹馬來，令道士騎著，隨這貴官進了一所龐大的府第。轉入一座園林裡，建造得樓臺起伏，花木森幽，來來往往的僕役，都是內宮黃門一般打扮。這史崇玄心中戰戰兢兢的，跟定了一個官役，在園中繞著許多彎兒，走進一座大廳屋中坐下。靜悄悄地隔了半晌，只見窗外人影幢幢，往來不息，夾著嬌聲細語，環珮叮咚，史崇玄心知是內宅眷屬，在窗外窺探，早嚇得忙把頭低下。

又過了一晌，進來了兩個官役，手中捧著衣巾等物，領史崇玄到浴室中去，替他渾身梳洗，又漱口淨面，換上一副華麗的靴帽袍褂，在鏡中照著，果然衣履翩翩面目清秀，心想為貴官治病，何必費如許周折？正懷疑的時候，那兩個官役，將他送進一座穹門，轉出一雙垂髫的女兒來接引著，向重房深闥中走去。走進了幾重帷幕，只見滿目錦繡，芬芳撲鼻，一位麗人高踞繡榻，史崇玄慌忙拜倒在地。只聽鶯聲一轉，說：「師父起身。」

史崇玄抬頭一看，才恍然大悟，原那貴官便是這麗人改扮的。如此華貴的麗人，想來不是公主，便是妃嬪了，心中不覺害怕起來，盡跪倒在地，不敢站起身來。後來，轉進四個侍女來，把史崇玄扶起，又排上酒菜兒來。那貴婦人高坐當筵，命史崇玄陪坐在一旁，侍女一齊退出，史崇玄眼對美色，鼻領奇香，三杯酒下肚，漸漸地膽大起來。當夜，那貴婦人便把史崇玄留住在這錦繡堆成的閨房，替她治病。日子久了，史崇玄才知道這貴婦人便是太平公主，從此便盡心竭力地伺候得太平公主歡喜。

那公主們知道這姑母得了一位師父，便大家到府中來參謁，一群脂粉，圍住了這史崇玄，大家喚他師父。這師父原也長得仙容道貌，精力過人。內中睿宗皇帝的女兒金仙公主和玉真公主，最是愛修仙學道，各各在府中擺下了盛大的筵席，請史崇玄飲酒，當筵拜史崇玄為師父。這史崇玄的名兒，一天大似一天，傳在韋皇后和上官昭容耳中，便求皇帝下詔，把師父召進宮來，聽他講經說法。這史崇玄留在宮中十多天，皇后和各妃嬪賞了無數的金帛，皇帝又下詔拜史崇玄為鴻臚卿，發內帑一百萬，替金仙、玉直兩公主造兩座高大的仙觀。兩位公主住在仙觀中修道，每隔五、六日，史崇玄便要到觀中來傳道。

每來時，總和太平公主同坐著一車，旌旗輿仗，前後呼擁著。

兩人進得觀來，總是並肩兒走著，對面兒坐著。這史崇玄攀上了太平公主，聲勢一天一天地浩大起來，滿朝的將相，誰不到觀中來拜見，獻著禮物兒，滿嘴地稱著師父。安樂公主又在定昆池邊，擺下酒席，請史崇玄赴宴，中宗皇帝和韋皇后也臨幸。

飲酒中間，皇帝先賦定昆池詩一首，令群臣和詩。那時，有一位黃門官李日知的，詩中有兩句道：

「但願暫思居者逸，無使時傳作者勞！」

詩意有譏刺的意思。當時，群臣見日知的詩，都怕他得罪公主，替他捏著一把汗。幸得安樂公主是不懂文字的，便也含混過去。

這時，京師的人民，忽然唱著兩句歌謠道：「桑條韋也女！時韋也！」樂宮中有一個值夜的宮女，忽見皇后的衣箱上裙上有五色雲飛出，便聲張起來。中宗皇帝認是祥瑞之兆，便令內務官寫成圖畫，給百官傳觀。侍中韋臣源又奏稱：「此是千載難逢之事，請布告天下。」中宗依奏，便布告天下，又下詔大赦天下。迦葉志忠也奏稱：「昔堯帝未受命，天下歌桃李子；文皇未受命，天下歌秦王破陣樂；則天未受命，天下歌武媚娘；皇后未受命，天下歌桑條。」韋謹上《桑韋歌》十二篇，請編入樂府，皇后祀先蠶，則奏之。中宗覽奏大喜，傳旨厚賞，一面與皇后行祀南郊。國子祭酒祝欽明，司業郭山惲，秦稱：「古者大祭祀，後裸獻以瑤爵，皇后當助祭天地。」

接著，太常博士唐紹，蔣欽緒卻奏諫說：「周禮只有助祭先王、先公，無助祭天地之文。」中宗不理，仍以皇后為亞獻，宰相女為齊娘，助執籩豆。齊娘有丈夫的，一律升官。禮成，大赦天下。武三思要討皇后的好，又勸眾文武上後號為順天皇后。中宗又與皇后親謁韋氏宗廟，封后父玄貞為上洛郡王。當有左撿遺賈虛己奏諫說：「盟書有非李氏王者，天下共棄之。今陛下復國未幾，遽私後家，先朝禍鑒未遠，甚可懼也！如能令皇后固辭封位，使天下知後宮有謙讓之德，不亦善乎？」

韋后見了這奏章，大怒，逼著皇上下旨，革去賈虛己功名，流配到嶺南去。

從此，韋后的權威，一天大似一天。那武三思既與韋后、上官昭容通姦，久有謀弒中宗的意思，時時哄著韋后仿武后故事，自立為女皇。那三思的兒子武崇訓，又是安樂公主的駙馬，也時時哄著安樂公主進言母后，請廢太子重俊，立自己為皇太女。

這重俊太子，原不是韋后的親生兒子，安樂公主仗著自己是韋后的女兒，常常欺辱太子，罵太子為奴才。這時，太子無權無勢，只得忍氣吞聲的，不敢在宮中逗留，常常與丞相李多祚在背地裡議論父皇懦弱無能，時時有肅清君側的意思。那李多祚總勸太子說：「時機未至，且忍耐著！」

這一天，冬至節，太子進宮去朝賀，無意中見韋后和上官昭容陪伴著武三思那種輕狂淫冶的樣兒，早不覺把個重俊太子氣得無明火向頂門上真沖，他也不候皇帝出來，急急出宮，在丞相李多祚府中，暗暗地去召集左羽林軍李思沖、李承況、獨孤祚之、沙叱忠義一班心腹武將，矯皇帝旨意，發左羽林軍及千騎兵，在半夜時分，分兩路軍馬直撲武三思、武崇訓府第。

那三思父子正做好夢，被羽林兵直衝進臥室去，活活地擒住，拿粗繩子捆住，送在太子跟前。他父子二人齊聲嚷著：「太子救我！」

重俊太子見了武三思，忍不住滿腔怒氣，拔下佩刀一揮，把三思、崇訓二人的腦袋，一齊砍下。接著，又搜捉了三思的同黨十多個人，太子咐咐一齊殺死。一邊使左金吾大將軍，成王千里，領一千兵士，守住宮城。太子自己統兵三千，直趨肅章門，斬關直入，搜尋韋皇后、安樂公主、上官昭容一班淫婦。

驚動了中宗皇帝，披衣跣足，帶領十數名太監走出宮來。

正值韋后和安樂公主、上官昭容，慌慌張張地逃來，一見了皇上，便上前去圍住，前推後擁的把個皇帝送上玄武門樓去，吩咐緊閉宮門。一面傳旨，宰相楊再恩、蘇瓌、李嶠、宗楚客、紀處訥一班武臣，統兵二千餘人，守住太極殿。又詔右羽林將軍劉仁景一班武將，帶領留軍飛騎數百人，去抵敵太子的人馬。

那李多祚兵到玄武門，不得人。中宗皇帝倚身在城樓上，親身向城下兵士說道：「爾等原皆是朕之爪牙，今為何忽然作亂？速殺賊者有賞！」

那班兵士，見了天子的顏色，一齊拜倒在地，口稱萬歲。轉過身去，反把李多祚用亂刀吹死。那李思沖、李承況、犯孤祚之、沙叱忠義一班同黨，見大勢已去，便也紛紛逃散。重俊太子帶著手下幾個親兵，逃出京城，逃上終南山去宿了一宵。這終南山離突厥很近，第二天，太子便從終南山逃下來，向通突厥的大路上走去。看看走到靠晚，兩腿痠痛，萬分難走，肚子裡又十分饑餓，便挑選路旁一方大石頭上坐下。歇歇看看，左右只剩兩個兵士，都是垂頭喪氣的模樣。

太子奔波了一天，十分疲倦，不覺把身軀斜倚在樹根上矇朧睡去。那兩個兵士，見太子睡熟了，便陡起歹意，悄悄地商量，乘太子睡熟的時候，拔下佩刀，把太子殺死，拿了太子的首級，奔回京師來。在半路上，遇到趙思慎帶了大隊人馬趕來，那兵士獻上首級。趙思慎把太子首級繳與宗楚客，楚客去奏明皇上。中宗下詔將太子首級獻上太廟。這時，韋皇后見死了武三思，心中萬分淒涼，聽說太子首級到京，便下懿旨：「將太子首級，在三思、崇訓父子柩前致祭。」

韋皇后和安樂公主親自到靈前弔奠。

正在這時候，忽見一位官員，白袍白冠，搶上靈座前來抱住太子的首級，嚎啕大哭。又脫下白袍來裹住太子的首級，抱在懷中不放。眾人看時，這官員名叫寧嘉勖，現為永和丞之職。當時，宗楚客帶領兵士在靈前保衛，見寧嘉勖如此行動，便喝令兵士上前去把首級奪下，把寧嘉勖揪下堂來，交刑部打入監獄中去。自從重俊太子死後，那韋皇后的權力愈大，每日由皇后垂簾聽政，中宗皇帝只坐在宮中不問外事。皇后下諭，改國號為景龍元年。

這一年，元宵燈節；京師地方為慶祝皇后，大街小巷，都掛著奇異燈彩，十分熱鬧。韋后便和中宗打扮成平民模樣，悄悄地從後宰門坐著街車，到大街上觀燈遊玩去。又下旨，命開放宮門，縱令宮女出外觀燈。那三千宮女，得了這個旨意，人人歡喜，呼姊喚妹的，打扮成紅紅綠綠，一隊一隊地走出宮去，在大街小巷中遊玩著。那班宮女，長年幽居在宮中的，如今放出宮來，忽然見了這繁盛的街市，便十分快樂，成群結隊地到處遊行、說笑，快活得忘了形。便有京師地面許多流氓無賴，好似蚊蠅見了血一般的，大家上去把宮女緊緊圍住，花言巧語地哄著說，某處有奇妙的燈彩，某處有熱鬧的市場。

那班宮女，齊是天真爛慢的女孩兒，如何懂得外面險惡的人心！有許多年紀已到十七、八歲，平日在宮中，看慣了后妃那種淫蕩的樣兒，自己也巴不得挑選一個如意的郎君，一雙一對地過著日子，因此她們一見男子來哄騙，她便也甘心情願地跟著男子們跑去。

這一跑，三千個宮女，竟跑去了大半，只有一千多名宮女回宮來的。這一晚，皇帝和皇后從大街上看燈回來，又悄悄地臨幸兵部侍郎韋嗣立府中去。那韋嗣立正和一班同僚官在家中開夜宴，飲酒行令，十分熱鬧，忽然見皇帝、皇后直走到筵前，嚇得屋子裡的那班官員，一齊跪下地去接駕。欲知後事如何，且聽下回分解。

韋皇后妙選面首　馮七姨奇制薦枕

中宗皇帝和韋皇后微服到了韋嗣立府中，傳旨眾文武不要拘束，一般地飲酒行令。韋嗣立家中，原教導著一班小戲子，便在當筵扮演起來，一時鑼鼓喧天，笙歌匝地。韋嗣立自己也能唱曲，便打扮成老漁翁模樣，登臺唱了一出漁家樂。韋皇后在宮中遊玩著，最愛看宮女和太監拋球拔河，如今見文武百官俱在，便下旨：「文武官在三品以上的，作拋球拔河之戲。」

先在臺上，文官和文官，武官和武官，捉著對兒拔河。文宮中有韋巨源和唐休璟二人，年紀都在七十歲以上，形狀十分龍鍾。

韋皇后故意要鬧著玩笑，特命韋、唐二人上臺去拔河。那唐、韋二人，奉了聖旨，不敢違抗，便領旨上臺去。誰知兩人才動得手，便氣喘吁吁，手腳打戰，繩子落地，兩個老頭兒也跟著倒在地下，翻了一個跟頭，只見他擎著手腳向空亂抓亂爬，煞是好看。皇帝和皇后看，不覺呵呵大笑。這拋球之戲，原要在空曠地方行去，韋嗣立家中原造得極大園林，聽說皇后要看拋球之戲，便立刻在花園中挑選一方大草地，安下皇上和皇后的龍位。點起數千盞燈籠，掛在樹枝兒上，照耀得這草地如同白晝。

便有許多三晶以上的武官，顯出全副好身手來，把一個綵球踢來踢去，卻踢得個個不落空，漸漸地天色明亮，皇后才覺精神睏倦，便啟駕回宮。

第二天，一查點昨夜放出去看燈的宮女，竟有大半不曾回宮來的，當有總管太監奏明聖上。皇后便下懿旨，派四路太監，向民間去採買女兒。這個旨意一下，那太監們便如虎似狼地向民間去騷亂，弄得民間兒啼女號，不上一個月工夫，已選得三千女孩兒，帶進宮來，安插在各處充當宮女。那太監還不住地向民間蒐括，早有給事中李景伯上章奏諫，請皇上停止採買宮女之事。中宗卻全不知道有這件事，見了李景伯奏本，忙下旨停止。

韋皇后自從遊過韋嗣立園林以後，常常稱讚他建造得巧妙，只恨那時在昏夜，不曾遊遍，便特意挑選一個天朗氣清的日子，皇上和皇后又臨幸韋嗣立園中來。慌得眾文武官員，得了這個訊息，車水馬龍地齊趕到園中來候著。韋嗣立陪著皇帝皇后在鳳凰原上飲酒聽曲子。這鳳凰原是一座高壇，四面白石臺階，築著一百四十級，坡上種著各種奇花異草，一片燦爛，把壇頂上一座鳳凰亭子團團圍住。

這座亭子卻造得十分精巧，所有一切樑柱窗檻，都雕刻著大小鳳凰，共有數千頭。亭子的頂上，一隻金子鑄成的大鳳凰，裝著飛鳴的樣子，十分生動。亭內用雜錦桶子分著間，滿桶子羅列著珍奇寶玩。皇帝和皇后在亭子裡盤桓多時，十分愉快，傳旨把鳳凰原改稱作清虛原。

帝后在亭中用膳畢，又下亭去遊幽棲谷，又遊興慶池。在池邊又開筵暢飲，侍宴的文武官，都疊起歌舞，一個歌了，又是一個；一個舞了，又是一個。直鬧到夕陽西下，還不罷休。班中便閃出一個李景伯，當筵唱道：「回波，爾持灑巵，兵兒志在箴規！侍宴既過三爵，諠嘩竊恐非宜！」

合座聽了他這歌詞，都不覺悚然。皇帝也覺出宮太久了，便催著皇后一同回宮去。

一轉眼，又是大除夕，韋后先和皇帝說知，須傳中書門下與學士諸王駙馬一律入閣守歲。宮中遍設庭燎，照耀得裡外通明。翊聖宮中數十重門，內外洞開。每重門上懸燈結綵，每座殿上擺滿了筵席，一直進六座大殿，殿上坐滿了文武官員和親王駙馬等親貴。皇后特下恩詔：「凡官階在三品以上的，以及親王駙馬們，都許他夫妻同席。」

因此，親王中如守禮嗣王、譙王、讓王、隋王等共十八位王爺，攜著王妃在第四殿上坐席。

駙馬中如武攸暨與太平公主，武延暉與新都公主，楊慎與長寧公主，韋捷與成安公主共二十四位公主與駙馬，在第五殿上坐席。中宗皇帝與韋皇后，坐在第六殿中。韋皇后自武三思被殺以後，心中失了一個寵愛的人，常覺鬱鬱不樂。今夜中宗在宮中大開筵宴，也是要討皇后歡喜的意思。

當時在第六殿上陪席的人，有刑部尚書裴談，工部尚書張錫，將軍趙承福，將軍薛簡，又有衛譙王重福，溫王重茂，又有國子祭酒葉靜，常侍馬秦客，光祿少卿楊均，各各帶著自己的夫人王妃，陪坐在皇后左右。看官，你知道為什麼這帝后的殿上，卻有這些不倫不類的官員和親王坐著？只因這一班官員，全是韋后的心腹，都仗著韋后一手提拔起來的，因此韋后把他們召集在第六殿上坐著。

再說，內中的楊均、馬秦客、葉靜三人都得了皇后寵愛的。那楊均原是韋嗣立家中僱用著的廚師，烹調得酒菜最是有味。韋皇后臨幸韋嗣立家中飲酒，嘗得酒菜，十分讚歎，說有味，立刻賞黃金百兩，楊均上來叩謝皇后的恩賞，韋后一眼見楊均長得少年面美，便暗暗地中了心意，下詔把楊均調入宮中去，專替韋皇后做酒菜。每於夜深時，韋后在別室裡悄悄地把楊均傳喚進去，賜以雨露之恩，楊均因此便得了光祿少卿的官銜。講到這馬秦客，原是太醫院的御醫，皇后偶爾受了一點感冒，傳秦客進宮去診脈，誰知因秦客的眉目長得實在清秀，不過卻把皇后的病也治好了，從此以後，皇后常常把秦客傳進宮去治病。

他的寵愛，也不在楊均之下。再講到那葉靜，原是一個馬販子出身，在馬上的功夫很好。景龍四年的元宵，京師地方盛行燈會，韋皇后微服出宮，在韋嗣立在莊樓上賞燈，那一套一套的雜耍從樓下經過的時候，葉靜騎在馬上搬弄諸般技藝，什麼鐙裡藏身，鰲頭獨立，搬弄得十分靈活。韋后在樓上望去，見葉靜好一條大漢，渾身銅筋鐵骨，猿臂狼腰，魁梧可羨。

皇后心中不知怎麼一動，便悄悄地傳旨左右心腹太監，暗暗地出去把這大漢留下，當夜送進宮去，在皇后跟前玩了許多把戲，覺得十分受用。從此，葉、馬、楊都做了入幕之賓，追隨著韋后，不離左右。這一夜，宮中守歲，自然也少不了這三位寵臣。只因礙著皇帝的耳目，皇后故意裝出不十分歡樂的樣子來。中宗皇帝見皇后越是不歡樂，卻越要設法使皇后歡樂。

當時，有一位皇后的老乳母王氏，原是蠻婦，面目長得奇醜，卻十分忠心於皇后。韋皇后進宮來，也便把這乳母帶在身邊，好看好待著。又因這王氏善於插科打諢，皇后每到憂悶的時候，便找這乳母王氏說笑一陣，解去了心中的焦悶。如今皇后在殿上飲酒守歲，乳母王氏也隨侍在一旁。如今這王氏是五十歲的老婦人，面貌長得愈加醜陋。她丈夫早在十年前去世，並不曾留得一男半女。只因皇后看待她很好，卻也不覺老苦。

中宗皇帝見皇后今夜不甚說笑，認是皇后心中有不快活的事體，便悄悄地去把乳母王氏喚來，命她去勸皇后的酒，要引得皇后歡笑，便重重地賞賜。那王氏得了聖旨，便蹣跚著走到皇后跟前，捧著金壺，給皇后斟上一杯酒，說道：「娘娘飲了此一杯酒，娘娘明歲便一統天下！」

韋皇后近年來頗有自立為女皇的意思，聽了乳母這一句話，正是深中聖懷，便把一杯酒飲下。接著又斟上第二杯酒去，皇后搖著頭說：「不吃了。」

乳母說道：「娘娘快飲下罷！像賤婢要飲這一杯，也沒這個福。」

皇后聽了，覺得詫異，便問：「飲酒要什麼福呢？你要飲時，俺便賞你飲這一杯。」

乳母忙搖著頭說道：「奴婢不敢奉旨！

這第二杯酒，名叫成雙杯。飲成雙杯，須得夫妻雙全的人可飲。

娘娘若定要奴婢飲這一杯時，須先求娘娘給奴婢做一個媒，賞奴婢一個老女婿，待奴婢和老女婿在洞房花燭時候，飲個成雙杯兒，也還不遲！」

一句話，說得韋皇后呵呵大笑。一旁，溫王的妃子插科道：「姥姥這大年紀，還想女婿嗎？」

乳母說道：「怎麼不想！不瞞貴妃說，奴婢每日害著相思病呢。諸位娘娘貴妃公主們，誰可憐我老奴婢，有剩下來的女婿，賞一個給奴婢罷！」

眾人聽了王氏的話，越發笑得厲害。皇后忍著笑說道：「這有何難？如今宮中上上下下的男子漢，姥姥放著眼挑選去，看挑選中了誰，俺便把那男子賞你。」

王氏搖著頭說道：「可憐巴巴的，如今在殿上的，儘是老爺太太捉著對兒守著，奴婢也不敢作這個孽，生生地去拆了他們的對，剩下那太太，害她和奴婢一般地也害著相思病，豈不罪過？」

這句話，連皇帝聽了也大笑起來。忽然想起御史大夫竇從一卻是一個鰥夫，他妻子死了已有十年，卻還未娶有繼室。當下便笑對王氏說道：「姥姥是嫁一個老鰥夫麼？那也很容易，待朕來替你做媒罷。那御史大夫竇從一，妻子死了已有十年，卻還未娶有繼室，姥姥願意嫁他麼？」

王氏聽了，忙爬下地去叩著頭說道：「這個話原是奴婢哄著娘娘歡笑，奴婢實在不敢害什麼相思！奴婢今年已五十四歲，倘再打扮著去候新娘，怕也沒有這樣好的興子了。」

中宗皇帝說這個話，原也是逗著王氏玩的，不料給給事中李景伯件聽得了，忙出席奏道：「自古天子無戲言！周成王桐葉封弟，亦因戲言而成事實，千古傳為佳話。陛下既有指婚竇大夫之言，不可徒事戲謔，有失天子威信，望陛下立為主持，使竇大夫與王乳母成為夫婦。帝王仁政，施及無告，從此寡者有夫，鰥者有妻，亦千古之美談。」

中宗給李景伯一番話說住了，當即從第三殿上把竇從一宣召到御座前，降諭道：「聞卿久無伉儷，得無嫌孤寂寡歡乎？今當除夕良宵，人皆團圓，朕不忍見卿之煢獨，特為卿成婚。」

說道，便回過頭去，看著韋皇后微笑，韋皇后到此時，卻已笑不可仰，從一聽了皇上的諭旨，一時摸不清頭路，只是叩頭謝恩。一霎時，鼓樂大作，一對紅紗燈配著一對金縷羅扇，六個宮女簇擁著一位新娘；只見她兜著紅巾，穿著禮衣，花釵滿頭，環珮聲聲，步出殿來。便有禮官喝著禮，一對新人在帝后跟前交拜，成了夫婦大禮。皇后特傳懿旨，用軟車把一對新人送回府去，一路上爆竹喧天，笙歌滿路。有許多好事的文武官員，跟前到竇府去看熱鬧。新郎新娘進了洞房，挑去頭巾一看，才認出那新娘便是韋皇后的老乳母王氏。看她粗手大腳，雞皮鶴髮，塗著許多脂粉，越顯得十分醜陋。

那文武官員，見了這形狀，不禁大笑。獨有竇大夫卻十分快樂，他意謂娶得皇后乳母為妻子，從此可以接近權貴，不愁沒有發達的日子了。當夜，又重新排起筵宴來，邀那班文武官員重飲喜酒。到了第二天，果然不出竇大夫所料，內宮傳出詔旨來，拜竇從一為莒國公，封王氏為莒國夫人。皇后又妝內帑十萬，為乳母添妝。從一喜出望外，立刻寫表申謝，表上自稱翊聖皇后阿奢。俗稱乳母之夫為阿奢，翊聖是韋皇后的尊號。中宗皇帝自為竇大夫主婚以後，朝野傳為笑談。

接著，韋皇后又為她妹妹七姨作媒，嫁與馮太和為妻。這七姨原是韋后的從堂妹妹，韋后入宮的時候。七姨年紀尚幼，如今已長成十六歲，卻是姿態曼妙，容色豔冶，一舉一動隱含蕩意。韋皇后把她留養在宮中，不知什麼時候，已與這位溫王重茂偷摸上了手。這重茂自有王妃，其勢不能再嫁為王妃，韋皇后作主，便賜配與馮太和為妻。這馮太和官拜兵部侍郎，也因善於逢迎皇后，是一個少年新進，得配皇后之妹，便覺十分榮幸，終日與七姨縱樂。那七姨年紀雖小，嬉樂工夫卻甚深。

她閨中自制去魅的白澤枕，闢邪的豹頭枕，用錦繡製成式樣，十分精巧，人睡在上面，十分舒適。最動人的是伏熊枕，是在男子安睡時候用的。七姨常誇說用伏熊枕可以宜男，馮太和是一個血氣未定的少年，如何經得七姨在枕蓆之上日夜調弄著，馮太和鞠躬盡瘁地報效著，要圖得七姨的歡心，可憐不上一個年頭，卻活活地把個馮太和歡樂死了。虢王打聽得七姨的好處，便親自向韋后求著，娶七姨去做王妃。

直到韋后事敗以後，虢王怕連累自己，便親自把七姨的頭砍下來，送上朝堂去，這是後話。如今再說安樂公主，自從再醮與武延秀以後，因帝后寵愛、愈加跋扈。她和長寧、安定兩公主的僕役，打邇在一起，在外面四處劫掠民間子女，拉進公主府中去充作奴婢。略有姿色的女子，還免不了受豪僕的奸汙。因之，公主府中園林幽僻的地方，常常有女孩兒縊死的，投井投河的。那失了子女的民家，一齊趕到刑部大堂告去。那官員一聽說公主府中的事，嚇得他問也不敢問。那子女的父母，受了一肚子的冤屈，無可告訴，便也在家中尋死覓活，鬧得家破人亡，民怨沸騰。

這訊息傳到一位左臺侍御史袁從一的耳中，便十分憤怒，暗地裡打發衙役在外面四處探訪，訪到西城腳跟，果然見一群豪奴在民間騷擾，強奪一家的女孩兒，那家父母哭著跪著，向豪奴求饒。豪奴捉住那女孩兒，轉身便走，連正眼也不去睬他。

躲在暗地裡的一群衙役，見了這情形，便一擁而上，把那豪奴的手腳捆住，送回御史衙門去。那袁從一坐堂一審問，知是安樂公主家中的奴僕，便喝令重責，打得那豪奴皮開皮綻，關在死囚牢裡去。當時，還有走脫的豪奴，急急逃回府去，把御史衙門捉人的話告與公主。安樂公主一聽御史衙門膽敢捉她的人，便大起咆哮，立刻穿戴起來，一乘軟車進宮去，向他父皇要回府中的奴僕來。

中宗皇帝聽了安樂公主的話，便下一道手詔給御史衙門，命從速把安樂公主家的奴僕放了。誰知那袁御史竟不奉詔，親自趕進宮去，奏道：「陛下聽公主一面之辭，縱令豪奴，劫奪良家子女。陛下若不從重治罪，將何以治天下！臣明知釋奴可以免禍，殺奴便得罪公主，然臣終不願枉法偷生！」

說著，連連碰頭。袁御史一番理直氣壯的話，中宗皇帝聽了，一時也無話可說，便令公主且退。那袁御史回到衙門，立刻把那豪奴綁赴西城根出事的地方，梟頭示眾！自己也棄了冠帶，上一本表章，丟下官去山中隱居了。

安定、長寧兩公主見殺了安樂公主的家奴，大家便覺膽寒，從此也斂跡起來。但安樂公主丟了這個臉，如何肯罷休？便天天向父皇絮聒，說要把袁御史捉來，償她家奴的命。中宗百般安慰，又把臨川長公主的宅第賜給安樂公主，安樂公主才歡喜起來，立刻召集了五萬人夫去建造新宅第。宅第四周的民房都被霸占住，拆毀改造做府中的園林。

可憐那窮家小戶，三瓦兩舍的聊避風雨，如今被安樂公主這一霸占，但頓時站在白地上，無家可歸了。大家紛紛地到京兆尹衙門中告去，卻是十告九不准，因此那班窮人紛紛到公主府門外去哭訴求告。那公主吩咐一齊打出去，可憐有許多男女，被府中豪奴用粗棍子打死的，也有許多自己拿腦袋撞在階石上死的，更有許多悄悄地在半夜時分去在府門外吊死的。一座新府第門外，弄得屍體纍纍，甚是悽慘。那地方衙門中伸冤的狀紙，便和雪片也似地送進來。

但官員們全是趨奉勢力的，有誰肯去替人民伸冤理枉？

安樂公主宅第落成的這一天，用御林軍一萬騎，又用宮中的音樂，送公主和駙馬進宅。中宗皇帝和韋皇后，也親幸府中筵宴。這時，安樂公主前夫崇訓的兒子，只有八歲，便來朝拜帝后，很懂得禮貌。韋皇后看了，甚是歡喜，把孩子抱在膝上，便下手詔，拜為太常卿，鎬國公，食邑五百戶。中宗皇帝見韋皇后擅自作主下旨，不把皇帝放在眼中，心中萬分地不願意，當時便攔住韋皇后的手詔說：「且慢下詔！待朕回宮去，再作計較。」

韋后聽了，卻冷冷地說道：「什麼計較不計較？陛下在房州時候，不是說將來一聽妾身所為嗎？為何如今又要來干涉妾身呢？」

中宗皇帝，見皇后把自己私地裡的話當眾宣布出來，心中愈覺耐不住了，心想皇后如今一天跋扈似一天，不趁今日收服她，將來不又要鬧成武太后的故事麼？皇帝便一句話不說，傳旨起駕回宮。

韋皇后早已不把皇帝放在眼中，見皇帝負氣回宮，也毫不驚懼，一般地在安樂公主府中飲酒作樂。直熱鬧到半夜時分，賓客漸漸散去，皇后便在內室，暗暗地把她一班心腹官員召來，商量大事。一時，如國子祭酒葉靜，常侍馬秦客，光祿少卿楊均，刑部尚書裴談，工部尚書張錫，又有將軍趙承福、薛簡、衛譙王重福，溫王重茂，紛紛在安樂公主府第中密議，議定在長寧公主新造的東都宅第中舉事。原來長寧公主一般也是韋皇后的親生女兒，她見妹妹安樂公主新造了宅第，便也向她母親韋皇后去要地來建造新宅第，韋后便把樂都洛水邊的一大方鞠球廣場和廢永昌縣主的府第，一併賜了她。

長寧公主又向皇帝要得內帑二十萬，便在這地方大興土木。府的東面，原有魏王泰的舊府地，又讓長寧公主霸占了過來。在東西兩盡頭，開成兩大池沼，每一池有三百畝方圓。池面上建著曲橋水閣，玲瓏剔透，與水晶宮相似。沿洛水一帶，又建造著高臺大廈，望去十分富麗。在韋皇后的計劃，原想俟長寧公主府第落成的這一天，和中宗皇帝同臨公主府中，府外由將軍趙承福、薛簡二人帶領御林兵士，把府第圍住，鼓譟起來，逼迫著中宗皇帝下手詔，把玉璽交出，把皇位讓與韋皇后，立安樂公主為皇太女。

看看那長寧公主的府第快要落成了，忽然衛譙王來告密說：「太平公主帶著她公子崇簡，昨夜逃出京城，與臨淄王隆基謀反。」

韋后聽了大驚，連說：「俺的計劃被她破了！」

欲知後事如何，且聽下回分解。

慧范和尚雙雕豔福　太平公主三日奇緣

太平公主原是和韋皇后同謀的，只因後來韋皇后霸占了她心愛的武三思，韋后的勢力在太平公主以上，公主心中敢怒而不敢言。太平公主有一個兒子名崇簡，實是武三思的私生子，太平公主十分愛憐他。見韋后拜崇訓的兒子為太常卿，又封鎬國公，十分眼熱，便也替崇簡去向韋皇后求封，誰知韋后不許。

因有這兩重原因，太平公主把韋皇后恨入骨髓，從此便在暗地裡時時探聽韋后的舉動，去報告與睿宗父子知道。

睿宗的兒子，便是臨淄郡王隆基，是一位英俊少年，小小年紀，已在疆場上立了許多功勞。太平公主暗暗地看在眼裡，知道這位王爺將來必有一番作為，便在背地裡竭力地拉攏，那韋皇后還蒙在鼓中。那日在安樂公主府中召集心腹祕密會議，太平公主也在座的。

公主知道京師地方旦夕必有大變，便帶了崇簡避出京城，也是為將來自己洗刷的地步。誰知韋皇后聽說太平公主母子二人逃出京去，深怕破了她的祕計，便立刻下了一個決心。從來說，先下手為強。當夜在宮中和馬秦客、楊均二人活活把箇中宗皇帝殺死，時已三更。皇后用手詔召刑部尚書裴談，工部尚書張錫，主持朝政，留守京都。另詔發府兵五萬屯京師，以韋溫總知內外兵馬。直到第六日，才收殮皇帝的屍身，發喪。矯遺詔，自立為皇太后。立溫王重茂為皇太子。

將軍趙承福、薛崇簡，領兵五百，保護皇太子入宮，即皇帝位。稱作殤帝。皇太后臨朝聽政，以族弟韋播宗子捷璿，甥高崇和武延秀一班同黨，分領左右屯營羽林飛騎一萬騎，把個京師把守得水洩不流。京師地方人民，大起恐慌。韋播和捷璿二人，原是紈褲子弟，不懂得軍事的，便日夜鞭笞兵士，那兵士大怨。

訊息傳到睿宗府中。這睿宗自武則天廢去，中宗立為皇帝后，武則天自立為帝，改國號稱周，睿宗又退居東宮，立為皇嗣。迨中宗自房州還朝，立睿宗為安國相王，子隆基為臨淄郡王，如今父子二人，眼看著韋后弒了中宗皇帝，另立重茂為皇帝，這事如何甘心？

韋皇后也明知睿宗不甘心，且此時軍民的心，大半向著睿宗，為籠絡人心計，韋后便下詔拜睿宗為參謀政事，改元稱唐隆元年，大赦天下。一轉眼，又罷免睿宗參謀政事，改拜為太尉。睿宗一切都不奉詔，也不入京師。臨淄王隆基，日與太平公主子薛崇簡，尚衣奉御王崇曄，公主府典簽王師虔，朝邑尉劉幽求，苑總臨鐘紹京，長上摺沖麻嗣宗，押萬騎果毅、葛福順、李仙鳧，道士馮處澄，僧普潤，一班心腹，計劃攻打京師的事。有人勸隆基去和父親睿宗商議，隆基說：「父親宅心仁厚，議而從，是父王有殺嫂之名；議而不從，則吾計敗矣！今成敗由吾一人當之。」

這時，韋皇后遣紀處訥、張嘉福、岑義一班武將，捧著皇帝節鉞，巡撫關內河南北一帶，臨淄郡王伺著京中空虛，便自率萬騎，乘夜與劉幽求等爬城，偷入御苑中；又令福順仙鳧另率萬騎，圍攻玄武門，殺死左羽林將軍韋播，中郎將高嵩，揮左萬騎兵從左門衝入，揮右萬騎兵從右門衝入。臨淄王率領總臨羽林兵，與諸路兵馬在兩儀殿上會合。這時，宮中守衛中宗靈柩的兵士，盡起響應，首先打入宮去，領導臨淄王衝入了韋皇后寢宮。

那兵士進去把韋后從睡夢中拖拽出來，臨淄王見她渾身穿著鮮豔的寢衣，睡眼惺忪地站在跟前，不覺一股怒氣，喝一聲把這淫婦殺了！便有左右刀斧手拉去，殺死在中宗柩前。好好一個美人胎兒，只因中宗任卿所為一語，把她放縱得淫亂了一世，到頭來弒了丈夫，連自己也殺了頭。眼看著一個豔麗的屍首，倒在階前，一任那蚊蠅來吮她的血，蛇鼠來嚙她的肉，也不見一個人來照看她，憐惜她。

臨淄王殺了韋后，一轉身便攻到安樂公主府中，那安樂公主正對鏡畫眉，一個少年美貌男子在一旁陪侍著。只聽得門外一聲吶喊，慌得公主把畫眉的筆丟在地下，站起身向後花園中逃出，可憐已來不及了。臨淄王指揮著兵士，峰擁上去，明晃晃的刀向粉頸兒上砍去，只聽得一聲慘呼，安樂公主倒地死了。

臨淄王吩咐割下頭來，轉身又去搜捉得馬秦客、楊均、葉靜一班韋后的面首，和駙馬都尉武延秀，押赴宮門外斬首。所有京師各路兵士，都來歸順，臨淄王一一拿好話安撫他們。

看看諸事已定，便回睿宗府，見了父親，拜伏在地，自認不先稟告的罪。睿宗也流下淚來說道：「我全賴汝免禍，豈復有責備之理？」

說著，把臨淄王扶起。接著，滿朝文武俱來迎接睿宗復位，左右羽林兵士簇擁著睿宗父子二人進宮。睿宗御安福門，接皇帝位，受百官朝賀。睿宗下詔，貶韋后為庶人，安樂公主為勃逆庶人。進封隆基為平王。太平公主加封至一萬戶，三子俱封王。又捕捉李日知、紀處訥、韋溫、宗楚客、趙履溫，一齊處死。貶汴王邕為沁州刺史，蕭至忠為許州刺史，韋嗣立為宋州刺史，趙彥昭為絳州刺史，崔湜為華州刺史。

那太平公主因與聞誅討韋氏之功，權勢又復大振。睿宗久不在朝，諸事隔膜，一切用人行政，便和太平公主商酌施行。

公主每與睿宗皇帝在宮中商議國家大事，直到夜深才得退出。

睿宗和太平公主是同胞姐弟，凡是公主所說，皇帝無不聽信，因之公主府第中都有獻著金銀前來請託的。凡是公主推薦出去的人，個個都位至公卿。竟有一介寒儒，略略孝敬了幾個錢，一轉眼間，便官至將相。每遇朝廷大政，非把公主請進宮去商議定了，不能施行。偶值公主體有不適，或是懶得進宮，睿宗便打發宰相到公主府中去請示。那睿宗皇帝卻毫無主見，只依著太平公主的話行去便了。

這位公主，自武則天皇后在日，幫著管理政事。日子很久，一切行為，照著公主意思做去，無有不妥的，睿宗便覺得處處非有公主在旁謀劃不可。太平公主生性最愛錢財，她得了銀錢，便置買田地，凡近京城四郊肥美的田地，盡被公主收買完了，平日在府中一切起居飲食，十分講究。遠至江浙，四川，廣東，所有著名出產的食物，運用器具，都由就地州縣官採辦，派差役送至京師，供太平公主享用。那採辦的差役，在水路、陸路上往來不絕。公主府中，又挑選一班絕色的女孩兒，習著歌舞，天子也常常臨幸公主府第聽歌。

公主每一出入，便有數百名侍兒和奴僕護衛著。府中奴婢千數百人，個個夏曳羅綺，冬披狐裘。隴右有公主的牧馬場，養馬一萬頭，公主常常與臨淄王騎馬出郊去打獵。公主所騎的馬，金鈴繡鞍，儘是名馬。

京師天王寺有一個僧人，法名慧范，長得白淨肥胖，自稱是活佛轉世，太平公主親自到寺中去參拜。哄動了京師地面的愚夫愚婦，個個去跪求活佛賜福賜壽，有大家女眷捐助金銀的，因此慧范手中財產多至千萬。公主有一乳母年紀已四十歲，卻是生性淫蕩，在公主府中和那少年僕役私通的，不計其數，公主卻十分信任這位乳母。公主所到的地方，總是這乳母陪伴著，如今她一見了僧人慧范，便覺十分可愛，即在寺中和慧范勾引成奸。乳母又怕姦情敗露，為公主所不容，便設計悄悄地把慧范引至府中。

太平公主盛夏病暑，慧范假說是為公主治病，便又和公主私通。從此，慧范在京師地方，權力極大，有許多將相都拜在慧范門下，認為寄子。那寄媳每逢菩薩生日，或慧范生辰，都打扮得花枝招展似的，到寺中宿山去。許多年輕婦女，在僧人房中留宿，弄得聲名狼藉，便有御史魏傳弓奏劾僧人慧范奸贓四十萬，請付有司論死。睿宗皇帝因慧范是太平公主的師父，便置之不問。魏御史又上奏章道：「刑賞國之大事！陛下賞已妄加矣，又欲廢刑，天下其謂陛下何？」

睿宗皇帝不得已，罰慧范報效朝廷銀十萬兩，又有青階大夫薛謙光，上表彈劾慧范不法，不可貸。太平公主大怒，去對睿宗皇帝說知，睿宗下詔，反革去薛謙光的官位，流配到嶺南地方去。從此，太平公主的權力愈大，人人害怕，不敢侵犯。

太平公主最忌臨淄王，因臨淄王聰明英俊，睿宗已立為太子，一朝有權，便大不利於太平公主。因此，公主常在睿宗皇帝跟前訴說太子的短處。太子也知道公主的勢力很大，凡事都避著公主的耳目。這時，太子的寵姬楊氏，正有孕在身，太子怕犯了公主的忌，暗勸楊氏服打胎藥，免得給公主知道了，在皇帝跟前說短道長。

原來這楊氏原是睿宗的貴嬪，長得嫵媚玲瓏，太子常在父皇跟前走動，兩下里眉目傳情。從來慧眼識英雄，楊氏雖為貴嬪，卻未曾得睿宗臨幸，還保全得一個白璧無瑕的身體。這一天，太子在宮中御書房裡代父皇披覽奏章，楊氏假著傳達皇帝旨意為名，在書房中和太子成就了好事。後來，又買通了宮內太監，把楊氏改扮作內侍模樣，混入東宮去收養著。如今這楊氏身懷胎孕，太子深怕讓太平公主知道了，傳在皇帝耳中，父子之間，傷了情感，因此勸楊氏服打胎藥。

這楊氏正與太子愛情濃厚，太子的話，豈有不從。但深居宮中，這打胎藥何從去買得？這時，張說為侍讀學士，常在太子宮中出入，平日十分忠心於太子，太子也每事與張說商量。

如今姬人楊氏墮胎的事，太子也悄悄地找張說商量去，張說一力承當。隔了三天，張學士在衣袖中悄悄地懷著三劑墮胎藥進宮去，獻與太子。太子得藥後，但進內宮，退去左右宮女，親自在殿壁後面取火煎藥。一時藥不易熟，便倚著殿壁守候著，不覺矇朧睡去。恍惚間，忽見有一個金甲神人，身高丈餘，手執長矛，走上殿來，在藥爐旁繞走著不停，那藥爐被神人的腳尖踢翻。太子在睡夢中驚醒過來一看，那藥罐已完全傾覆在地。

太子心中十分詫異，便又將第二劑藥傾入罐中，添火再煮，自己坐守在爐旁，一轉眼間，那藥爐中炭火下墮。藥罐一傾側，藥又完全傾翻了。如此連煎三次，那藥罐也連翻三次，太子也無可奈何，只得守著，俟次日張說進宮來，把這情形說了。張說聽了，便拜倒在地，賀道：「恭喜千歲！這胎中貴子，實天命所歸，不宜再加傷害了！」

太子也覺有異，便把楊氏密密地藏起。楊氏肚子一天大似一天，便愛酸味食物。太子對張說說知，張說推說是進獻經典，把許多酸味瓜果，暗藏在書箱裡，送進東宮去。楊氏吃著瓜果，心中十分感激張說。後來，楊氏肚子大如斗米布袋，漸漸地有些隱瞞不住。

正在驚慌時候，忽然睿宗皇帝下詔，命太子即皇帝位，自尊為太上皇。皇帝聽小事，太上皇聽大事，追封武則天為聖後，太子接了這個聖旨，十分惶懼，便入宮求父皇收回成命。睿宗皇帝不許，說：「此吾所以答天戒也！」

隆基太子只得遵旨，在武德殿即位，便是玄宗皇帝，尊睿宗為太上皇，立妃王氏為皇后，姬人楊氏為貴妃。

玄宗皇帝第一道旨意，便是使宋王、岐王總領禁兵。這職位原是太平公主的長子、次子的，如今奪了兵權，太平公主心中十分不樂，便親自坐車至光範門，朝見太上皇，請廢玄宗帝位。這訊息給御史宗璟、姚元之知道，十分憤怒，便上表太上皇，請將太平公主逐出東都。太上皇不許，只下手詔令太平公主出居蒲州。太平公主在蒲州，心中十分疑懼。這時，在朝宰相七人，卻有五人是公主提拔出山的，五宰相邀同左羽林大將軍常元楷，知羽林軍李慈，一齊趕赴蒲州去私謁公主。

公主和這幾位心腹官員，祕密謀反。又去把尚書左僕射竇懷貞，侍中岑羲，中書令蕭至忠，崔湜，太子少保薛稷，雍州長史李晉，右散騎常侍昭文館學士賈膺福，鴻臚卿唐晙，和元楷慈、慧范一班文武，召來會議了三日三夜。太平公主立意要謀反，廢去玄宗皇帝。約定令元楷慈帶領羽林兵殺入武德殿，又令蕭至忠伏兵在南衙為內應。

早有幾個玄宗的心腹官員，得了訊息，飛也似地趕進宮去報告。玄宗皇帝卻不動聲色，暗地裡召集岐王，薛王，兵部尚書郭元振，將軍王毛仲，殿中少監姜皎，中書侍郎王琚，吏部侍郎崔日用，一班忠臣，在宮中會議定計，便在太平公主舉事的前一日，王毛仲率太僕少卿李令問、王守一，和內侍高力士、果毅、李守德，暗暗地帶領五千禁兵，假說是收處御馬三百匹，乘其不意地衝進了虔化門，砍下元楷慈的首級，在北闕上號令。

又活捉住賈膺福、岑羲、蕭至忠，捆赴朝堂，當著皇帝面，砍下頭來。

太平公主在蒲州得了這訊息，一時措手不及，便帶了慧范逃到南山中去躲著，被鄉村中人瞥見，一個和尚同著一個婦人在山野地方東奔西逃，看了十分詫異，眾人齊說這和尚姦拐婦人，一擁上去，七手八腳，把這慧范打死。太平公主見打死了慧范，嚇得魂不附體，只向荊棘叢中亂逃亂竄。太平公主原是金枝玉葉，一生在宮中府中嬌養慣了，如何耐得住這辛苦驚恐！

幸得脫了眾鄉人之手，看看逃到一個荒山壁下，落日西斜，滿眼荒蕪，又沒有一個奴婢在跟前，一陣陣西風吹來，凍得她渾身索索地打戰。看看天色晚下來了，四面山谷中奇怪的鳥獸，一喊一嘶的聲音，公主心中一慌，那眼淚止不住撲簌簌地落下粉腮來。可憐她從辰至酉，肚子裡不曾有半粒飯米進去，早餓得饑腸如雷一般地嗚起來。

正倉皇的時候，忽聽遠遠地有人唱歌的聲音，那歌聲愈聽愈近？只聽他唱著道：「幕天席地無牽掛！」

從山坳裡轉出一個少年樵子來，慢慢地走近太平公主跟前。公主偷眼看時，那樵子眉目也還清秀，知道不是歹人，便只得忍著羞上去向這樵子要一碗飯吃，要一間屋子住。那樵子聽說，便站住了腳，向公主深身上下打量了一番，便問道：「看你是一位大家夫人，為何到這荒野地方來？難道說不怕虎狼咬嗎？」

太平公主見問，只得打著謊話哄他道：「俺原是好人家婦人，只因家中遭強盜搶劫了，房屋被放火燒了，一家男女十六口，盡被強人殺死，只逃出了我薄命人的一條性命！如今我弄得無家可歸，逃在這荒山野地裡，肚子又餓，身上又冷，可憐我一生養在綺羅叢中，幾曾吃過這樣的苦痛，眼見得我今日性命休矣！」

說著，止不住兩行熱淚掛下粉腮來。樵子看她哭得可憐，便說：「俺茅屋離此不遠，夫人若不嫌骯髒，請權去宿一宵，明日再作計較。」

太平公主到了這水盡山窮的地步，要不跟這樵子去，實在也無路可奔。當下，那樵子一路歌唱著，在前面領著路，太平公主低著頭，在後面一步一步地跟著。看看轉入山僻小徑，腳下坡路崎嶇，石子嵌在腳心裡，十分痛楚。看那樵子，赤著腳在坡上大腳步走著，毫無痛苦。坡下露出一間小小茅屋。望進去黑黝黝的。

太平公主向門裡一探，只覺一陣臭氣直撲進鼻管來，忍不住連打幾個乾嘔，急急退出廊下。那樵子搬一個樹根子在庭心裡，請公主坐下。又拿一方木板，用幾根樹枝兒支撐起來，便算一張板桌兒。看他撮了一把柴火，在廊下土竈上煮起飯來，一陣飯香，吹在公主鼻管裡，引得那肚子裡的饑腸越發和雷一般地亂鳴起來。

一刻兒工夫，樵子熱騰騰地端出兩大碗飯來，和公主對吃著，又拿些菜乾獸肉做下飯的菜。公主看那飯時，又黃又黑，撥進嘴裡，粒粒和鐵珠一般，又粗又糙，實在不能下嚥。只因肚子裡饑餓萬分，閉著眼亂嚼亂吞的，吞下半碗飯去。這時，月光照在曠場上，冷風一陣一陣吹在身上凍得打戰，耳中遠遠聽得狼啼虎嚎的聲音，公主止不住心中害怕。到此地步，也說不得了，只得鑽身進了茅屋。那樵子搬過一方大石來，擋住柴門。公主黑黝黝地坐在茅屋裡，被臭氣燻得頭痛腦脹。屋子裡原有一架床鋪，樵子讓公主上床去睡，公主如何肯睡？坐在破凳子上出神。一霎時，只聽得那樵子鼻息如牛鳴一般。公主到此境地，不覺把已往的事體，一樁一樁從心頭湧起。

想起幼年時候，在則天皇帝膝下過的日子，何等風光？皇后在諸公主中，最愛自己，自小怕不能養大，便給自己做女道士打扮。後來，吐蕃國打聽得自己的美名，便來求婚，皇后不願把自己最疼愛的女兒下嫁給夷人，便特意替自己建造起一座道院來，推說公主已出家修道，絕了吐蕃人的妄想。記得公主有一天穿著紫袍，圍著玉帶，戴上摺角巾，在父皇母后跟前唱著舞著。母后見了，大笑說道：「孩兒不做武官，為何有如此打扮？」

公主便回說：「求母親把衣冠賞賜給駙馬，可好嗎？」父皇知道女兒的意思，便立刻給她下嫁駙馬薛紹。大婚的這一日，假萬年縣為洞房，門狹不能容輿馬，左右把牆垣拆毀了，容車馬出入。婚禮既成，兩新人肩並肩兒坐在車上，從興安門進，時在深夜，沿路設著火炬，直到駙馬府門口，好似一條火龍一般。路旁的樹木，全被火炬熏灼枯死了。自從嫁了薛駙馬以後，便知道男女的趣味。薛紹死後，又改嫁駙馬武承嗣，第三次又嫁與武攸暨。

說也奇怪，一個女孩兒嫁第一個丈夫，心中十分貞潔；待到嫁第二個丈夫，便有玩弄男子的意思，從此見了中意的男子，便好奇心發，有意地去勾引他上手。上手的男子越多，心中愈覺快意。後來，自己一意去找尋那雄壯美麗的男子，藏在府中快活。屈指兒一算，生平被自己玩弄的男子，已有四十多人！某人的氣力最大，某人的面貌最美，某人的身體最雄壯。太平公主閉著眼，一個一個地想著，想得十分出神，她也自己忘了坐在茅屋裡了。又想到自己勢力最大的時候，田園萬畝，宅第千間，真是何待的舒適，何待的享用！千不該，萬不該，聽信了慧范的話，謀廢天子。到如今，弄得身敗名裂，幸而逃得性命，落在這荒野茅屋中。往後叫我如何度日？

可憐她迴腸九轉，想了又想，不覺東方已白，陽光照進屋子來，滿地的柴草，滿屋的灰土。又看那樵子時，只見他伸手舒腳地睡在一架草床上。日光從窗櫺中射進來，照在他眼上，把他從夢中驚醒，一骨碌從床上翻身下來，搬開了大石，出得屋子，走到溪邊去洗淨了頭臉。轉身拿一個瓦盆，盛了一盆清水，送在公主面前，催公主梳洗。欲知後事如何，且聽下回分解。

朱棒橫飛后妃慘殺　香木雜珮帝子中譏

太平公主落身在荒山茅屋中，幸得這樵子十分用心照看她，水啊，飯啊，忙著供給。太平公主住到第二天，看看四山清秀，地方幽靜，她一生從富貴奢靡中出來，到此便覺別有天地，漸漸地把心中的憂愁也拋開了。又看這樵子性情忠實，身體強壯，自己得了倚靠，心也略略放下。在白天，樵子依舊上山去樵採，太平公主在茅屋中閒著無事，便替他打掃打掃，整理整理，又從溪頭去取了一甕水來，在窗戶床桌上揩抹一番。

這是公主自出母胎不曾做過的事，如今做著，反覺別有趣味。公主是不曾操作慣的，她忙了一陣，不覺粉汗涔涔，滿身躁熱，便把外面穿的一件半臂脫下來，搭在床架上。又略略把頭上髮髻兒整了一整，回頭望著窗，一片夕陽，照在山頂上，那樵子又遠遠地唱著歌回來了。

太平公主看他眉目間一片天真爛漫，快樂無憂的神氣，自己也受他的感動，快活起來了。樵子從柴草中捉出兩只活兔兒來，拿到庭心裡去殺了，剝了皮，洗淨了，放在土竈上煨起來，頓時肉香四溢。太平公主鼻管中聞了，也不覺饞涎欲滴。他把兔肉煨好了，便進屋子來，開啟床後的木櫃，拿出幾件粗布衣褲來，挑選了一套衣服，抱著向公主笑了一笑，向溪邊走去。公主回頭看時，見床上留下一件樵子的布衣，恰巧遮在那件半臂上面，兩件衣服並在一塊兒。

公主看了，不覺心中一動，那兩道眼光，注定在布衣上，睜睜地看著，心中不知道想到什麼地方去了。一刻兒，樵子從溪心裡洗乾淨了身體回來，身上也換了乾淨布衣，忙忙地煮飯，把兔肉扯成小塊，又支起那板桌，和公主對坐吃著飯。吃飯的時候，彼此默默無言。

吃罷了飯，那樵子從柴擔上掏出許多蘆花來，先把床上骯髒的被褥拿去，把那蘆花厚厚地軟軟地鋪了一床，開啟木櫃，拿出一幅布來，遮住那蘆花，成了一床很厚很軟的褥子。又另外拿一卷乾淨的棉被來，疊在床頭。看那被面上，雖是一方藍布，一方白布地補綴著，望去卻是洗得十分清潔。樵子忙了一陣，天色卻已晚了，他把自己的被褥鋪在地下，先去臥了，留著那床鋪讓給公主睡去。那公主見樵子的行動，心中很是感激，這茅屋很是狹窄，在床前鋪著被褥，已無立足之地，不得已便爬上床去睡了。

今夜，公主的心裡又與昨夜不同，她心中七上八下的，不知在那裡想些什麼，那身軀翻了半夜，還不得人夢。說也奇怪，聽那地上睡著的樵子也不能安睡，只不停地有窸窣翻騰的聲息。公主心中一陣跳動，便從床上坐起身來，原想使心地清醒些的。這時，公主的身體靠床沿坐著的，兩只腳兒垂在床沿下面，她腿兒略一擺動，忽然黑地裡伸過一隻手來，將公主的腿兒輕輕握住，一縷熱氣從腿兒上直鑽人心頭。這時，公主也支撐不住了，便在暗地裡伸過手去握住那樵子的手。公主這時雖已是四十歲以外的婦人了，但對於風流事體，雖在這極困苦危險之中，還不能叫她灰心。她在日間，早已看中了這樵子的身體強壯，如今又有患難中知遇之感，兩人便恩愛纏綿了一夜。

直到第二天日上三竿，雙雙起身，公主便打定主意，跟著樵子度著下半世了。當下，便把自己隨時插戴的珍寶珠翠，一齊脫卸下來，估量最少也賣得上萬銀錢，便通通交給這樵子，叮囑他拿到城中去折賣了。又把自己的生世，原原本本地告訴他。

樵子聽說是一位公主，驚得他目瞪口呆，兩眼注定在公主的粉臉兒上，疑心自己遇到了仙佛一般。一轉念，又快活起來，在滿屋子跳著笑著。公主去拉住他，又把得了銀錢和他逃到遠外僻靜州縣住著做一對長久夫婦的話說了，這樵子愈聽愈高興，忍不住捧著公主的手臂狂舔。公主也用手撫著樵子的頸子，兩人親熱了一會。這樵子才拿著那珍寶向進城市的大路上走去。

這裡，公主坐在茅屋中守候著，閒著無事，便拿起一件樵子穿的破衲，背著身軀，坐在太陽光中補綴著。正靜悄悄的時候，忽然十多名官兵一擁進屋來，把公主的手腳捉住。便有一個內侍上去，拿繩子把公主的身體綁住，推押著出了茅屋，可憐公主嬌聲啼哭著，那兵士們毫無憐惜之意。橫拖豎拽地拉出了山徑，路旁停著一輛板車，推公主進了車廂，一群兵士，前後圍隨著向通京師大道走去。進了京城，依舊把公主送進府第，在一間小屋子裡幽囚起來。看看到了天晚，一個黃門官捧著聖旨下來，賜公主自盡。

太平公主到了此時，也知道自己是不免一死的了，滿面流著淚，跪倒在地，謝過了恩，解下腰間白羅帶來，套在頸子上，便有兩個太監上去用勁一絞，把個風流一世的太平公主活活絞死。

第二天，又派一隊兵士到南山茅屋中去搜查，只見一個鄉村打扮的男子，也高高地掛在屋脊子上吊死了。搜那男子身畔，還懷著一包珍寶珠翠，不曾賣去，這明明是那痴心的樵子了。

可憐他得了公主一夜的恩情，便把自己一條清白的性命送與公主了。玄宗皇帝既把太平公主賜死以後，查明公主長子崇簡卻是十分賢明的。太平公主祕密謀反的時候，崇簡竭力勸諫，他母親大怒，喝令家奴捉住痛打，崇簡被打得皮開肉綻，倒在床上不能行走。直到公主死後，玄宗皇帝把他扶進宮來，當面勸慰了一番，復了他的官，又賜姓李氏。

玄宗見去了太平公主，便把楊氏加封為元獻貴妃，不久便生下一位皇子來。這位皇子，卻是學士張說保住了他的性命。

張說原懂得推算命理的事體。這皇子生下地來，玄宗皇帝拿生辰八字給張說推算，張說拿回家去細細地一算，知道這位皇於是難養的。玄宗皇帝偶與王皇后說起，王皇后正苦無子，便把這皇子抱去撫養，十分寵愛，後來便是肅宗皇帝。張說從此得了皇帝的信任，直做到丞相。元獻貴妃後又生一女，便是寧親公主，到十八歲上下，嫁張說之子張垍，這都是後話。

且說睿宗皇帝自讓做太上皇以後，年紀雖不算老，但身體常常有病，精神也很衰弱，安居在西宮，每日齋戒誦佛。想起從前劉皇后和竇德妃二人死得甚慘，便在宮大設道場，超度亡魂。那竇德妃是玄宗皇帝的生母，今日在西宮建醮，便和王皇后二人雙雙臨幸西宮，去參拜神佛，又朝省太上皇。

那劉皇后原是睿宗在儀鳳年間藩王的時候娶的，初封孺人，五年以後，改封王妃，生寧王和壽王代國二公主。武則天為皇太后，睿宗即位為皇帝，立劉氏為皇后。後武則天自立為女皇帝，睿宗降號為皇嗣，幽囚在宮中，劉皇后復降為王妃，與睿宗分住，不得見面。這時，劉皇后與竇德妃合居在後宮，竇德妃是睿宗拜相王時候納為孺人。睿宗即皇帝位，進為德妃，生玄宗皇帝，和金仙、玉真二公主。睿宗既被幽困，后妃二人，日夜悲泣。

每當黃昏人靜，她二人便向天焚香禱告，願以身為替，使睿宗皇帝早見天日。事機不密，給看守的宮婢知道了，暗暗地去告訴武則天，說后妃二人每夜對天咒詛，武則天大怒，喝令內侍把兩個賤婢揪來，待俺處治。不一會兒，那劉皇后和竇德妃二人，被一群狼虎擬的太監當髻一把揪住，拖到武則天跟前。可憐后妃二人，見橫禍從半天裡落下來，嚇得她玉容失色，見了則天女帝，只是不住地叩頭求饒。

則天皇帝見了她二人，氣得眼中迸出火來，只聽得喝一聲打，那七八條朱漆棍兒，向後妃二人身上亂打，打得二人在地上亂滾，口中一聲聲天啊！萬歲啊地慘叫。武則天怒氣不息，喝令先把后妃二人的舌頭連根挖去；二人都是嬌弱的身軀，如何受得住這個痛苦，早已暈絕過去了。則天皇帝見二人已不能活命，便傳旨把兩個賤婢的身軀毀了。當有刀斧手上來，把后妃二人的屍身抬去，在御苑冷僻的地方，砍做了二、三十塊，向草地上亂拋。第二天，這草地上飛集了一大群鴉鵲，銜著屍肉，向四處飛散去了。

如今睿宗皇帝想起當初劉皇后、竇德妃二人死得很慘，又無處找尋屍身，只得請了高明的道士，在御苑中築臺招魂，備了皇后的衣冠，裝在兩口空棺木裡，用皇太后的輿馬旌旗出喪。

在京師大街上經過，人人看了酸鼻，靈柩抬出東都的南郊，埋入土中，建成兩座高大的陵墓。下詔封劉氏為肅明順聖皇后，封竇氏為昭成順聖皇后。肅明後的陵墓稱作惠陵，昭成後的陵墓稱作靖陵。太上皇自埋葬兩後以後，心中總是憂悶不樂，精神銳減。玄宗皇帝挾持太上皇至安福門觀樂三天，原是要解去太上皇憂悶的意思，誰知自觀樂以後，便病臥在西宮。延挨到開元四年六月，太上皇崩於百福殿，年五十五歲。

玄宗皇帝在宮中守孝，所有朝廷一切大事，通通交給丞相張說管理。皇帝在宮中閒著無事，不免多與后妃周旋說笑解悶。

那時，玄宗在後宮臨幸的妃嬪，共有四十餘人。寵愛既多，子息亦蕃，共有皇子三十人。劉華妃生子名琮，第六子琬，第十二子璲。趙麗妃生子名瑛。元獻皇后生肅宗皇帝。錢妃生子名琰。皇甫德儀生子名瑤。劉才人生子名琚。武惠妃生第十五子名敏，第十八子瑁，第二十一子琦。高婕妤生子名玢。郭順儀生子名璘。柳婕妤生子名玢。鐘美人生子名環。貞美人生子名瑝。閻才人生子名玼。王美人生子名珪。陳才人生子名珙。鄭才人生子名瑱。武賢儀生子名璿，又生第三十子名璥。其餘七子，便自幼夭折。

在諸妃嬪中，玄宗最寵愛的，原是那元獻貴妃。楊氏自生第三皇子亨以後，又生寧親公主，身體十分虛弱，常常害病，在十年上便已薨逝。玄宗想起昔日兒女私情，殿壁煎藥的光景，便十分悲哀，原擬追封為皇后，只因礙著王皇后的面子，便也罷了。這時，有一個武惠妃，也是玄宗寵幸的，她是恆安王武攸止的女兒，自幼兒養在宮中，和玄宗朝夕想見。玄宗做藩王的時候，便和妃子結識上私情了。玄宗即皇帝位，封武氏為惠妃。

諸位妃嬪中，唯惠妃最能明白玄宗的性情；每次玄宗臨幸惠妃，諸事裝置，都能合玄宗的意，使皇帝十分舒適。惠妃容貌又十分美麗，雖不多言笑，但靜默相對，自能使人心曠神怡。因此，楊氏去世以後，玄宗便常常在惠妃宮中起坐，頗能解得皇帝憂愁，惠妃便大得寵幸。連生皇子二人，公主一人，都不滿三歲，便夭折了，惠妃悲泣不已，皇帝竭力勸慰著。接著又生一皇子名瑁，玄宗欲惠妃歡喜，以禳褓時候，便封為壽王。又怕養在宮中不祥，便抱出宮去，寄養在寧王府中。

自壽王生後，又生盛王和咸宜、大華二公主。當時，王皇后在宮中權力甚大，她仗著是太上皇聘娶的皇后，平日便不把諸位妃嬪放在眼中。太平公主之亂，王皇后又是從中預聞大計的，因此恃功而驕。但入宮多年，一無生育，這時見皇帝寵愛武惠妃，心中甚是妬恨，每見皇帝，便說武惠妃的壞話。有時見了惠妃，后妃二人總是爭吵不休。這時，惠妃身懷六個月的孕，皇后見了，心中更是妬忌。誰知因幾次哭鬧，震動了胎氣，便小產下來。皇帝知道了，又是痛恨，又是痛惜，當下便有廢去皇后的意思。

這一天，見姜皎進宮來奏對，玄宗便說起廢立皇后的事體。

姜皎忙跪下地去奏說：「帝后不和，非國家之福！」

誰知這姜皎一轉身，便到皇后跟前去告密。皇后聽了，十分恐慌，忙把國舅王守一喚進宮來，兄妹二人商量個抵制的法子。依皇后的意思，欲先下手毒死惠妃。經守一再三勸說，皇后又想起京師地方崇聖寺和尚明悟久有壓勝的本領，便令守一去和明悟商議。

那明悟原和守一交友，聽了守一的話，便說貧僧自有使帝后和好，又使皇后生子的方法。守一聽了，十分歡喜，忙送過一萬銀子去。那明悟和尚便在寺中築起一座七層的高壇來，按著二十八宿的方位，用二十八個小和尚手執幢幡寶蓋，分站在七層臺階上。又悄悄地進宮去，偷得一件皇帝平日穿過的衣裳來，寫著生年月日時辱，鎮壓在壇下。

這和尚每日起五更上壇去拜祭北，連拜了四十九日，功德完成，從祭壇上取下一方香木來，交給王守一，恭恭敬敬拿進宮去，令皇后掛在貼身的黑衣上，說是皇帝自能把寵愛的心思用在皇后身上的。這皇后信以為真，把這香木早晚不離地掛在貼身。

這時，惠妃和皇后的意見愈鬧愈深，各人都有心腹的宮女，混在左右打聽訊息；那皇后的一舉一動，早有心腹宮女報與惠妃知道。這時，皇帝夜夜臨幸惠妃，惠妃一心想巴結上了皇帝，廢去了皇后，自己穩穩做一個正宮娘娘。趁著歡樂過後，便把皇后如何背地裡令崇聖寺和尚行壓勝的魔法，又說著謊道：「皇后貼身還掛著勾魂木，欲勾去皇上的魂魄，一意想候陛下千秋萬歲以後，那國舅便造反自立為皇帝。」

玄宗心中原厭惡皇后的，再經惠妃如此一挑撥，不覺勃然大怒，他也不傳宮中守衛，親自大腳步趕到正宮去。那宮女們見皇帝怒氣勃勃，飛也似地搶進宮來，也不及通報。皇后坐在鏡臺，正梳妝著，從鏡中望見皇帝已站在自己身後，不覺大驚，忙轉身站起，一眼見皇帝臉色氣得鐵也似青，知道有大禍，忙跪下地去叩頭。這時，皇后正散著髮兒，皇帝伸手過去揪住皇后的鬢髮。

皇后身體原是十分嬌小的，被皇帝一把提起身體來，伸過右手去，只聽得嗤的一聲，那皇后的圍裙也被皇帝扯破了一大幅，露出貼身的腰帶來。一眼望去，那腰帶上掛著一塊香木。那皇帝，這時氣得雙手索索亂抖，劈手去把香木奪在手中一看，見正面刻著霹靂木三字，下面又刻著天地日月之文。陰面上卻恭恭整整地刻著「李隆基」三個字。這李隆基原是玄宗皇帝的名諱，皇帝一想，那惠妃說欲勾去皇上魂魄的話，有著落了。伸過手去一掌摑在皇后粉臉上，可憐打得皇后的嘴臉立時浮腫起來。依皇帝的氣性，還要趕上前去踢打，這時趕進許多妃嬪來，一齊跪倒在地，替皇后求饒。

有幾個略得寵幸的妃嬪，上去把皇帝的身體扶住，在椅上坐下。

那皇后跪倒在地，一邊磕頭，一邊哭訴實因，希望得皇帝的寵幸，便用著這壓勝法兒，又把如何得了姜皎的密報，又如何託國舅王守一去求明悟和尚作法事，取了這霹靂木來掛著，說個備細。皇帝先有惠妃的話在耳，如何肯聽皇后的話，便一迭連聲喝著說：「把這賤婢捆綁起來，送交刑部去處死。」

這聖旨誰敢不依，早已進來了四個內侍，上去把皇后掖住。慌得皇后哭著爬在地下掙扎著，不肯起來。說道：「陛下縱不念俺夫妻患難一場，獨不念阿忠脫紫半臂，易鬥面，為生日湯餅邪？」

一句話，不覺觸動了皇帝的心，阿忠便是皇后父親仁皎的小名。

正在不可開交的時候，報說丞相張說進宮來。那張說原是玄宗親信的大臣，常在宮中出入的，當時也顧不得了，踏進皇后的寢宮。一眼見皇后倒在地下，那種可憐的樣子，忙也脫去帽子，趴在地下磕頭。那皇帝便說：「皇后有謀害朕性命之意！」

張說忙解說道：「貴莫貴於天子，親莫親於夫婦！皇后正位中宮，榮寵極矣。縱使夫婦不合，亦萬不致有不利於陛下之念！皇后若無陛下，則皇后之榮寵俱失，皇后雖愚，愚不至此！」

玄宗聽了張說的一番話，慢慢地把氣也平下來了，便立刻下詔，把皇后廢為庶人。姜皎、王守一，浮屠明悟，一齊斬首。便有立惠妃為皇后之意。當有御史潘好禮上疏奏道：「禮，父母仇不共天；春秋，子不復仇，不子也。陛下欲以武氏為後。何以見天下士？妃再從叔，三思也；從父，延秀也；皆幹紀亂常，天下共疾！夫惡木垂蔭，志士不息；盜泉飛溢，廉夫不飲；匹夫匹婦尚相擇，況天子乎？願慎選華族，稱神祇之心！春秋，宋人夏父之會，無以妾為夫人；齊桓公誓葵邱日，無以妾為妻；此聖人明嫡庶之分，分定則窺競之心息矣。

今人閒咸言，右丞相欲取立後功，圖寵幸。今太子非惠妃所生，而妃有子；若一儷宸極，則儲位將不安。古人所以諫其漸者，有以也！」

玄宗看了這奏章，想到惠妃是罪人之後，怕立為皇后，負罪於祖宗，便也只好罷休。但從此宮中沒有皇后，惠妃的權力一天大似一天，也和做皇后一般的威風了。只因潘好禮有這本奏章，便痛恨他到底，找了他一點錯處，革去了潘御史的官。

玄宗也十分寵愛惠妃，無日不在惠妃宮中起臥。惠妃乘此把自己平日不對心意的妃嬪，在皇帝跟前進了讒言，一齊打入冷宮。內中有一個林昭儀，原也很得皇帝寵愛的，自從有了武惠妃以後，這林昭儀的寵愛漸漸地失去了，如今也被打入冷宮。

林昭儀卻不怨恨皇帝，只怨恨那武惠妃。昭義在宮中原積蓄得極多的銀錢，她把這銀錢交與一個姓黃的太監，拿出宮去，買一個絕色的女子，在宮外候著皇帝，使那女子分去武惠妃的寵，借出了胸中的氣。

這年冬天，皇帝照例到各處皇陵去祭祖，經過潞州城，宿在行宮中。在黃昏正沉悶的時候，忽見一個絕色女子，託著盤兒，獻上酒菜來。只看她一雙白淨纖尖的手兒，早已勾動了皇帝的春心。玄宗傳諭，留下這女子。一宵恩愛，把皇帝全個兒心腸都掛住在這女子身上。據這女子說姓趙，原是看守行宮趙侍郎的女兒，玄宗信以為真，便把這趙家女子百般寵愛起來。

第二天下旨，立趙氏女為麗妃，趙侍郎進位為尚書。在行宮裡流連了五六天，便帶著麗妃進宮去，在御花園裡打掃出一間精美的宮室來安頓下，從此，玄宗每日非趙麗妃不歡，飲食坐臥，都在這麗妃宮中，早把個武惠妃抛在腦後了。這趙麗妃原是娼家出身，是林昭儀指使黃太監花了三千銀子去買來，寄養在趙侍郎家中，覷玄宗皇帝孤寂的時候，便進獻上去。趙麗妃放出娼家房第之間迷人的工夫來，皇帝便落在彀中了。欲知後事如何，且聽下回分解。

惠妃得子金神入脅　明皇遇仙黑僧降龍

這趙麗妃除房第工夫以外，又善於歌舞。她每日陪皇帝筵宴，便在筵前嬌歌曼舞，引得皇帝心神俱蕩。這訊息傳在武惠妃耳中，便一邊四五天痛哭不食，自己修了一本表章，說了許多從前和皇帝在宮中恩情的話，一心想挽回聖心。誰知表章送去，終不見聖駕臨幸。惠妃一肚子怨恨，便病倒在床上。起初還支撐著薄施脂粉，斜倚在床頭，想望承幸。後來，愈盼愈不得訊息，知道自己終失了寵幸，便大哭一場，吐出血來，害了一年的癆病死了。臨死的時候，眼前走得一個人也沒有，只留下一個小宮女，聽她大呼三聲萬歲，便嚥了氣。

從此，玄宗更把這趙麗妃寵上天去，這趙麗妃便乘機植黨營私。這時，李林甫初拜相，處處迎合上意，玄宗便十分信用李丞相，凡是李丞相的話，皇帝句句聽信他，趙麗妃便暗暗地託她義父趙尚書送四千銀子去給李丞相，認李林甫做義父，凡事求他在皇帝跟前幫襯幾句。

那李林甫原是一個奸險小人，善於逢迎勢力，自幼寄養在大舅父姜皎家中。後姜皎因漏洩了皇帝廢后的旨意被殺，他便在皇帝跟前出首誣告姜皎的子孫，全被皇帝下旨搜捕，幽囚在刑部獄中。後見武惠妃當權，李林甫盡力結交宮中中貴，時時拿珍寶獻與惠妃，因此惠妃在玄宗跟前時時稱讚李林甫的好處。

這李林甫又是十分邪淫，他在舅父家中，所有婢妾，都被他用手段一一地勾引上手。後來，看見侍中裴光廷的夫人長著國色天姿，這裴夫人原是武三思的女兒，生下來頗有父風。裴夫人常在姜皎府中來往著，和李林甫一見便愛上了，兩人瞞著裴光延的耳目，在府中暗去明來，成就了許多恩愛。

一轉眼，武惠妃在宮薨逝，李林甫看看自己要失勢了，他便求著裴夫人轉求著高力士，在玄宗皇帝跟前，替他說了許多好話。那高力士當初也是武三思一力提拔出來的人，今裴夫人是三思之女，囑託他的話，豈有不出力的？那李林甫也善於逢迎勢力，今見趙麗妃得勢，正想託高力士從中拉攏，宮內宮外連成一氣，忽見麗妃反來認他作義父，豈有不願之理？當時，麗妃和高力士、李林甫一班人，狼狽為奸。林甫拜為丞相。

這時，趙麗妃雖不能生育，但因皇子眾多，只怕他日吃眾皇子的虧。武惠妃雖死，但惠妃的親生子名瑛的，已立為太子。

麗妃卻日夜在皇帝跟前說太子瑛如何結黨營私，如何貪贓枉法。這時，玄宗所親信的，宮中只有內侍省事高力士，宮外只有丞相李林甫。玄宗便把麗妃的話，去問高力士、李林甫二人。

他二人原和麗妃一鼻孔出氣的，見皇帝問他，便也一味說太子的壞話。玄宗原不愛惠妃了，心中也疑太子有變，如今聽了旁人的話，便立刻下詔，把太子廢了，便改立鄂王為太子。不上一年，也被麗妃進讒廢去，改立光王為太子，趙麗妃依舊不快樂，玄宗又想把太子廢去，去問張九齡。

那張九齡是一位大忠臣，便竭力勸諫，說儲君是國之根本，根本不可動搖，太子不可屢廢，望陛下乾綱獨斷，不可輕信婦人小子之言！玄宗聽說他信婦人小子之言，心中老大一個不高興。李林甫在一旁進言道：「天子家事，於外人何與？」

玄宗聽了，連連贊說李丞相是明白人，便也不和臣下商量，立刻下詔，把個太子廢去，改立忠王亨為太子，便是將來的肅宗皇帝。

這太子亨是玄宗獻貴妃楊氏所出，玄宗因是自己的私生子，便特別地寵愛他。但這太子在藩府中，久已聞知李林甫是一個大奸臣，握著朝廷的大權，如今住在東宮，時時防著李林甫陷害他。那李林甫先設法使太子不得和皇帝見面，又常常向太子需索錢財。這太子無權無勢，又不得和父皇見面，實在沒有銀錢去孝敬李林甫，這李林甫便用語言百般地恐嚇著太子，說要奏明皇帝，把太子廢去。那太子日夜憂愁，弄得寢不安枕，食不甘味。

這一天，是玄宗皇帝的萬壽，許多皇子和公主紛紛進宮去朝賀，皇帝賜他們在宮中領宴。太子亨乘這機會去朝見父皇，玄宗一眼見太子鬚髮也花白了，不覺大詫，便拉住太子的手，問：「吾兒何憔悴至此？」

太子見父皇問，也不敢回奏，只是低著頭說不出話來。玄宗見這樣子，知道太子有難言之隱，便悄悄地對太子說道：「汝且先歸，朕當幸汝第也。」

太子領了旨意，便回到東宮去候著。隔了一天，那玄宗皇帝果然臨幸東宮，一進門來，只見庭宇不掃，簾幕塵封。走進屋子去，只有三五個小太監奔走著，也不見一個宮女。那琴瑟樂器，高擱在架上，滿堆塵埃，玄宗不覺嘆了一口氣。這時，高力士陪侍在一旁，便對高力士說道：「太子居處如此，將軍何以早不相告？」

這時，高力士已拜為右監門衛將軍，玄宗因十分寵信他，所以呼為將軍，不呼名字的。那力士卻不慌不忙地奏道：「臣見太子如此刻苦，常欲奏明陛下，千歲屢次攔阻說，不要為區區小事，勞動聖心！」

玄宗回宮，便下旨著京兆尹速選民間女子頎長潔白者五人，送東宮聽候使喚。高力士見了上諭，忙入宮回奏皇帝道：「臣前亦令京光尹選民間女子，民間因此受差役騷擾，朝廷中御史官員又取為口實。臣以謂掖庭中故衣冠眷屬以事沒入者不少，宜有可選者。」

玄宗依了高力士的話，便令力士召掖庭，令按簿籍點閱，完好女子，選得了三人，便賜與太子。這三人中，以吳姓女子為最美，一入東宮，便得太子愛幸。

他二人在夜靜更深香夢沉酣的時候，忽見這吳氏在夢中叫苦，似甚痛楚。太子把她摟在懷中喚著，這吳氏被夢魘住了，看她四肢抽索，喉間氣息微細，太子大驚，心想聖上賜我此女子不久，倘從此不醒，聖上便當疑我虐待致死，豈不從此失了父皇的歡心，又使李林甫容易進讒？便自己下床來，執著燈燭照著，伸手在吳氏的酥胸上撫弄良久良久，只見她哇的一聲哭醒來。

太子忙問夢見什麼？吳氏拿手撫著自己左脅，還好似十分痛楚的一般，說道：「妾夢見一金甲神人，身長丈餘，手持利劍，對妾說道：『帝命吾入汝腹中，為汝之子。』說著，便拿利劍剖開妾之左脅進去，妾身痛不可忍，竭力呼喚，如今左脅還隱隱作痛呢。」

太子聽了這一番話，便替她解開小衣，看去，那肋骨皮膚上，果然隱隱顯露一縷紅絲，深入肌裡，襯著潔白的肌膚，更覺嬌豔可愛。太子撫摸了一會兒，便入宮去把這情形奏明皇上。玄宗聽了，也頗覺奇異，從此便留意著吳氏的胎兒。

不久，果然生下一個男孩兒來，這孩兒便是他日的代宗皇帝，這吳氏也便是將來的章敬皇太后。只因吳氏年幼體弱，這皇孫身體也十分瘦弱，玄宗打聽得太子果然生了兒子，便三朝親自臨幸東宮，賜以金盆洗浴。那乳媼只因皇孫身體瘦小，怕皇上見了不樂，心中甚是惶急。後來，打聽得貞王也得一子，與皇孫同日，身體卻長得十分肥白，便偷偷地去抱進東宮來，俟皇上駕臨，便拿貞王的兒子跑出來。

玄宗一看，忽然不樂，說道：「此非吾孫也！」

太子大駭，忙將皇孫抱出。玄宗抱在手中，玩弄一會兒，又向著日光照看著，笑說道：「此兒福祿過其父！」

便吩咐設宴，召宮中樂工舞女歌舞著。玄宗上坐，太子和高力士在兩旁陪坐。玄宗笑對高力士道：「此一室中，有三天子，豈不大樂哉？」

從此，李林甫和高力士便以另眼看待太子。

唐朝宮中太監的制度，原有內侍四人，內常侍六人，內謁者監內給事各十人，謁者十二人，典引十八人，寺伯寺人各六人。又在宮中設著五局，便是掖庭局，宮闈局，奚官局，內僕局，內府局。太宗皇帝遺詔：內侍不立三品官，不任外事，唯門閭守禦廷內，掃除稟食而已。到武則天自立為女皇時候，便放寬內侍定額。到中宗皇帝時候，黃衣太監多至二千員，七品以上員外接一千員。

但這時太監穿朱紫色衣的還少。到如今玄宗皇帝時候，因財用富足，在開元、天寶年間，宮嬪多至四萬人，黃衣太監多至三千人，朱紫太監也增加至一千六百人。有得皇帝親信的，便拜三品將軍官。那太監私宅中，門外居列戟，有在殿頭供奉的，便權傾四方。每有使命出京去，所至郡縣，奔走獻奉，動輒萬金。便是平日在京師地方來往，出宮一次，總得數千緡的孝敬；因此，凡宮中的重要太監，都在近郊一帶購置田園，威赫一世。所有監軍節度等官，威權反在太監之下。

玄宗即位之初，有一太監名楊思勖的，也很得皇帝信任。

當初，思勖幫助玄宗在宮中為內應，削平韋后之難，升為左監門衛將軍。在開元初年，安南蠻酋長梅叔鸞反，自稱黑帝，奪得三十二州的地方，又結連林邑、真臘、金鄰等國，占據海南，號稱四十萬蠻兵。思勖招募十萬子弟兵，從馬援故道側攻，敵出不意，大敗。思勖殺賊二十萬人，屍積成山，稱為京觀。接著又是五溪首領覃行章作亂，思勖率兵六萬往討，生擒首領覃行章，斬首三萬級。思勖拜輔國大將軍，又封虢國公。此後，思勖六次出征，每次總殺敵數萬。楊思勖生性陰險殘忍，每戰得俘虜數萬，必盡殺之，剝去面皮，挖去腦髓；又拔去毛髮。

他手下將士，人人害怕，便肯遵守號令。當時，有內給事牛仙童，受了張守珪賄賂敗露，玄宗下詔，付思勖審問。思勖問定了罪，便把牛仙童剝去了上下衣服，綁在木格上，用牛尾抽打，皮肉盡爛，慘不忍睹。思勖又親自動手，剖開仙童胸膛，探取心臟，又截去手足，細細地剮取肩背上肌肉，肉盡才得死去。

不久，這楊思勖也逝世了，那高力士又慢慢地露出頭角來了。

在聖歷年間，有嶺南討擊使李千里，獻上閹兒二人：一名金剛，一名力士。武后見力士身體堅強，又很聰明，便留在左右使喚。後因貪贓敗露，被武后逐出宮來。當時，有太監高延福，收留他為養子，因此便冒姓高。玄宗做藩王的時候，高力士便能傾心結附。後又因殺蕭岑有功，拜右監門將軍，知內侍省事。他的威權，一天大似一天，在宮中所有四方奏章，須先經高力士審察以後，再送至御書房披覽。宮中大小事務，俱由高力士一人專主。力士在宮中卻十分謹慎，日夜隨在玄宗左右，非奉差遣，不離宮門。便是沐浴眠息，也在皇帝寢宮外一間小屋中。

玄宗常說力士在旁，我寢乃安。當時和力士通同一氣在朝廷內外掌著大權的，如李林甫、宇文融、蓋嘉運、韋堅、楊慎矜、王鉷、楊國忠、安祿山、安思順、高仙芝一班人；但都依靠著高力士一個人提拔起來的。當時為高力士爪牙的一班有勢力的太監，如黎敬仁、林昭隱、尹鳳翔、韓莊、劉奉廷、王承恩、張道斌、李大宜、朱光輝、郭全、邊令誠等，有在內廷供奉的，有外放拜節度官的。每遇宮中修功德，買鳥獸，太監奉使出京，每出京一次，便得款在四五萬以上。京師地方，甲第亭園，良田美池，儘是內侍產業。但高力士的產業，又比這班太監的多過十倍。

不說別的，只是那西莊田地，騎在馬上，在他田旁跑一天路，也不能走盡。京師地方人民，每說起高力士，好似天人一般敬重。皇太子在東宮，稱高力士為兄。此外一班王公大臣，俱稱高力士為翁。力士的親戚朋友，都稱他為阿□。便是玄宗皇帝，也只呼將軍，不敢喚他名姓。

力士自幼賣作奴僕，待富貴時，便想念他的母親麥氏，苦於家庭失散，無處尋覓。後嶺南節度使在隴州地方，覓得麥氏，迎回京師，母子想見，不能相識。麥氏說記得兒當胸有黑痣七粒，如今在否？力士袒胸，果見七痣。麥氏從懷中出一金環道：「此兒幼時所服！」

母子二人，相抱大哭。從此，高力士孝養母親，王公大臣俱有饋送。玄宗封麥氏為越國夫人，追贈力士之父為廣州大都督。這時，朝廷官員，不論大小，幾無一不是高力士同黨。只御史嚴安之，從未有一絲一縷饋送與力士的。

這嚴安之為官清正，愛民如子，平日在街市中行走，便喜問民疾苦，見有老幼疾病，便下車扶持著，同坐著車，送回家去。因此，京城地方的人民，人人都感動他的恩德，喚嚴御史為嚴父母。這時，是元旦大節，玄宗有與民同樂之意，隔年便下諭，使軍民預備燈戲。

到這一日，皇帝賞人民酒肉，玄宗親御勤政樓，大宴群臣。樓下雜陳百戲，縱人民遊觀。一時人聲鼎沸，如山如海，把個勤政樓擠個水洩不通。宮中金吾衛士，手擎白色木棍棒，如雨下地趕逐閒人。那群百姓，便東奔西避，十分擾亂。玄宗在勤政樓上見此情形，心中不樂，便對高力士道：「朕以年歲豐盛，四方太平，故為此樂，欲與百姓同歡；不料喧亂至此，將軍將以何來止之？」

高力士奏對道：「臣實無法制止，只聞嚴御史恩在人民，百姓無不愛服，陛下何不即召嚴安之？以臣愚見，必能使人民安靜也。」

玄宗便傳嚴御史上樓，告以人民喧亂，心中不快。嚴安之奉命，便下樓去在四方繞行一周，以手版劃地成線，對眾人高聲道：「敢越此線者，便殺無赦！」

那人民頓時安靜下來。玄宗在勤政樓，連宴群臣五日，不聞樓下有喧亂聲。那嚴御史所劃地上界線，始終無一人敢犯的。玄宗嘆道：「嚴公威信，朕不及也！」

但玄宗自從勤政樓五日筵宴以後，便引起了他遊樂的興趣。皇帝久居在東都，所有宮中亭園，都覺可厭。且宮廷寬廣，時見怪異，有臨幸西京之意。次日，便召宰相，告以欲幸西京。裴稷山、張曲江二大臣諫曰：「百姓場圃未畢，恐有擾礙！陛下如必欲西幸，請待冬時。」

李林甫在一旁，見皇上有不悅之色，待宰相退去的時候，李林甫故意裝成腳病，行在最後。皇帝問：「李丞相有足疾否？」

這時，李林甫見左右無人，便奏對道：「臣並無足疾，因欲奏事，獨留後耳。竊意二京為陛下之東西宮，既欲臨幸，何用待時？即使有妨田事，亦只須蠲免沿途租稅，百姓反感皇恩不淺矣！」

皇帝聽李丞相所奏，不覺大悅，便宣告有司，即日西幸。從此，聖駕常住長安，不復東矣。

皇上既到西京，每日在園林遊樂。只因皇上喜學神仙，那郡國官員，時時徵求得奇士，送進宮來。這時，陪皇上在宮中遊玩的，儘是一班得道之士。那時，有一道行高深的人，名張果的，在則天皇帝時候已聞其名，四處尋訪，不能得其蹤跡，玄宗又下詔訪求。地方官員在終南山中尋得，便送至宮中。

玄宗與之接談，說過去未來事，其是靈驗。常與皇上對飲，張果拔簪劃酒杯中，酒分成二半：以一半敬帝，一半自飲。隨手拿酒杯向空中拋去，立變成黃雀，在庭中飛鳴，繞屋簷一周，那黃雀千百成群，紛紛落在筵前，立變成千百隻酒杯，御廚中所藏酒杯，俱搬運一空。玄宗大樂，日日跟張果學仙術。又有一人名邢和璞，善於推算，人將生辰投算，便能知此人善惡壽夭。

玄宗便令推算張果，便茫然不知張果究有多少年歲。又有一人名師夜光的，能見鬼怪。玄宗召張果與夜光二人對坐，夜光卻不能見張果。對玄宗奏稱：「張果何在，臣願得見之！」

張果已久坐在帝旁，不覺大笑。夜光只聞張果笑聲，終不能見其人。

玄宗對高力士道：「朕聞奇士至人，外物不能敗之，試以堇汁飲之，不覺苦者，真神仙中人矣！」一夜，玄宗與張果圍爐對飲，高力士潛將堇汁傾入張果杯中，張果連飲三大觥，便醺然醉倒，朦朧中笑對力士道：「此非佳酒也！」便倒頭睡去。待醒來取鏡自照，上下牙齒盡成焦黑。張果微笑著，拿手中的鐵如意，盡把牙齒打落，藏在袋中，又從懷中取出藥粉一包，向牙床上塗抹，那上下牙床立刻長出兩排潔白的牙齒來。玄宗連呼仙人。張果笑說：「臣有師弟，在聖善寺祝發，法名無畏，又號三藏，原是黑番奇人，有呼風喚雨的本領。」

這時，適值天旱，玄宗便命力士捧詔書去，速傳無畏進宮，令速喚雨。無畏奏道：「今歲大旱，乃天數使然！若召龍行雨，恐烈風大雨，轉傷人物，方外愚臣，不敢奉詔！」

玄宗不聽道：「人民苦旱已久，雖暴風驟雨，亦足快意。」

無畏不得已，便奉旨。玄宗命有司照例築壇，陳設法器，幢幡鐃鈸，無一不備。

無畏登壇，大笑道：「似此俗物，何能求雨？」便盡令撤去，只捧著一個缽盂，滿盛清水，解下佩刀，向水盂中攪著，口中用胡語誦咒數百遍。一刻工夫，見有一物，大才如指，略具龍形，在水中盤旋，周身赤色，伸首水面，旋又俯首水中。無畏又用刀攪著水，唸咒三次，俄而白氣一縷，從缽中上騰，狀如爐煙，直上數尺。命內侍捧缽出講堂外，回顧力士道：「速去！速去！遲則淋漓矣！」

高力士急急上馬疾馳而去，回頭看時，只見白氣漸起漸粗，從講堂飛出，好似一匹白練高懸空中，頃刻見天上烏雲四合，大風震電，雨下如注。高力士馳過天津橋以南，風雨隨馬腳而至，街旁大樹，盡被大風拔起。待高力士回宮復旨，那衣冠已盡被大雨淋溼了。這時，孟溫禮做河南尹，正出巡街道，亦親身遇此大雨。如今洛陽京城天津橋釁，有一荷澤寺，便是高力士那時往請祈雨回宮，在此寺前遇大雨，玄宗便在橋旁建一座寺院，題名荷澤。

當時，臣民見玄宗皇帝親信奇術之士，便又有羅思遠入宮請見。羅思遠祕術甚多，更善施隱身之術，使人對面不想見。

玄宗親見羅思遠作法，果然奇驗。玄宗大樂，欲就學習此隱身法術，思遠故意作難。玄宗願拜思遠為師，思遠略一傳授，終不肯盡其技。玄宗每欲與思遠同在一處學習，思遠用隱身術避去，使皇帝無處找尋。玄宗獨行法術，終不能把身體完全躲去，或衣帶外露，或巾角外顯。宮人見之，皆拍手大笑。

玄宗心中頗覺不樂，但亦無之如何。高力士獻計，多賜金帛，羅思遠亦淡漠視之；又變計以刀斧恐嚇之，思遠終不為動。玄宗大怒，傳旨命高力士以油裹住思遠身體，置在油榨下壓斃之，埋屍在郊外。不及旬日，便有四川官員奏稱：「羅思遠騎驢出沒於峨嵋山一帶。」

這年冬天，玄宗皇帝巡幸四嶽，車駕到華山腳下，皇帝見嶽神下山迎謁。帝問左右，左右答稱不見。高力士奏稱：「山下有女巫阿馬婆，能見鬼神。」

玄宗便召阿馬婆使視之。阿馬婆奏道：「神在路左，朱發紫衣，迎候陛下！」

欲知後事如何，且聽下回分解。

唐宮二十朝演義（從玄武門喋血至唐明皇遇仙）

作　　者：許嘯天
發 行 人：黃振庭
出 版 者：複刻文化事業有限公司
發 行 者：複刻文化事業有限公司
E-mail：sonbookservice@gmail.com
粉 絲 頁：https://www.facebook.com/sonbookss/
網　　址：https://sonbook.net/
地　　址：台北市中正區重慶南路一段六十一號八樓 815 室
Rm. 815, 8F., No.61, Sec. 1, Chongqing S. Rd., Zhongzheng Dist., Taipei City 100, Taiwan
電　　話：(02)2370-3310
傳　　真：(02)2388-1990
印　　刷：京峯數位服務有限公司
律師顧問：廣華律師事務所 張珮琦律師
定　　價：350 元
發行日期：2023 年 12 月第一版
◎本書以 POD 印製

國家圖書館出版品預行編目資料

唐宮二十朝演義（從玄武門喋血至唐明皇遇仙）/ 許嘯天 著 . -- 第一版 . -- 臺北市：複刻文化事業有限公司 , 2023.12
面；　公分
POD 版
ISBN 978-626-7403-64-8(平裝)
857.454　112020025

電子書購買

臉書

爽讀 APP